元曲三百首注译

全注·全译·全评

国学

焦文彬 ◎ 注译

陕西新华出版传媒集团·三秦出版社

图书在版编目（CIP）数据

元曲三百首注译/焦文彬注译. —2版. —西安：三秦出版社，2003.07（2022.5重印）
（传统文化经典读本）
ISBN 978-7-80546-935-5

Ⅰ. 元… Ⅱ. 焦… Ⅲ. ①元曲 - 注释 ②元曲 - 译文 Ⅳ. I222.9

中国版本图书馆 CIP 数据核字（2003）第 042802 号

传统文化经典读本
元曲三百首注译

焦文彬　注译

出版发行	陕西新华出版传媒集团　三秦出版社
社　　址	西安市雁塔区曲江新区登高路 1388 号
电　　话	（029）81205236
邮政编码	710061
印　　刷	北京华强印刷有限公司
开　　本	710mm×1000mm　1/16
印　　张	18.5
字　　数	194 千字
版　　次	2003 年 7 月第 2 版 2022 年 5 月第 2 次印刷
标准书号	ISBN 978-7-80546-935-5
定　　价	55.00 元

天 净 沙

秋 思

　　枯藤老树昏鸦,小桥流水人家,古道西风瘦马。夕阳西下,断肠人在天涯。

——元·马致远

总　序

　　中国是举世闻名的文明古国，其光辉灿烂的传统文化，已成为整个人类共同的精神财富。随着时代的进步，随着探索自然、认知社会的触角不断深入，人们比以往任何时候都迫切需要发掘传统文化宝藏，汲取更多的智慧和精神力量，来进行自我完善、自我提高，从而获取成功。于是许多人都不约而同地把目光投向那些历尽风雨淘洗的传世经典，吟之诵之，含英咀华。他们意识到，不了解唐诗宋词，没读过孔孟老庄，其麻烦不仅仅是难以达到辩才无碍的境地或获得博学多识的美誉，而且会在工作、学习及社会生活的许多方面遭遇尴尬。反之，熟知经典，以古为镜，以古为师，必定会在全新意义上的修身、齐家、治国平天下方面收到奇效。这方面例子很多，如国内某名牌高校从《易经》中提取"厚德载物"做为校训，培养了无数英才；日本企业家运用《孙子兵法》和《菜根谭》进行经营管理，屡创经济奇迹；某自然科学家要求弟子背诵《道德经》，作为攻克难关前的心理演练；某诺贝尔奖得主坦言，其所以能够历经磨难取得突破，全得益于《孟子》中的一句名言。近年来我国中小学实验教材不断加大古诗文比重以及高考试题频频"考古"，也是为了促进素质教育，培养一代新人。

　　传统文化经典很多，就存在一个轻重缓急和选择的问题，我们不赞成搞什么"百种必读"或"50种必读"，武断地制造一个封闭系统。我们认为中国传统文化经典宝库应当是开放的，其中异彩纷呈，玉蕴珠藏。所以我们推出这套《传统文化经典读本》丛书，第一批20种，只能说是向广大读者奉献的最基本的、应当最先了解的经典作品，包括《易经》、《论语》、《孟子》、《道德经》、《庄子》、《孙子兵法》、《幼学琼林》、《唐诗三百首》、《宋词三百首》、《元曲三百首》等。我们还将根据情况陆续推出第二辑、第三辑。值得说明的是，我社自上个世纪80年代就开始致力于传统文化经典的整理普及，是最早出版白话类经典读本的出版社之一。此次推出的这批图书都是精选版本、精选作者，付出了艰苦努力完成的，内在质量上乘，曾作为我社品牌图书，经受了市场的检验，受到读者的广泛好评。为适应新的形势，更好满足读者的需求，我们对其进行了重新改造整合，使之在版式、装帧等方面更趋考究精美。同时也希望读者多提批评意见，以便进一步改进。

魏全瑞
2003年7月

前 言

　　一代有一代的文学。有元一代的文学就是元曲。在中国古代文学发展史中，元曲常与唐诗、宋词并称，从而形成了我国几千年文学史上三个极为光辉灿烂的时代文学。若从中国诗歌的发展史来看，它们是既有共同特点又各具特色的三种不同体裁的诗歌。后者又都是对前者的继承与发展。用人们熟悉的术语来说，就是后者是前者的解放。这种解放，本身就表现出一系列的艺术创新。

　　元曲由两大类型的体裁组成。这就是重在抒情的散曲和重在叙事的剧曲。后者又称杂剧。它们都从属于音乐。这样，音乐的结构，便成了它们的基本结构；音乐的体制，也自然成为它们的基本体制。这种基本结构和体制，统称之为"曲律"。拿散曲来说，就是每只曲子，都属于一个固定的宫调和曲牌。宫调是指音阶的高低。元曲的宫调，常用的有十一个。这就是：仙吕宫、南吕宫、中吕宫、黄钟宫、正宫，合称五宫；双调、越调、商调、大石调、小石调、般涉调，合称六调。每个宫调都有自己独特的音乐情感与艺术特色。每个宫调都包括若干曲牌。据元人周德清《中原音韵》载，共335个。这些曲牌，有些源于唐宋大曲和法曲；有些来自唐宋词牌和金元诸宫调；有些则采自北方民间歌曲；还有些是作家与艺术家的创造。每一个曲牌，都有一定的程式，即字数、句数、平仄、韵脚的规范。一只曲子叫小令，又叫叶儿；两只或三只同一宫调的曲子联缀使用的叫带过曲；同一宫调中的若干曲子则组成套曲，又叫套数或散套。元人杂剧就是在套曲的基础上发展形成的。现存元人散曲，据隋树森《全元散曲》收录，共有小令3800多首，套曲400多套。

　　散曲是在北方"俗谣俚曲"的基础上成长起来的。它与词都属长

1

短句，但却可以在正格之外，加衬字、衬辞；用韵上也突破了诗词的平仄不能错押，形成了阴阳上去四声通押，一韵到底，甚至密到每句一韵，而且不忌重韵。这样，就使元曲在形式上呈现出一种"格律与自由"相统一的特点。也能够使作家有更大的自由和活动余地，也可以淋漓尽致地去抒发情怀、叙事摹物，曲辞也更加流畅顺口，和谐动听，产生一种浓烈的声韵美。在用语方面，元曲最大的特点是：大量的生活口语与俚俗方言的入曲。这样，也就自然形成了它语言的质朴自然、鲜明泼辣，形象生动的独特风格，达到了"文、言"的统一。这是一种新的文学语言，是中国文学语言更加贴近生活、贴近人生的一大进步。后来，又广泛吸收了传统诗词的用语，形成了一种"文而不文，俗而不俗"（周德清《中原音韵》）的风格，获得了雅俗共赏的艺术效果。正因为这样，元曲成为真正的人民大众的文学，"元代最佳文学"（王国维语）。

关于元曲的搜集、整理、研究，比起诗、词来说，要冷寞得多。二十世纪三四十年代，有任纳、卢前二先生的散曲丛刊和饮虹簃所刻曲，与他们二人先后厘订的《元曲三百首》。解放后，则有隋树森先生的《全元散曲》。这本《白话元曲三百首》就是以任、卢的本子为底本，在编排次序与选目上稍有调整。主要是所选作家作品按年代顺序进行重新排列，藉以增强历史观念。体例除原曲外，包括作者简介、注释、白话翻译和评析四个部分。虽各有侧重，但仍可相互扶持，共同起到对原作的理解作用。元曲语言本来就相当通俗易懂，翻译难度也就不同一般。读者厌烦粗糙的古典诗词曲的翻译，但却也喜欢确能帮助他们理解原作的译文。在元曲方面，我们也只是一次尝试，可能出现许多不尽人意的地方，以至错误，望读者不吝赐教。注、译、评过程中，参考了一些出版了的同类本子，特此致谢。焦晓岚、卜萍、黄琳昭和我的研究生王少梅、韩西满帮我做了部分曲的上述工作。如果没有他们的努力，这一工作也难于在一个很短的阶段完成。三秦出版社的高立民先生在此书的整个工作中，如体例的决定、注译评的具体要求等诸多方面，也付出了很大的心血。在此我也要表示真诚的感谢。

焦文彬

1995年7月20日于西安南郊澹园

原　序

　　昔吴公子札观周乐，闻大雅，曰"曲而有直体"；颂，则曰："曲而不屈。"前尝假直、不屈二义，论有元之曲。夫唐诗宋词元曲，自时代言之者，各有其所胜。然诗必雅正，词善达要眇之情，曲则庄谐并陈，包涵恢广。自体制言之，亦各有其专至，不相侔也。惟诗在唐后，一再演变，虽曰未穷，途径之凿辟殆尽。若词随宋亡而亡，形体徒存，不复能别开异境。独曲未造极，世称元曲，顾曲实非元所能尽耳。

　　往在南都，中敏有《元曲三百首》之辑，盖踵蘅塘退士之于唐诗，疆村翁之于宋词而为者。时元曲传本，仅有杨朝英二选与天一阁藏《乐府群玉》；诸家别集及《乐府新声》尚未得见，故卷中所录颇不称。或二三首，或十数首，而张可久多至七十二首。选录初毕，殊未自惬。今年，前从闽海还渝城，居北碚山馆，纂全元曲二百二十八卷成，因取中敏旧选，略加删定，去南都始订兹编且十七年矣。而今日之世，为五千年来所未曾睹，凡百旧文，何足状当前情事万一，描影绘声？惟酣畅淋漓，直不屈之曲体其庶几乎！是涵咏无妨元曲之中，而取材必在元曲之外，《元曲三百首》者，聊备体格，供来者之玩索而已。

民国三十二年十月十日卢前

目 录

元好问 三首 ··· (1)
  骤雨打新荷(绿叶阴浓) ·· (1)
  喜春来·春宴 ·· (2)
  人月圆·卜居外家东园 ··· (3)
杨 果 二首 ··· (4)
  小桃红·采莲女二首 ·· (5)
刘秉忠 三首 ··· (6)
  干荷叶·三首 ·· (7)
王和卿 三首 ··· (9)
  醉中天·咏大蝴蝶 ·· (9)
  一半儿·题情二首 ·· (10)
盍西村 四首 ·· (11)
  小桃红·西园秋暮 ·· (11)
  小桃红·江岸水灯 ·· (12)
  小桃红·客船夜期 ·· (13)
  小桃红·杂咏 ·· (14)
张弘范 一首 ·· (15)
  喜春来(金妆宝剑藏龙口) ·· (15)
胡祗遹 一首 ·· (16)
  沉醉东风(渔得鱼心满愿足) ····································· (16)
严忠济 一首 ·· (17)
  天净沙(宁可少活十年) ··· (17)

伯　颜　一首 …………………………………………………（18）
　　喜春来（金鱼玉带栏扣）…………………………………（19）
王　恽　一首 …………………………………………………（20）
　　小桃红（采菱人语隔秋烟）………………………………（20）
卢　挚　八首 …………………………………………………（21）
　　沉醉东风·秋景 ……………………………………………（21）
　　沉醉东风·闲居 ……………………………………………（22）
　　沉醉东风·重九 ……………………………………………（23）
　　节节高·题洞庭鹿角庙壁 …………………………………（24）
　　金字经·宿邯郸驿 …………………………………………（25）
　　落梅风·别珠帘秀 …………………………………………（26）
　　殿前欢（酒杯浓）…………………………………………（27）
　　黑漆弩（晚泊采石矶）……………………………………（28）
陈草庵　一首 …………………………………………………（29）
　　山坡羊·叹世 ………………………………………………（29）
奥敦周卿　一首 ………………………………………………（30）
　　太常引（西湖烟水茫茫）…………………………………（30）
关汉卿　七首 …………………………………………………（31）
　　沉醉东风（伴夜月银筝凤闲）……………………………（31）
　　碧玉箫（盼断归期）………………………………………（32）
　　沉醉东风（咫尺的天南地北）……………………………（33）
　　四块玉·闲适二首 …………………………………………（34）
　　四块玉·别情 ………………………………………………（35）
　　大德歌·秋 …………………………………………………（36）
白　朴　六首 …………………………………………………（37）
　　庆东原（忘忧草）…………………………………………（38）

驻马听·舞 ………………………………………（39）

　　寄生草·饮 ………………………………………（40）

　　沉醉东风·渔夫 …………………………………（41）

　　一半儿·题情 ……………………………………（42）

　　醉中天·佳人脸上黑痣 …………………………（43）

姚 燧 二首 ……………………………………………（44）

　　凭栏人·寄征衣 …………………………………（44）

　　阳春曲（笔头风月时时过）……………………（45）

刘敏中 二首 …………………………………………（46）

　　黑漆弩·村居遣兴二首 …………………………（46）

马致远 三十二首 ……………………………………（47）

　　水仙子·和疏斋西湖 ……………………………（48）

　　拨不断（叹寒儒）………………………………（49）

　　拨不断·叹世 ……………………………………（50）

　　拨不断（布衣中）………………………………（52）

　　拨不断（莫独狂）………………………………（52）

　　拨不断（酒杯深）………………………………（53）

　　拨不断（立峰峦）………………………………（54）

　　落梅风·远浦归帆 ………………………………（55）

　　落梅风（心间事）………………………………（55）

　　落梅风（人心静）………………………………（56）

　　落梅风（实心儿待）……………………………（57）

　　落梅风（蔷薇露）………………………………（57）

　　落梅风（因他害）………………………………（58）

　　小桃红·春 ………………………………………（59）

　　金字经（絮飞飘白雪）…………………………（59）

3

金字经（夜来西风里）……………………………（60）
　　　折桂令·叹世 …………………………………（61）
　　　庆东原·叹世 …………………………………（62）
　　　清江引·野兴二首 ……………………………（63）
　　　清江引·野兴二首 ……………………………（64）
　　　四块玉·恬退 …………………………………（66）
　　　四块玉·叹世四首 ……………………………（67）
　　　四块玉·天台路 ………………………………（68）
　　　四块玉·马嵬坡 ………………………………（69）
　　　四块玉·洞庭湖 ………………………………（70）
　　　四块玉·临笻市 ………………………………（71）
　　　天净沙·秋思 …………………………………（72）
王实甫　二首 ……………………………………（73）
　　　山坡羊·春睡 …………………………………（73）
　　　十二月带过尧民歌·别情 ……………………（74）
滕　斌　一首 ……………………………………（75）
　　　普天乐（叹光阴）………………………………（76）
邓玉宾　二首 ……………………………………（77）
　　　叨叨令·道情 …………………………………（77）
　　　雁儿落带过得胜令·闲适 ……………………（78）
王伯成　一首 ……………………………………（79）
　　　喜春来·别情 …………………………………（80）
阿里西瑛　二首 …………………………………（80）
　　　殿前欢·懒云窝自叙二首 ……………………（80）
冯子振　三首 ……………………………………（82）
　　　鹦鹉洲·山亭逸兴 ……………………………（82）

4

鹦鹉曲·感事 ……………………………………（83）

　　鹦鹉曲·野客 ……………………………………（84）

珠帘秀　一首 …………………………………………（85）

　　落梅风·答卢疏斋 ………………………………（85）

贯云石　五首 …………………………………………（86）

　　落梅风（新秋至）…………………………………（87）

　　红绣鞋·欢情 ……………………………………（87）

　　殿前欢（畅幽哉、怕西风）二首 …………………（88）

　　塞鸿秋·代人作 …………………………………（90）

鲜于必仁　二首 ………………………………………（91）

　　寨儿令（汉子陵）…………………………………（91）

　　折桂令·诸葛武侯 ………………………………（92）

张养浩　四首 …………………………………………（93）

　　庆东原（鹤立花边玉）……………………………（93）

　　山坡羊·潼关怀古 ………………………………（94）

　　红绣鞋·惊世二首 ………………………………（95）

曾　瑞　一首 …………………………………………（97）

　　醉太平（相邀士夫）………………………………（97）

周文质　二首 …………………………………………（98）

　　落梅风（鸾凤配、楼台小）二首 …………………（98）

赵禹圭　一首 …………………………………………（99）

　　折桂令·题金山寺 ………………………………（99）

乔　吉　三十首 ………………………………………（100）

　　水仙子·游越福王府 ……………………………（100）

　　水仙子·赋李仁仲懒慢斋 ………………………（101）

　　水仙子·嘲少年 …………………………………（102）

5

水仙子·展转秋思京门赋 …………………… (103)
水仙子·寻梅 …………………………………… (104)
水仙子·暮春即事 ……………………………… (105)
水仙子·为友人作 ……………………………… (106)
水仙子·怨风情 ………………………………… (107)
水仙子·咏雪 …………………………………… (108)
水仙子·嘲楚仪 ………………………………… (109)
水仙子·乐清箫台 ……………………………… (110)
折桂令·寄远 …………………………………… (110)
折桂令·赠罗真真 ……………………………… (111)
折桂令·七夕赠歌者二首 ……………………… (112)
折桂令·雨窗寄刘梦鸾赴宴以侑尊云 ………… (113)
折桂令·丙子游越怀古 ………………………… (114)
殿前欢·登江山第一楼 ………………………… (115)
清江引·笑屠儿 ………………………………… (116)
卖花声·悟世 …………………………………… (117)
朝天子·小娃琵琶 ……………………………… (117)
山坡羊·冬日写怀二首 ………………………… (118)
山坡羊·寄兴 …………………………………… (119)
小桃红·赠朱阿娇 ……………………………… (120)
小桃红·春闺怨 ………………………………… (121)
小桃红·晓妆 …………………………………… (122)
小桃红·绍兴于侯索赋 ………………………… (123)
凭栏人·金陵道中 ……………………………… (123)
天净沙·即事 …………………………………… (124)

刘　致　二首 ……………………………………… (125)

山坡羊·燕城抒怀…………………………………（125）

　　山坡羊·西湖醉歌次郭振卿韵…………………（126）

阿鲁威　一首………………………………………（127）

　　落梅风（千年调）………………………………（127）

王元鼎　一首………………………………………（128）

　　醉太平·寒食……………………………………（128）

虞　集　一首………………………………………（129）

　　折桂令·席上偶谈蜀汉事因赋短柱体…………（130）

薛昂夫　十一首……………………………………（131）

　　水仙子·集句……………………………………（132）

　　殿前欢·冬………………………………………（132）

　　殿前欢·醉归……………………………………（133）

　　山坡羊·述怀……………………………………（134）

　　山坡羊（大江东去）……………………………（135）

　　山坡羊·西湖杂咏·春…………………………（135）

　　山坡羊·西湖杂咏·夏…………………………（136）

　　庆东原·西皋亭适兴……………………………（137）

　　塞鸿秋·凌歊台怀古……………………………（138）

　　楚天遥带过清江引（屈指数春来、有意送春归）二首………（139）

吴弘道　二首………………………………………（140）

　　拨不断·闲乐二首………………………………（140）

赵善庆　一首………………………………………（141）

　　沉醉东风·秋日湘阴道中………………………（142）

马谦斋　一首………………………………………（142）

　　塞儿令·叹世……………………………………（143）

张可久　四十一首…………………………………（144）

水仙子·次韵 …………………………………（144）

水仙子·山斋小集 ……………………………（145）

水仙子·乐闲 …………………………………（146）

水仙子·归兴 …………………………………（147）

折桂令·九日 …………………………………（148）

折桂令·次酸斋韵 ……………………………（149）

满庭芳·客中九日 ……………………………（149）

普天乐·秋怀 …………………………………（150）

寨儿令·次韵 …………………………………（151）

殿前欢·次酸斋韵二首 ………………………（152）

殿前欢·离思 …………………………………（153）

殿前欢·客中 …………………………………（154）

清江引·春思 …………………………………（155）

清江引·春晓 …………………………………（155）

小桃红·寄鉴湖诸友 …………………………（156）

朝天子·山中杂书 ……………………………（157）

朝天子·湖上 …………………………………（158）

朝天子·闺情 …………………………………（158）

红绣鞋·春日湖上 ……………………………（159）

红绣鞋·湖上 …………………………………（160）

红绣鞋·天台瀑布寺 …………………………（161）

沉醉东风·秋夜旅思 …………………………（161）

天净沙·鲁卿庵中 ……………………………（162）

庆东原·次马致远先辈韵 ……………………（163）

醉太平·叹世 …………………………………（163）

迎仙客·括山道中 ……………………………（164）

凭栏人·暮春即事 …………………………………………（165）

凭栏人·江夜 ……………………………………………（165）

落梅风·春晓 ……………………………………………（166）

一半儿·秋日宫词 ………………………………………（167）

梧叶儿·感旧 ……………………………………………（167）

小梁州·失题 ……………………………………………（168）

金字经·感兴 ……………………………………………（169）

金字经·乐闲 ……………………………………………（170）

塞鸿秋·春情 ……………………………………………（170）

庆宣和·毛氏池亭 ………………………………………（171）

卖花声·怀古 ……………………………………………（172）

卖花声·客况 ……………………………………………（173）

汉东山·述感 ……………………………………………（174）

任　昱　一首 …………………………………………………（174）

红绣鞋·春情 ……………………………………………（175）

张子坚　一首 …………………………………………………（175）

得胜令（宴罢恰初更）……………………………………（176）

钱　霖　二首 …………………………………………………（176）

清江引（梦回昼长帘半卷、恩情已随纨扇歇）二首 ………（177）

徐再思　十三首 ………………………………………………（178）

折桂令·春情 ……………………………………………（178）

殿前欢·观音山眠松 ……………………………………（179）

水仙子·夜雨 ……………………………………………（180）

水仙子·红指甲 …………………………………………（181）

水仙子·马嵬坡 …………………………………………（182）

清江引·相思 ……………………………………………（183）

9

  凭栏人·春情 …………………………………（183）
  阳春曲·赠海棠 ………………………………（184）
  朝天子·西湖 …………………………………（185）
  梧叶儿·钓台 …………………………………（186）
  梧叶儿·革步 …………………………………（186）
  梧叶儿·春思二首 ……………………………（187）
张鸣善　一首 ……………………………………（188）
  水仙子·讥时 …………………………………（189）
孙周卿　三首 ……………………………………（190）
  沉醉东风·宫词二首 …………………………（190）
  水仙子·山居自乐 ……………………………（191）
顾德润　一首 ……………………………………（192）
  醉高歌带过摊破喜春来·旅中 ………………（192）
曹　德　三首 ……………………………………（193）
  喜春来·和则明韵二首 ………………………（193）
  三棒鼓声频·题渊明醉归图 …………………（194）
高克礼　二首 ……………………………………（195）
  雁儿落带过得胜令（寻致争不致争）…………（195）
  黄蔷薇带过庆元贞·天宝遗事 ………………（196）
吕止庵　一首 ……………………………………（198）
  醉扶归（频去教人讲）…………………………（198）
景元启　一首 ……………………………………（199）
  殿前欢·梅花 …………………………………（199）
查德卿　十首 ……………………………………（200）
  寄生草·感世 …………………………………（200）
  寄生草·间别 …………………………………（201）

一半儿·拟美人八咏 …………………………………（202）

吴西逸　四首 …………………………………………（205）
　　殿前欢（懒云巢、懒云凹）二首 ……………………（205）
　　雁儿落带过得胜令（春花闻杜鹃）…………………（206）
　　梧叶儿·春情 …………………………………………（207）

赵显宏　四首 …………………………………………（207）
　　昼夜乐·冬 ……………………………………………（208）
　　殿前欢·闲居二首 ……………………………………（209）
　　殿前欢·题歌者楚云 …………………………………（210）

李致远　三首 …………………………………………（211）
　　红绣鞋·晚秋 …………………………………………（211）
　　天净沙·春闺 …………………………………………（212）
　　小桃红·碧桃 …………………………………………（213）

李伯瞻　一首 …………………………………………（213）
　　殿前欢·省悟 …………………………………………（214）

李德载　二首 …………………………………………（214）
　　喜春来·赠茶肆二首 …………………………………（215）

杨朝英　三首 …………………………………………（216）
　　水仙子·自足 …………………………………………（216）
　　清江引（秋深最好是枫树叶）………………………（217）
　　梧叶儿·客中闻雨 ……………………………………（217）

周德清　二首 …………………………………………（218）
　　喜春来·春晚 …………………………………………（218）
　　喜春来·别情 …………………………………………（219）

钟嗣成　二首 …………………………………………（220）
　　骂玉郎带过感皇恩采茶歌·恨别 ……………………（220）

　　　　凌波仙·吊陈以仁 …………………………………（221）
孟　昉　一首 …………………………………………（223）
　　　　天净沙·七月 ……………………………………（223）
倪　瓒　三首 …………………………………………（224）
　　　　人月圆（伤心莫问前朝事）………………………（224）
　　　　凭栏人·赠吴国良 …………………………………（225）
　　　　折桂令·拟张鸣善 …………………………………（226）
刘庭信　七首 …………………………………………（227）
　　　　醉太平·忆归 ………………………………………（227）
　　　　塞鸿秋·悔悟 ………………………………………（228）
　　　　折桂令·忆别 ………………………………………（229）
　　　　折桂令·忆别 ………………………………………（230）
　　　　折桂令·忆别 ………………………………………（231）
　　　　寨儿令·戒嫖荡二首 ………………………………（232）
汪元亨　七首 …………………………………………（233）
　　　　醉太平·归隐二首 …………………………………（233）
　　　　醉太平·归隐二首 …………………………………（235）
　　　　折桂令·归隐 ………………………………………（236）
　　　　朝天子·归隐 ………………………………………（237）
　　　　沉醉东风·归田 ……………………………………（238）
卫立中　一首 …………………………………………（238）
　　　　殿前欢（碧云深）……………………………………（239）
刘燕歌　一首 …………………………………………（239）
　　　　太常引（故人别我出阳关）…………………………（240）
兰楚芳　一首 …………………………………………（240）
　　　　四块玉·风情 ………………………………………（241）

无名氏　四十首 …………………………………（241）

　　水仙子·遣怀 …………………………………（241）

　　寄生草·闲评 …………………………………（242）

　　梧叶儿（秋来到） ……………………………（243）

　　喜春来（窄裁衫褙安排瘦、江山不老天如醉）二首 …（244）

　　叨叨令（溪边小径舟横渡） …………………（245）

　　叨叨令（黄尘万古长安路） …………………（245）

　　叨叨令（绿杨堤畔长亭路） …………………（246）

　　红绣鞋（又不是天魔鬼祟） …………………（247）

　　寨儿令（鸳帐里） ……………………………（248）

　　普天乐（木犀风） ……………………………（249）

　　塞鸿秋·春怨 …………………………………（250）

　　雁儿落带过得胜令·指甲 ……………………（250）

　　雁儿落带过得胜令（一年老一年） …………（251）

　　沉醉东风·维扬怀古 …………………………（252）

　　沉醉东风（拂水面千条柳线） ………………（253）

　　沉醉东风（垂柳外低低粉墙） ………………（253）

　　折桂令（叹世间多少痴人） …………………（254）

　　清江引·牡丹 …………………………………（255）

　　清江引·秋花 …………………………………（255）

　　清江引（春梦觉来心自惊） …………………（256）

　　山坡羊（渊明图醉） …………………………（256）

　　山坡羊（驰驱何甚） …………………………（257）

　　凭栏人·萤 ……………………………………（258）

　　红衲衣（那老子彭泽县懒上衙） ……………（258）

　　贺圣朝（春夏间） ……………………………（259）

13

玉交枝（休争闲气）……………………………………（260）

殿前欢（谪仙醉眼何曾开）……………………………（261）

驻马听（月小潮平）……………………………………（261）

醉太平（利名场事冗）…………………………………（262）

醉太平（急烹翻蒯彻）…………………………………（263）

醉太平（近三叉道北）…………………………………（264）

醉太平（《南华经》看彻）……………………………（265）

醉太平·春雨 ……………………………………………（265）

醉太平（看白云万丈）…………………………………（266）

醉太平（堂堂大元）……………………………………（267）

寄生草（有几句知心话）………………………………（268）

游四门（落红满地、海棠花下）二首 ………………（269）

初生月儿（初生月儿一半弯）…………………………（270）

元好问 三首

元好问（1190—1257）字裕之，号遗山。其先世为鲜卑族（拓拔魏），后定居太原秀容（今山西省忻州市）。金宣宗兴定五年（1221）进士及第，哀宗正大元年（1224）再应宏词科，充国史馆编修，后曾出任镇平、内乡、南阳等县县令，尚书省左司员外郎，又入翰林知制诰。金亡后不仕。潜心诗文写作和有金一代的文献搜集整理工作。编辑有《中州集》和《壬辰杂编》等著作，著有《遗山集》、《续夷坚志》。诗文为金元之冠。散曲作品现存小令九首，残套一个。元人徐世隆称他的曲"清雄顿拙，闲婉浏亮"，"用俗为雅，变故作新"（中统本《元遗山集序》）。

骤雨打新荷①

绿叶阴浓，遍池亭水阁，偏趁凉多。海榴初绽②，妖艳喷香罗③。老燕携雏弄语，有高柳鸣蝉相和④。骤雨过，珍珠乱糁⑤，打遍新荷。　　人生有几，念良辰美景，休放虚过⑥。穷通前定⑦，何用苦张罗！命友邀宾玩赏，对芳樽浅酌低歌⑧。且酩酊⑨，任他两轮日月，来往如梭⑩。

【注释】

①骤雨打新荷：原名[小圣乐]。双调曲牌。也可入小石调。因曲中有"骤雨过，珍珠乱糁，打遍新荷"句，故称。保存着散曲初创时期同词界限不太分明的特点。分上下两片，属慢调。元人陶宗仪《南村辍耕录》说："[小圣乐]乃小石调曲，元遗山先生所制，而名姬多歌之，俗以为[骤雨打新荷]者是也。"定格句式是四五四、四五、六七、三四四，共十句五韵。上下两片共二十句十韵。②海榴初绽：大石榴花刚开放。海，大。绽，开放。③喷：此处指榴花怒放的样子。香罗：一种丝织物。④相和：相互唱和。和，音hè贺。⑤糁（sǎn）：撒

1

落。⑥休放虚过：一作"一梦初过"。⑦穷通前定：穷困潦倒或显赫通达是前生注定的。⑧浅酌低歌：慢慢的饮酒轻声歌唱。⑨酩酊（mǐng dǐng）：醺醺大醉的样子。⑩梭（suō）：织布机上来回穿线的工具。

【译文】

　　庭院里池塘上的亭台楼阁，到处都是茂密的绿叶，万绿丛中，凉爽极了，的确是盛夏时节人们纳凉的好地方。你看，那刚刚开放的大红石榴花，那艳丽娇娇怒放的样子，就像香罗织物一样。母燕携带着自己的儿女，啭舌歌唱；新蜕壳的蝉儿在高高的柳树上与她们唱和。忽然，一阵像滚珠般猛烈的雨点儿，到处乱撒，骤然打在新生的荷叶上。

　　一个人能活多少年？想起这难得的好时日、美好的景致，这绝对不能白白地把它错过。人世间的穷困潦倒和显赫通达，都是前世注定的，又何必苦苦思索，精心筹划？还是及时呼朋唤友、邀集佳宾，大家一起来玩赏这良辰美景。一边慢慢的品酒，一边开怀轻歌，甚至个个喝他个醺醺大醉，东倒西卧，管它太阳和月亮升了又落，落了又升，就像织布机上的梭子来回穿个没完没了！

【评析】

　　这支以"白雪词"抒写"沧州趣"的小令，应该说代表了宋元之际文人的一种典型精神生活。在当时，不仅"众姬多歌之"，而且家喻户晓，脍炙人口。上片写景，层次分明，有静有动，听视共享；下片抒情，旷达深情，情中见景。景是盛夏时"骤雨"洗礼过的景，情是"穷通"的金代遗民、一代大家的对景抒怀。尽管作者着意落脱，却仍难掩饰那对现实的不满。"读此亦可见其志趣矣！"（吴梅《顾曲尘谈》）

喜春来① 春宴

梅残玉靥香犹在②，柳破金梢眼未开③。东风和气满楼台。

桃杏拆④,宜唱《喜春来》。

【注释】
①喜春来:中吕调曲牌名。又叫［阳春曲］或［惜芳春］。定格局式是七七、七三五,共五句五韵。前两句要求对仗,末句须仄仄仄平平。②梅残玉靥香犹在:开后的梅花洁白如玉的花瓣上那香气还在。靥(yè),人脸上的笑窝,俗称酒窝。③柳破:柳枝上破皮新吐出的嫩芽。金梢:金黄色的柳枝梢头。眼:指似眼状的柳叶。未开:还未形成。中国古代文学作品里常用"柳眼"表述人眼如初生柳叶,细长俊俏。④桃杏拆:桃树杏树的花苞正在拆裂、开放。

【译文】
最后开放的梅花,仍然散发出浓郁的芳香,初生的柳叶像美人的眼睛那样似开却未开。整个楼台都充溢着和煦的春风。桃花和杏花含苞待放,正好唱一曲［喜春来］。

【评析】
元好问的［喜春来］共四首,都是写春天景色的,而且各具特色,各显风致。这是四首中的第二首,通过残梅、新柳、东风、桃杏苞拆,写尽了初春的和煦、温馨与可人。前面两句对仗工整,音韵和谐;结句紧扣曲题,浑然自成。

人月圆① 卜居外家东园②

重冈已隔红尘断③,村落更丰年④。移居就要:窗中远岫⑤,舍后长松⑥。 十年种木,一年种谷,都付儿童。老夫惟有:醒来明月,醉后清风。

【注释】
①人月圆:黄钟宫曲牌。定格句式是七五、四四四。四四四、四四四,共十一句四韵。与同名词牌相同。特点是三组四字句均为鼎足

对。元好问这组曲共两首。这是第二首。②卜居：选择地方居住。外家：舅家。③重冈：重重山冈。红尘：闹市的尘埃。又常当做尘世、凡间。④更：再，又。⑤远岫：远处的小山。岫，小山。⑥长松：高大的松树。

【译文】

重重的山峦自然隔断了东园与外界的牵连。这个村庄又逢上了一个五谷丰收的年景。搬到这里来令我满意的是：透过窗户可以看到远处淡淡的群山，屋子后面还有葱郁的青松高入云天。　花十年时间去种植树木，用一年的时间去收种庄稼，我把这些都交给儿孙们去做。作为一个老汉，我只有：喝醉酒后任它清风吹拂，酒醒来时又有明朗的月亮做伴！

【评析】

蒙古太宗十二年（1240）春，作者从山东聊城携家带口回到阔别二十多年的故乡忻州。该住在什么地方？他经过缜密的思考，最后选择了自己舅家的东园。在这里，他写下了许多诗文词曲。其中［人月圆·卜居外家东园］二首就是其一。曲分上下两片，上片写东园的远离闹市，幽静安谧，是一个相当理想的地方。下片写卜居后的所为，"醒来明月，醉后清风"。看似自在悠闲，实际上作者的满腹孤愤，一生酸楚，不由自主地挥洒而尽。从此，他就同元蒙统治者采取不合作的态度，过着超脱尘世的生活，潜心于对中原文化典籍的收集整理，文物掌故的掇拾编纂，也正因为如此才有《中州集》的完成和刊刻。

杨　果 二首

杨果（1195—1269）字正卿，号西庵。祁州蒲阴（今河北省安国县）人。金正大元年（1224）进士。出为偃师令，以廉干称。入元，官至参知政事、怀孟路（今河南）总管，年老致仕。《元史·杨果传》称："果性聪敏,美风姿,工文章,尤长乐府。外若沉默,内怀智用。善诙谐,闻者绝倒。"曾以文采照映一世。有《西庵集》行于世。散曲现存小令十一首,套数五套。风格典雅,"如花柳芳妍"(《太和正音谱》)。

小桃红① 采莲女二首②

采莲人和采莲歌③,柳外兰舟过④,不管鸳鸯破⑤。夜如何?有人独上江楼卧。伤心莫唱、南朝旧曲⑥,司马泪痕多⑦。

采莲湖上棹船回⑧,风约湘裙翠⑨,一曲琵琶数行泪。望君归,芙蓉开尽无消息⑩。晚凉多少,红鸳白鹭,何处不双飞。

【注释】

①小桃红:越调常用曲牌。又名[平湖乐]。定格句式是七五七、三七、四四五,共八句八韵。四四句要求对仗。杨果此曲共十一首。这里选的是第三、第八首。②采莲女:曲题。③采莲歌:原为南朝民歌。这里泛指江南女子采莲时所唱歌曲。④兰舟:用木兰树木所做的船。这里指装饰精美的采莲小船。⑤鸳鸯:水鸟。雌雄偶居,相依相从,永不分离。古代文学中常用它们比喻夫妇。破:分离开。⑥南朝旧曲:南朝时的歌曲。南朝是公元420年晋亡后在江南所建宋、齐、梁、陈的总称。这里指南朝陈后主的《玉树后庭花》曲。此曲常被人认作是亡国之音。⑦司马泪痕:唐代诗人白居易元和间(806—821)被贬为江州司马,任间写有长诗《琵琶行》以自况。诗最后说:"凄凄不似向前声,满座重闻皆掩泣。座中泣下谁最多?江州司马青衫湿。"此句就是由此诗化作而成。⑧棹(zhào)船:划船。棹是划船用具,即桨。⑨风约湘裙翠:风掠动翠绿色的湘裙。约,掠、拂、吹动。湘裙,湘绣所做的裙子。⑩芙蓉:荷花的别名。

【译文】

采莲妇女们一唱一和地唱着《采莲歌》,她们那精美的采莲兰船,轻轻地从柳荫下荡过,哪里还顾得这些歌声,会把进入温柔乡的情人们的美梦惊破？晚上又将是怎么样？有人孤零零地睡在江岸绣楼里。人到伤心的时候，请不要再唱南朝那些调子低沉、情意缠绵的旧歌曲，不然的话，那引发出同情的眼泪，会比当年江州司马白居易的眼泪还要多！

　　采莲女子的兰船，掉转头儿，悠悠划回，习习的清风，吹得那翠绿色的裙儿，左右拂飘。满腔忧恨，诉诸琵琶，弹到伤心的地方，眼泪竟随声而流下，越流越多。多么希望您早些回家来，可是，望到荷花开罢的秋天，竟还没有一点音讯。深秋时节，冷重凉多，红色的鸳鸯和白色的鹭鸶鸟，它们哪个不是成双成对，比翼栖飞。

【评析】

　　这两首同名散曲，各有思想，各有韵致。第一首是哀悼金代灭亡的吊古叹今之作。杨果作为金代的遗民，这是在情理之中的。尽管写得相当含蓄蕴藉，但仍能调动读者的想象。"南朝旧曲，司马泪痕多"，这里的不言"故国黍离"，只强调"司马泪痕"，从而隐蔽了自己的见解，使曲具有诗词的意境：含蓄蕴藉。第二首则写少妇忆怀远方情人。首两句写其形象，情景交辉，形神兼备。接着反复点染秋日的悲怆、凄凉，时空共铸，声口并用，以双写单，以物喻人，物我相较，有情有趣，耐人品味。深秋将至，晚凉加重，体贴入微。体贴中也透露出埋怨，埋怨中又寄以深情。加之，民歌的艺术特色，使作品更加感人、动人。

刘秉忠　三首

　　刘秉忠（1216—1274）字仲晦，原名侃。邢州（今河北省邢台市）人。金末，曾做过邢台节度使府令史。不久，去官隐居武安山中为僧，改名子聪，号藏春散人。忽必烈为秦王时，景慕他的才学，招至幕府，委以重任。拜官后，又改名秉忠。至元元年（1263）拜光禄大夫，位太保,参与了蒙古建国的许多重大决策。至元八年(1271)议定国号,取《易经》"大哉乾元"的用意,定为"大元";并协助制定朝仪官制,成为元初名臣。著有《藏春散人集》。其诗"萧散闲淡,类其为人",词曲苍凉凄婉,散曲现存小令十二首。

干荷叶① 三首

干荷叶,色苍苍②,老柄风摇荡。减清香,越添黄。都因昨夜一场霜,寂寞在秋江上。

干荷叶,色无多,不耐风霜剉③。败秋波,倒枝柯,宫娃齐唱《采莲歌》④。梦里繁华过。

南高峰,北高峰,惨淡烟霞洞⑤。宋高宗⑥,一场空,吴山依旧酒旗风⑦,两度江南梦⑧。

【注释】

①干荷叶:又名翠盘秋。属南吕宫曲牌。也可入双调和中吕宫。定格句式是三三五、三三、七五,共七句七韵。元人《乐府群珠》调名后题作《即名漫兴》,共八首。这里选的是第一、四、五三首。②苍苍:深绿色。③剉(cuò):又写作锉。摧残、折磨的意思。④宫娃:宫女。⑤南高峰、北高峰、烟霞洞:都是浙江省杭州的风景名胜。位于西湖周围。⑥宋高宗:南宋第一个皇帝赵构(1107—1187)。北宋末封为康王,徽、钦二帝被金人俘获后,在南京(今河南商丘)即位。后渡江而南,建都临安(今杭州),偏安一隅。⑦吴山:又名胥山或城隍山。屹立在杭州西湖的东南,右可鸟瞰整个西湖全景,左可俯视钱塘江,并能总揽临安全城。是杭州名胜风景之一。古代常用它借指杭州。金主完颜亮曾想攻克临安,灭亡南宋,有"立马吴山第一峰"的感慨。⑧两度江南梦:杭州是五代时吴越建都的地方,又是南宋的国都所在地。这两个王朝已经像梦一样的成为过去。

【译文】

干枯的荷花叶子,颜色是那么的苍黄,老干被秋风吹得左摇右晃,前仆后仰。枯黄的叶子已经没有了那过去的清香,这都因为是昨天晚上降了一场浓霜。打杀的它孤零零地站在秋天的残塘上。

枯萎的荷花叶子,颜色是那样的暗淡无光,又怎么能再经历得起折磨摧残它的秋霜?枝干东倒西斜,趴伏在水面上。宫女们齐声唱着《采莲歌》,青春时的亭亭玉立、风华激扬,都成了过眼烟云、梦中的风光。

南高峰,北高峰,还有那阴暗无色的烟霞洞。皇帝赵构宋高宗,到头来落得竹篮打水一场空,吴山上仍然与过去一样飘荡着酒店的幌子,可是,在杭州建过都的吴越与南宋,都像在江南做了一场繁华梦!

【评析】

这三首曲,并不是同一时期的作品,却表露出作者一种共同的思想感情和兴亡感叹。第一首写秋色的萧瑟,夜来的浓霜使已经由翠绿变成深青色的荷叶一变而成为枯黄色,使人自然联想起人生青春的凋零,不复再来;第二首在前者的基础上延伸到干荷叶的难耐风霜,终于惨死在秋波之中,结束了似水流年的繁华梦,给读者一种人间时势炎凉,朝代兴亡的感觉;到了第三首,作者干脆离开荷叶本身的兴叹感喟,直接抒写了偏安王朝的建立与覆灭。先有历史的回顾,再有现实的议论;从山川的依旧又写到人事的变故,民族的兴衰,历史的变迁。表现出一位征服者的宰辅对历史所作的遥祭、沉思。全曲语言平朴自然,情感平和深沉。因名起兴立意遣词,以物喻事譬理,意象丰富,内容充实。"其曲凄恻感慨,千古寡和也。"(《词品》)

王和卿 三首

王和卿（1242—1320）名鼎，宇和卿，后以字行。大都（今北京市）人。与关汉卿同时，且交往甚深。为人"滑稽佻达"，是元曲中的前辈名公，"词林英杰"（朱权《太和正音谱》）。现存散曲小令二十一首，套数两套（一残），风格与人相同：风流倜傥，轻佻放达。玩世不恭之中经常透露出作者的不流世俗。

醉中天① 咏大蝴蝶②

弹破庄周梦③，两翅驾东风。三百座名园一采一个空，谁道是风流孽种④？吓杀寻芳的蜜蜂。轻轻扇动⑤，把卖花人扇过桥东。

【注释】
①醉中天：仙吕宫曲牌。又可入双调和越调。定格句式是五五、七五、六四四，共七句七韵。首二句要求对仗。曲写于中统初年。②咏大蝴蝶：元陶宗仪《南村辍耕录》："大名王和卿，滑稽佻达，传播四方。中统初，燕市有一蝴蝶，其大异常，王赋〔醉中天〕小令云云，由是其名益著。"③庄周梦：庄子曾在《齐物篇》中叙述自己在梦中化为蝴蝶。醒后难知是自己幻化为蝴蝶，还是蝴蝶幻化成自己。④孽种：坏种，祸根。⑤扇：读作shān，同搧。

【译文】
一只特大的花蝴蝶，从庄周幻化蝴蝶的梦中飞了出来，它的两只翅膀驾驭着东风漫天飞舞。京城里著名的三百个名园艺苑个个采花，个个落空。谁说它是一个风流的祸种？它吓坏了那些专门采花酿蜜的小蜜蜂。它漫不经心地闪动一下翅膀，竟能把那些沿街叫卖鲜花的卖花人，一个一个都从桥西搧过桥东。

9

【评析】

这支小令，以极度夸张的艺术手法，写出一只"其大异常"的蝴蝶到处寻花觅柳，是一个地道的风流祸种。语言精确，以俗化美，毫无修饰，耐人寻味。因此，也引人联想翩跹。有的评论者说它"给那些任意掠夺民间妇女的权势人物画了像"；有的却说是讽刺、讥谑"普天下郎君领袖，盖世界浪子班头，锦阵花营都帅头"的关汉卿。不管怎样，它的寓意深刻却是无疑的。

一半儿① 题情二首②

鸦翎般水鬓似刀裁③，小颗颗芙蓉花额儿窄。待不梳妆怕娘左猜④。不免插金钗，一半儿蓬松一半儿歪⑤。

别来宽褪缕金衣⑥，粉悴烟憔减玉肌⑦。泪点儿只除衫袖知⑧。盼佳期⑨，一半儿才乾一半儿湿。

【注释】

①一半儿：仙吕宫曲牌。与[忆王孙]基本相同。定格句式是七七、七三、五四，共六句六韵。末句必用"一半儿……一半儿……"。②题情：写情。元人散曲中最常见的题材之一。王和卿此曲共四首，这里选了两首。③鸦翎：乌鸦羽毛。翎，鸟的羽毛。④左猜：猜疑的凭证、凭据。⑤蓬松：原作鬙松，散乱的意思。⑥缕金衣：金缕衣，金色丝线所做衣服。⑦粉悴烟憔：烟粉憔悴。憔悴，无精打采、懒洋洋的样子。这里是说懒得去梳妆打扮、涂脂抹粉。⑧只除：只有。⑨佳期：指男女幽会的时刻。

【译文】

乌黑发亮的鬓发，就像用剪刀剪裁了似的整齐，梳出的几朵如同荷花样的刘海，使额头更加窄小。我这样的梳妆打扮，怕的是我娘看到我不梳妆打扮，把它当做了我们谈情说爱的凭证。只好再勉为其难的插上金钗，这样一来，满头的头发，一半蓬松散乱，一半东倒西偏。

自从与您分手以后，由于思念的深切，只好脱去那宽大不合体的金缕衣，哪里还会有心思再去梳妆打扮？谁还管得这时期身体的消瘦？长流不断的珠泪儿只有衣裳的袖子才能知道。多么心切地盼望我俩再次的幽会，那湿透袖衫儿的相思泪，一半儿刚干，一半儿又湿。

【评析】

这两支题情的小令，观察贴切地描写出一个妙龄女子热恋的痴情。第一首写她的青春萌动，懒于梳妆打扮；但是不梳妆打扮，又怕母亲由此猜透心机，只好勉为其难，插上金钗。谁知这样一来，竟把满头青丝弄的"一半儿蓬松一半儿歪"。第二首则写与情人分别后急切盼望佳期的到来的思绪，肌瘦衣宽，面容憔悴，以泪洗面，泪流不止。作品通过只有知道个中情由的衫袖儿，一览无余地写出了相思泪的所在。平朴尖新，自然深沉，镂思写情，别具境界。正如吴梅《顾曲尘谈》所谈，"有风致"。

盍西村 四首

盍（hé）西村，生卒不详。名志学，号西村，以号行。盱眙（xū yí，今属江苏省）人。钟嗣成《录鬼簿》列在"前辈已死名公，有乐府行于世"篇里。曾为学士。散曲现存小令十七首，套数一套。明朱权《太和正音谱》评其曲"如清风爽籁"。

小桃红 西园秋暮①

玉簪金菊露凝秋，酿出西园秀②。烟柳新来为谁瘦③？畅风流④，醉归不记黄昏后。小槽细酒⑤，锦堂晴昼⑥，拼却再扶头⑦。

11

【注释】

①西园秋暮：临川八景之一。盍西村用［小桃红］写有《临川八景曲》。其余七首依次是：东城春早、江岸水灯、金堤风柳、客船夜期、戍楼残霞、市桥月色、莲塘雨声。此集共选三首。临川：地名。即今江西省临川市。秋暮，晚秋。②酿：酿造。酿出：慢慢形成。秀：美色。③柳烟：茂盛的柳叶和柳絮纷飞共同形成的一种远景。④畅：正。风流：潇洒自如、才华出众。⑤槽：酒瓮流酒的出处。因常用一木槽导酒而出，故名。⑥锦堂：装饰华丽、讲究的堂室。⑦拼：舍弃。扶头：即扶头酒。这种酒容易使人醉。

【译文】

白玉簪花、黄菊花与露水凝聚，共同创造的秋日景色，把一个西园点染得美丽极了。如烟云般的柳枝近日来也不知是什么原因，变得更加苗条、娜婀多姿。这儿的景致，真是太美了！陶醉得人哪里还会想到它深秋的景象！哪管他粗酒、细酒，华丽的居处、晴朗的白天？还是再喝几杯让人易醉的扶头卯酒。

【评析】

作者咏临川西园景色，竟把园中的自然景物同游园人物融为一体去写。两者相映成趣，怡然自得；也令读者心旷神怡。超绝于世的自然风光，巧妙地烘托出人间的超逸美妙。物境、情境相得益彰。在作者的笔墨中，小小的西园，融入了辽旷、广袤的秋日自然之美；玲珑的方寸之中，也满怀人生的理想追求。

小桃红　　江岸水灯①

万家灯火闹春桥，十里光相照，舞凤翔鸾势绝妙②。可怜宵③，波间涌出蓬莱岛④。香烟乱飘，笙歌喧闹，飞上玉楼腰。

【注释】

①江岸水灯：《临川八景》之一。水灯：水中的灯光。②舞凤翔鸾：

飞翔舞动的凤灯、鸾灯。③可怜：可爱。宵：夜晚。这里指正月十五元宵夜。④蓬莱岛：传说中的海中仙岛。这里借指水中灯船。

【译文】

灿若群星的千家万户的灯火，漫延十里，相互映照，共同装点得春桥两岸异常热闹。翩翩舞动的凤凰灯，悠悠飞翔的鸾鸟灯，个个姿势美妙极了。正月十五元宵灯夜多么可爱！多么红火！水波中间忽然涌现出壮观美丽的灯船，就像蓬莱仙岛一般。烟火的香气到处飘荡，笙管齐发，乐声嘹亮，使整个元宵夜更加热闹。这歌声、乐曲、烟香，一直冲上神仙境界的琼楼玉宇的半中腰。

【评析】

这是一支描写元宵山水灯会的小令。场景生动热烈，气氛红火热闹，色彩斑斓璀璨，时空辽阔壮观。有动有静，动静各具特色，声色自具形态，水陆浑然一体。堪称江南水乡灯会的一绝。

小桃红　客船夜期①

绿云冉冉锁青湾②，香彻东西岸③。官课今年九分办④。厮追攀⑤，渡头买得新鱼雁。杯盘不干，欢欣无限，忘了大家难。

【注释】

①夜期：晚上相邀聚会。②绿云：傍晚江上的雾霭。冉冉：慢慢地。锁：笼罩。③彻：满。④官课：官府的课税，即国家的赋税。九分办：按九成收取。⑤厮追攀：相互追逐攀结，相邀聚会。

【译文】

天快黑的时候，江上的水汽像绿色的云雾一样慢慢地笼罩着清澄的江湾，东岸西岸处处弥漫着香烟。今年，朝廷的赋税只按九成交纳,听到这个消息,江湾里所有的船户,高兴的驾船相互传告,相邀聚欢。大家从渡口买来鲜鱼、大雁,还有美酒几缸。吃呀,喝呀!杯中的酒,盘中的菜,完了就换。真是高兴得不得了!此时,竟忘记了常年的辛苦艰难。

【评析】

这也是盍西村的《临川八景》组曲之一。写的是江湾船家的生活图景。有声有色,有意有情。开头两句点染出江湾美丽的夜景,紧接着就由景及人、及事。写得潇洒自然。一次些微的减税,竟引起江上人家如此的狂欢。你看:他们的船儿相互追逐相告,并殷切地相邀欢聚。发自内心的情怀,洒满整个江湾。大家大吃大喝,碰杯庆贺。他们在这片刻的欢欣当中,竟忘记了往昔常年的艰辛苦难和苛税的难以承担。活脱出渔民们的淳朴、善良,暂得温饱而忘却艰辛的图影。其言外之意,也不言自明。

小桃红　杂咏①

杏花开后不曾晴②,败尽游人兴③。红雪飞来满芳径④。问春莺,春莺无语风方定。小蛮有情⑤,夜凉人静,唱彻醉翁亭⑥。

【注释】

①这是作者[小桃红·杂咏]组曲八首的第三首。写春雨落花时节的生活情趣。②杏花开后:杏花和梅花一般是在二三月开花。这里指仲春之后。此时南方即进入梅雨时节。③败:败坏。④红雪:像雪花一样的红色落花。芳径:花间小路。⑤小蛮:借白居易侍女之名写婢女、歌女。⑥醉翁亭:原是宋代欧阳修《醉翁亭记》所写滁州山间小亭。此处借指山间饮酒小亭。记中写道:"醉翁之意不在酒,在于山水之间也!"后世借此言山水之乐。

【译文】

打从杏花开放以后,天气就没有晴过,连绵不断的春雨,一下子就完全破坏了喜欢春游人的兴致。像雪片样的红色花瓣,飞落满花间小道。风停了,问问黄鹂鸟儿,"这是为什么?"它竟默不作声,无语相对。夜深人静,凉气袭人。此时只有多情的歌女小蛮,唱起了美妙的歌曲,歌声响遍醉翁亭。

【评析】

春雨贵如油。可是连绵不断的春雨,也大杀风景,使游人败兴。这支曲子由春雨的无情,写到春风吹落红花满地的无情,接着又转入由它们的无情写出了美人良宵的有情。一波三折,挥洒自由,表现出作者情感的变化。抒情的妙处也在这里,曲情也在这种陡转直下之中,统于全篇之中。

张弘范 一首

张弘范(1238—1280)字仲畴,涿州定兴(今属河北省)人。元初与伯颜同为大将,一起围攻襄阳,伐宋,并为前锋。中统三年(1262)任行军总管,至元十五年(1278)任蒙古汉军都元帅,镇国大将军,南取闽广,俘南宋丞相文天祥于五坡岭。次年,又于崖山击败宋将张世杰所统水师。散曲现存小令四首。

喜春来

金妆宝剑藏龙口①,玉带红绒挂虎头②,绿杨影里骤骅骝③。得志秋,名满凤凰楼④。

【注释】

①金妆宝剑:用黄金装饰的宝剑。龙口:剑口。龙指龙泉宝剑,这里泛指精美的宝剑。②虎头:虎头金牌。武将所佩带,以显示身份。③骅骝:古代良马,相传是周穆王的八骏之一。这里泛指良马。骤:奔驰。骤骅骝:骑骏马奔驰。④凤凰楼:此处指朝廷。

【译文】

身上挎着用黄金装饰的龙泉宝剑,宝剑装在剑袋里,那锋利的剑刃,谁也看不见;腰间束着用美玉装饰的腰带,带上悬挂着有红绒丝线的虎头牌。骑着精良名贵的骏马,奔驰在广阔的战场上。满朝廷都知道我的名气。这是多么得志的岁月!

【评析】

元人叶子奇《草木子》说:"伯颜丞相与张九元帅席上各作一[喜春来]词。"(卷四)张九元帅就是张弘范,他排行老九,所以这样称呼。由此可知,这支曲子是在一次宴会上的唱和之作。弘范二十四岁起就担任元代行军总管,的确是少年得志。后来战功卓著,为开国重臣。这支小令就表现出他:英雄得志,豪情激越,壮怀如愿,喜形于色。

胡祗遹 一首

胡祗遹(zhī yù)(1227—1295)字绍开(一作绍闻),号紫山,磁州武安(今河北省磁县)人。元世祖至元间(1264—1295)曾任翰林、太常博士、左右司员外郎。后因直言而触怒权奸阿合马,外放太原路治中、济宁路总管。元灭宋以后,又出任荆湖道宣慰副使,召拜翰林学士,他坚辞不就。著有《紫山大全集》,散曲现存小令十一首。朱权《太和正音谱》评其曲"如秋潭孤月"。

沉醉东风①

渔得鱼心满愿足②,樵得樵眼笑眉舒③。一个罢了钓竿,一个收了斤斧,林泉下偶然相遇。是两个不识字渔樵士大夫,他俩个笑加加的谈今论古④。

【注释】

①沉醉东风：双调常用曲牌。定格句式是六六、三三七、七七。共七句六韵。六六、三三句一般应对仗。②渔得鱼：渔夫捕得到鱼。渔：渔夫。③樵得樵：打柴的人砍到了木柴。第一个樵指樵夫；第二个樵指木柴。④笑加加：笑哈哈。

【译文】

渔翁捕捉到鱼以后，心里得到满足；打柴的人砍到了柴火，喜眉笑脸。这两个不识字的樵夫渔翁，在树林里的泉水边忽然见了面，笑呵呵地谈说今天，论述远古。

【评析】

这首小令写了元人散曲中十分熟悉的隐居题材，但却写得别具风致。那渔翁、樵夫自由自在，自得自足的生活，同尘世的尔虞我诈、你欺我骗、蝇营狗苟，形成了鲜明的对照。尤其是他们相遇后的"笑加加，谈今论古"，无拘无束，透露出作者对现实政治的明确态度。曲中多处衬字，更增加了它的生气。

严忠济 一首

严忠济（？—1293）又名忠翰，字紫芝。长清（山东济南）人，精通骑射，袭父严实东平路行军万户的职务。元世祖忽必烈伐宋时，他曾率师作战，所向披靡。在东平任职期间，能够抑制豪强。至元二十三年（1286）特授资德大夫中书左丞行江浙省事。辛后，谥庄孝。散曲现存小令两首。

天净沙①

宁可少活十年，休得一日无权②。大丈夫时乖命蹇③。有朝一日天随人愿，赛田文养客三千④。

【注释】

①天净沙：越调常用曲牌。又名塞上秋。定格句式是六六六、四六，共五句五韵。头两句宜对仗，也有前三句成鼎足对的。适于抒情写景。②这两句是作者亲身的人生体验，表现出对权势的复杂思想感情。作者任东平路行军万户时，曾为当地老百姓和部属排忧解困，具体是在向当地豪绅借贷钱粮，补还欠赋，从而使该路"治为诸道治"。正因为这样，也引起当地豪绅的不满，进谗言诋毁他。作者由此而遭贬罢官。罢官后，那些豪绅们又立即向他"执文卷"讨债。忽必烈得知这一情况后，才由内府代发还债。"休得一日无权"的感叹，就由此而发。③时乖命蹇（jiǎn）：时运不佳，命运不好。乖：违背。④田文：战国时齐国的贵族，曾做过齐湣王的相国。号孟尝君。门下有食客数千人。

【译文】

宁愿意自己少活十年，也绝不能放下手中的大权一天。这就是英雄好汉时运不佳、命运不顺时候的深刻体验。如果有一天上天顺从了我的意愿，我将像当年孟尝君田文那样，大权独揽，养活门客三四千。

【评析】

在中国古代，以官为本位以权为核心的价值观支配下，一些人为了争权夺利，蝇营狗苟，不可终日。"宁可少活十年，休得一日无权"，就活脱出古代中国社会这一现实。"有了权就有了一切"，也自然成了他们的终极目的。这支曲子快人豪语，情意深邃，相当难得。

伯　颜　一首

伯颜（1237—1295），巴邻氏。自幼生长在西亚的伊儿汗国，后入朝奏事，被元世祖忽必烈留用，任中书左丞相（1274），接着就统领蒙古大军攻宋。至元十三年（1276），陷南宋京城临安（今浙江杭州市）。灭南宋以后，长期统领军队在北方边境从事翦灭蒙古诸叛王的战争，为巩固大元政权建立了不朽的功勋。散曲作品仅存小令一首。

喜春来

金鱼玉带罗襕扣①，皂盖朱幡列五侯②，山河判断在俺笔尖头③。得意秋④，分破帝王忧⑤。

【注释】

①金鱼：鱼形金符。玉带：美玉装饰的腰带。罗襕：丝罗做成的袍服。《元史·舆服志》："公服，制以罗。""一品紫。"扣：勒。②皂盖：黑色车盖。朱幡：红色的旗帜。列五侯：位居五侯的显要地位。五侯：古代五种爵位。分别是公、侯、伯、子、男。元代没有设置封侯制度，这里借指朝廷的最高官职。③判断：裁决、定夺。④得意秋：得意的岁月。⑤分破：分担，分减。

【译文】

美玉装饰的腰带，紧紧地系在紫色罗袍上，还佩着鱼形金色的符牌；乘坐上黑色车盖的车，行走在红旗漫捲之下，这正显示出我地位的尊贵，权势的赫赫。万里河山的评论，全由我的笔尖儿来裁决。这一切都是为了给皇帝分忧解难。多么得意、多么得意的岁月！

【评析】

英雄抒怀，山河自在。伯颜的这首《喜春来》，生面别开，堪称元人散曲中的"别裁"。它控山河，跨宇寰，指点江山，挥洒自如。"得意"的韵致全都表现了出来。正像曲中所说："山河判断在俺笔尖头。"而且措语本色当行，开疆辟土的开国元戎胸怀袒露也一览无余，表现出元散曲酣畅痛快的特点。

王 恽 一首

王恽（1227—1304）字仲谋，别号秋涧，卫辉汲（今河南省汲县）人。早年从元好问学，善文。与王旭等齐名。中统元年（1260）受姚燧推荐，开始在朝廷做官。历任翰林学士、嘉议大夫、国史馆编修和福建按察使等职。生平著述相当丰富，有《秋涧先生大全文集》一百卷行于世。散曲现存小令四十一首。

小桃红

采菱人语隔秋烟，波静如横练①。入手风光莫流转②。共留连，画船一笑春风面③。江山信美④，终非吾土，何日是归年⑤？

【注释】

①练：白绸子。②入手：到手。流转：流失。③画船：装饰精美有彩绘的游船。春风面：比喻采菱女子娇美的面容。杜甫《咏怀古迹五首》"画图省识春风面"。④信美：确实美丽。王粲《登楼赋》："虽信美而非吾土兮，曾何足以少留。"⑤何日是归年：哪一天是回故乡的日子。杜甫《绝句二首》："今春看又过，何日是归年？"

【译文】

收获的季节里，水乡湖上，清风徐来，水波不兴，好似白绸子一样横陈舒展，隔着轻纱样的烟雾霭中传来采菱女的欢歌笑语声。精美的采菱船上呈现出一张张如春风的笑脸。到眼的大好风光，绝不能让它轻易跑掉，要尽情地玩赏、享受、流连。南方水乡的风景，着实如诗如画，美不胜收。可惜，那终究不是我的故乡！究竟哪一天我才能回到她的身边！

【评析】

　　这是一首化前人诗句而成的思乡曲。前五句全用赋体,尽心描摹江南水乡的风光人情,令人神迷心往,如痴如醉。后三句,"峰回路转",直抒自己对北国故土的眷恋。乐景哀情,相映成趣。艺术辩证法里充溢着生活辩证法。妙极!

卢　挚　八首

　　卢挚(1235—1314在世)字处道,又字莘老,号疏斋,嵩翁。涿州(今河北省涿县)人。至元五年(1268)进士,官至翰林学士承旨。足迹遍及河北、西北、两湖、江浙等地。元代前期重要的散曲作家。与当时姚燧齐名,人称"姚卢",与马致远、珠帘秀、白朴等都有唱和。作品"自然笑傲","天然丽语",顺应自然。《太和正音谱》称"真词林之英杰"。散曲现存小令一百二十首。

沉醉东风　秋景[①]

　　挂绝壁松枝倒倚,落残霞孤鹜齐飞[②]。四围不尽山,一望无穷水,散西风满天秋意。夜静云帆月影低,载我在潇湘画里[③]。

【注释】

　　①此曲写于作者湖南宪使任上,时间大约在大德年间(1297—1307)。②落残霞孤鹜齐飞:唐王勃《滕王阁序》:"落霞与孤鹜齐飞。"落霞:傍晚的彩霞。鹜:一种野鸭。生长在水边。③潇湘画:宋人宋迪有一组平远山水画,名《潇湘八景图》。潇湘:湘江的别称。后以代湖南。

【译文】

　　松枝倒挂在陡峭的悬崖峭壁上,即将消失的晚霞和孤单的野鸭比翼双飞。一眼望不到头的河水,流淌在四周都是山峦的大地上。

21

散漫的西风给整个天际增加着秋天的气氛。深夜里，月影下的小帆船，带我进入如画的湘江上。

【评析】

这首写湘江秋景的小令，别具风致。前五句历述清秋景色，动静结合，诗情画意；后二句写明月初升后的感受，潇洒惬意。作者行船潇江上，随其时空的推移，云水山月尽收眼底。景象辽阔淡远，情致清新恬适。

沉醉东风　闲居①

恰离了绿水青山那搭②，早来到竹篱茅舍人家。野花路畔开，村酒槽头榨③，直吃的欠欠答答④。醉了山童不劝咱，白发上黄花乱插⑤。

【注释】

①作者有［沉醉东风·闲居］三首，写其生活的自由自在、放荡不羁。这是第二首。②那搭：那里，那个地方。③槽头：酒缸导酒而出的地方。④欠欠答答：迷迷糊糊。⑤黄花：野菊花。

【译文】

刚刚离开那青的山绿的水的地方，就来到竹子篱笆围绕的草房人家。这里，路旁开满野花，村边酒店的槽头榨出新酒。喝呀喝，喝了一斗又一斗，一直喝的人迷迷糊糊，跟跟跄跄，醺醺大醉。喝醉了，跟随我的童仆也不劝劝，竟让我一味地把野菊花给自己白头发上插。

【评析】

"闲居"这样的曲题，在元人散曲中是常见的。但由于作者的生活经历不同，文化教养有别，审美情趣的各异，所以各具情致。卢挚这首曲也写闲居，却写了自己闲居中的信步乡间山村，尽情地享受着大自然的美景，享受着毫无拘束的身心自由所带给的乐趣。酒"直吃的欠欠答答"，"白发上黄花乱插"。在这里真正实现了"醉里乾坤大"。这样的"闲居"不能不说是作者对官场厌倦后的一种合理追求。

沉醉东风　重九①

题红叶清流御沟②，赏黄花人醉歌楼。天长雁影稀，月落山容瘦，冷清清暮秋时候。衰柳寒蝉一片愁，谁肯教白衣送酒③？

【注释】

①重九：农历的九月初九。即重阳节。②题红叶：即红叶题诗。唐代有一宫女题诗在红叶上，投入御沟，随水流出禁苑后，被一士子所拾，后二人成为佳偶。御沟：皇宫禁园的水渠。③白衣：童仆。白衣送酒：晋陶渊明重阳节在宅旁摘菊，王弘派僮仆（白衣人）前来送酒，渊明当即饮之，醉后而归。

【译文】

题写着诗的枫叶，随着禁苑御沟的清水，流入民间；令人陶醉的黄花，使欣赏它的人醉倒在高楼上。辽阔的天空，有几只向南飞去的大雁，月儿落时，山林是那么的清瘦。这正是寂寞凄凉冷清清的晚秋时候。那衰败的杨柳，那惨叫的寒蝉，不也都给人一种惆怅凄凉的感觉，在这时候，还有谁会教自己的僮仆给我来送上一杯美酒。

【评析】

"每逢佳节倍思亲"。晋代的陶渊明，归居田园的时候也还有自己的知心朋友，在重阳佳节里给他送酒，自己当年在位的时候，也曾有过红叶题诗觅得"佳偶"，赏黄花时醉倒高楼的情景，可一旦归隐，又怎么样呢？曲前四句写秋日重九的秋色，选取了红叶、黄花、天长、山瘦几个很有季节色彩的词语，道出了重阳的情思。准确、形象,意境辽阔、浑成。最后两句触景生情,表现出两种不同境遇下人的心绪,紧扣"倍思亲"的佳话;人们多么希望在这"衰柳寒蝉一片愁"的境况下,能有几个知心的朋友,呼朋唤酒消愁。

节节高[①]　题洞庭鹿角庙壁[②]

雨晴云散,满江明月;风微浪息,扁舟一叶。半夜心[③],三更梦[④],万里别。闷倚篷窗睡些[⑤]。

【注释】

①节节高:黄钟宫曲牌。定格句式是四四、四四、三三三、六,共八句四韵。②鹿角庙:在湖南鹿角镇(岳阳洞庭湖畔)上。元成宗大德年间(1297—1307),作者曾由集贤学士大中大夫之职调往湖南,出任湖南岭北道肃政廉访使。此曲当为这一时期写于岳阳。③心:此处作思虑讲。④三更梦:又作三生梦。佛教认为人有前生、今生和来生三生。⑤些:一会儿。篷窗:挂篷草帘子的窗户。

【译文】

雨停了,云散了,整个长江都沐浴在皎洁的明月的光华下;风小了,浪平了,只有扁舟一叶平静地飘荡在湖面上。离家万里,思绪翩跹,夜深人静,思考着人的"三生",就好像是做了一场梦。干脆什么都不去想,忧心忡忡地靠在船儿的篷窗下打个盹吧!

【评析】

京官外调,万里行程,来到八百里洞庭湖上,驾一叶扁舟,星夜赶路,多么辛苦,多么疲劳!此时虽然是"雨晴云散,满江明月,风微浪息",但那孤独的小舟在平静的湖中航行,却不由得引起诗人的百感交集,万绪丛生。夜深人静,仍不断地回味着人生。最后一句的"闷"字,极深沉的表达出这次"万里别"的深刻感受和对人生的品评。曲中写景,如在眼前,清新明快,令人怡然自得；写情却深沉动荡，极富容量，叫读者同情。景中沁情，景为情染；情中有景，情景表里。"闷倚篷窗睡些"一句，更为绝妙。

金字经① 宿邯郸驿②

梦中邯郸道，又来走这遭③。须不是山人索价高④。时自嘲，虚名无处逃。谁惊觉⑤，晓霜侵鬓毛。

【注释】

①金字经：南吕宫曲牌。又名［西番经］、［阅金经］。定格句式是五五七、一五、三五，共七句六韵。②邯郸：在今河北省南部。驿：驿站。元代京官外调，往往在这里暂住，换车马。故址在今邯郸市。③梦中邯郸道：邯郸梦。唐李泌有《枕中记》；写一书生卢生自叹人生的坎坷不得志，求教于吕道长企求使其摆排。吕赐他一枕，说枕能使他求得荣华富贵。卢生因枕入梦，梦中享尽荣华富贵。醒来时，主人为他准备的黄粱饭还没有煮熟。所以又叫"黄粱梦"。④山人：隐士。⑤惊觉：惊醒了梦。

【译文】

如今我又一次来到梦中享尽繁华富贵的邯郸道上，这绝不是因为山中人要价太高才能实现自己归隐的愿望，而是自己多年来无法逃脱功名这个虚名罢了！我也经常自己嘲讽自己。在"功名"这个问题上，又有谁能一下子惊悟觉醒！即就是到了两鬓斑白的老年，还是这样。

【评析】

对一个曾经做过大元帝国翰林承旨的作家来说，卢挚这首散曲，直是发自内心。它尽述功名与归隐的难得两全。这正是作者通过自嘲的口吻所抒发的"悟世"感慨：虽然官场的繁华富贵犹如邯郸一梦，但却不得不又走一遭。究其原因，也并不是"山人索价高"，而是"虚名"无法摆脱。毕生的经历,一世的蹉跎,直到满头白发的时候,才"惊觉"到。这种亲身的体验与内省,多么艰难!但终于领悟到了。作者以"自嘲"的笔写来,"自然笑傲"(贯云石《阳春白雪序》)的风格也自然表现了出来。"悟世"的韵味也不言自明。

落梅风① 别珠帘秀②

才欢悦,早间别③,痛煞俺好难割舍。画船儿载将春去也!空留下半江明月。

【注释】

①落梅风:双调常用曲牌。又名寿阳曲。定格句式是:三三七、七七,共五句四韵。第三与第五句均为上三下四。②珠帘秀:元代著名的杂剧艺人。元夏庭芝《青楼集》:"珠帘秀,姓朱氏,行第四。杂剧为当今独步;驾头、花旦、软末泥等,悉造极妙。"与胡祗遹、冯海粟、关汉卿、卢挚等都有较深的交往和唱和。这是作者送别珠帘秀时的一首送别曲。③间别:离别。

【译文】

我两个的交往和情感正在最叫人高兴、愉悦的时间,却要分别,叫人难过的咋能割舍!你这么一走,那春天的明媚、生机与温暖,都会同你的船儿一去,不再复返!眼前只留下明月半江,半江明月。

【评析】

快语痴情,一吐为快。作者几乎是不假思索、不假雕饰地表达出自己对这一女艺人的情感。真切自然,"好难割舍"之情,和盘托出。关于朱帘秀的才情与教养,作者在[双调·折桂令·醉赠乐府朱帘秀]中,有过具体描写。这就是:"系行舟谁遣卿卿,爱林下风姿,云外歌声。宝髻堆云,冰弦散雨,总是才情。恰绿树南熏晚晴,险些儿羞杀啼莺。客散邮亭,楚调将成,醉梦初醒。"

殿前欢①

酒杯浓,一葫芦春色醉疏翁②,一葫芦酒压花梢重。随我奚童③,葫芦干,兴不穷。谁人共?一带青山送。乘风列子④,列子乘风。

【注释】

①殿前欢:双调常用曲牌。又名燕引雏、凤引雏、小妇孩儿、小凤孙儿。定格句式是三七七、四五、三五、四四,共九句八韵。五三五三句元人又作五言扇面对。末二句既可是对仗句,又可作回文句。②疏翁:作者号疏斋。疏翁当是自指,有的本子作"山翁",则指晋代的山简,曾为襄阳镇守,性好酒。李白《襄阳歌》有"笑杀山翁醉似泥"的句子。③奚童:书童。④列子:即战国时郑人列御寇。庄子说他能御风而行。他在《黄帝篇》也自称能"御风而行"。

【译文】

酒意正浓,一葫芦饱含春色的酒,已把我疏斋醉倒,一葫芦美酒却挂在花梢上,压得花枝低垂。伴随我的书童呀,"葫芦里的酒已经喝净,我的酒兴却还正浓。"是谁和我一起饮酒?远处那一带的青山翠岭和我相伴,并陪送我进入春色浓浓的大自然之中。这时,我就像仙人列御寇那样,驾风而行,又像驾风而行的仙人列御寇!

【评析】

这是一首写酒兴的曲。写得豪放,写得酣畅淋漓。"任真无所先"(陶渊明《过雨独酌》),豪兴横溢字里行间。酒葫芦里装着"春色",可见此中的酒兴,酒意,不全在于酒,而在于春色的撩人。有如宋人欧阳修在《醉翁亭记》中所说:"醉翁之意不在酒,在乎山水之间也。山水之乐,得之心而寓之酒也!"

黑漆弩①

晚泊采石矶②，歌田不伐黑漆弩③，因次其韵④，寄蒋长卿金司、刘芜湖巨川⑤。

湖南长忆崧南住⑥，只怕失约了巢父⑦。舣归舟唤醒湖光⑧，听我篷窗春雨。故人倾倒襟期⑨，我亦载愁东去。记朝来黯别江滨⑩，又弭棹蛾眉晚处⑪。

【注释】

①黑漆弩：正宫曲牌。又名鹦鹉洲。原为北宋人田不伐所作。原作今已不存。定格句式是：前片七七、七六；后片七六、七七，共八句五韵。②泊：停船。采石矶：又名牛渚矶，在今安徽省马鞍山市长江的东岸。③田不伐：宋代诗人，生卒不详。黑漆弩曲最早为他所作。④次其韵：依原作的原韵或韵序所和的诗或曲。⑤蒋长卿：元大德间人，曾做过金司之官。其他不详。刘芜湖巨川：刘姓字巨川在安徽芜湖做官，其他不详。⑥崧南：地名，即嵩山之南。在今湖南南部。作者同蒋长卿、刘巨川曾同官湖南。⑦巢父：传说中的古代隐士。⑧舣（yǐ）：让船靠岸。⑨襟期：怀抱、胸怀。⑩黯别：不高兴的分别。⑪弭（mí）棹：停船。蛾眉：指美人。

【译文】

经常回忆起我们一块在崧南居住的日子，怕的只是和隐士们失却约会。让我的归舟去唤醒那粼粼波光，听听篷窗外春雨淅淅落落。老朋友们个个倾吐自己的情怀，我也不得不带着忧愁乘船东去。记得早晨我们在江畔的不欢而散，我又不得不把船儿停泊在令人伤心的美人迟暮的地方——采石矶。

【评析】

曲中通过自己归身的停了又行，行了再停，最后不得不"载愁东去"的描写，尽情地渲染和"倾倒"出同友人分别后的伤感、失意。情深意浓，悱恻缠绵。

陈草庵 一首

陈草庵（1245—1324）名英，字彦卿，号草庵。后以号行。析津（今北京市）人。官至中丞。钟嗣成《录鬼簿》列他为"前辈名公才人"。散曲现存小令二十六首，全部调寄［中吕·山坡羊］。咏物、感事、叹世、怀古、抒情，各具特色。

山坡羊① 叹世

晨鸡初叫，昏鸦争噪。那个不去红尘闹②？路迢迢③，水迢迢，功名尽在长安道。今日少年明日老。山，依旧好；人，憔悴了！

【注释】

①山坡羊：中吕宫常用曲牌。又名山坡里羊、苏武持节。也可入黄钟宫及商调。定格句式是四四七、三三、七七、一三、一三，共十一句九韵。末四句两组，一般都采用对比手法。作者此曲共二十六首。②红尘：原指繁华热闹的街市，后引申为凡间、尘世。此处借指名利场。③迢迢：路途遥远。又作迢遥。

【译文】

从清晨的雄鸡的第一声啼鸣，到天黑时群鸦的到处乱叫，又有哪一个人不愿到名利场上去奔波争逐？博取功名的事情，全部都表现在去京师赶考的路上。走陆路驾车是那样的遥远；走水路乘船也是那么的远遥。今天的英姿小伙子，明天竟变成白发老头。山川仍然是那样的雄伟壮丽，可是人儿却一个个都困惫不堪，萎靡不振了！

【评析】

古代的科举是为官场培养文官后备军的。曾几何时，有多少热心人为之头悬梁、锥刺骨，奔波如鹜。功名更是很多人日思夜想，苦心追逐的。陈草庵这组散曲历数古往今来为之追求的良苦用心。这支曲选取了他们之中那些从早到晚为功名奔波的情状，并给嘲讽、感喟。曲旨也不言自明。

奥敦周卿 一首

奥敦周卿，生卒不详。元代前期女真族散曲作家。姓奥敦，名周卿。与杨果、白朴为友，并有唱和。至元年间（1264—1295），曾出任怀孟路总管府判官，后为侍御史。《太和正音谱》称其为"真词林英杰"。散曲现存小令三首，套数一套。

太常引①

西湖烟水茫茫，百顷风潭，十里荷香。宜雨宜晴，宜西施淡抹浓妆②。尾尾相衔画舫③，尽欢声无日不笙簧④。春暖花香，岁稔时康⑤。真乃"上有天堂，下有苏杭⑥"。

【注释】

①太常引：仙吕宫曲牌。由词牌演变而成，两片。定格句式上片是七五、五七；下片是四四五、五七。隋树森《全元散曲》作蟾宫曲。②淡抹浓妆：苏轼《湖上初晴》："欲把西湖比西子，淡抹浓妆总相宜。"③画舫：即画船。④笙簧：一般指有簧片的管乐器。这里泛指吹弹歌舞。⑤岁稔：丰收年。⑥苏杭：苏州、杭州。

【译文】

渺茫的西湖烟水，千亩水潭风起波滚，荷香十里扑鼻芬芳。不论是下雨天还是晴天，都适于西施的浓妆淡抹，漂亮极了！一只一只装饰精美的小船，首尾相连，整个都有笙歌曼舞，欢声笑语。到了春暖花开的季节，丰收的年景，或者太平盛世，那才真正有如民歌所说："天上有天堂，地上有苏杭"，把杭州比做人间的天堂。

【评析】

全曲可以分两个层次来理解。一个层次是写西湖奇异、优美的自然风光；一个层次则写岁稔时康时游西湖的盛况。表现出一个北方人对南方山水的浓情盛意。最后两句借民间传颂的"上有天堂，下有苏杭"歌谣；加以总括，恰如其分。曲调明快爽朗，情感真切。

关汉卿　七首

关汉卿，生卒不详。号已斋叟，大都（今北京市）人。生于金末，卒于元成宗大德后期。金代曾任太医院尹，为"金遗民，入元不仕"（朱经《青楼集序》）。《析津志》说他"生而倜傥，博学能文，滑稽多智，蕴藉风流，为一时之冠。"与马致远、白朴、郑德辉并称为"元曲四大家"。一生创作杂剧六十多本，现存十八种，如悲剧《窦娥冤》，喜剧《救风尘》，悲喜剧《单刀会》等，相当广泛深刻的反映了元代的现实生活，表现了人民群众的意愿，推进了元杂剧的走向成熟。曲辞"曲尽人情，字字本色"，"当为元第一"（王国维《宋元戏曲史》）。贾仲明称他是"驱梨园领袖，总编修帅首，捻杂剧班头"（《录鬼簿续编》）。散曲现存小令五十二首，套数十三套。

沉醉东风

伴夜月银筝凤闲①，暖东风绣被常悭②。信沉了鱼③，书绝了雁④，盼雕鞍万水千山。本利对相思若不远⑤，则告与那能索债愁眉泪眼。

【注释】

①银筝：即白色秦筝。中国传统的弹弦乐器，原为五弦，六朝后发展为十二弦、十三弦、十四弦。创制于公元前五世纪，宋金元时期成为说唱艺术与戏曲艺术的主弦乐器之一。②悭：缺。③信沉了鱼：即沉鱼。古代常用鱼比书信的传递。是说将信藏于鱼腹中代为传递。沉鱼，音讯断绝。④书绝了雁：即雁绝。古人将书信系在雁足上藉以传递。这句是说由于书信传递的频繁，致使雁不堪忍受而不再传讯。⑤本利对：是对本利的倒装语。元代的"羊羔利"，本息是几何级数的增长，即倍数增长。这句是说相思也像本利一样成倍增加。

【译文】

夜里陪伴着银筝，一个人孤独的睡觉，温暖的绣花被子里经常是缺少一个人。书儿信儿一封接一封的寄个不停，从而使传递书信的鱼雁，也不堪忍受这中间的频繁，鱼沉水底，雁绝飞翔。又多么希望能跨上快马，越过万水千山去见一面。相思、相思，无限的相思债，就如同"羊羔利"那样，番上加番再加番，无法偿还！只好对那讨债的人哭诉求情，用泪水洗面。

【评析】

丈夫外出远去，妻子空房孤守，多么惜惶。尽管书儿、信儿频频的寄，仍难消减自己的相思、怀念。相思债就如同羊羔债那样，利息是加番又加番无法偿还，无奈，只好以泪洗面。作者抓住"相思"二字，左譬右喻，深入浅出，揭示出思妇的内心世界。生动，贴切，也发人深思。

碧玉箫①

盼断归期，划损短金篦②。一搦腰围③，宽褪素罗衣④。知他是什么痛疾？好教人没理会⑤。拣口儿食，陡恁的无滋味⑥！医，越恁的难调理⑦。

【注释】
①碧玉箫：双调曲牌。可以单独使用，又可以同［雁儿落］、［清江引］联为带过曲。定格句式是四五、四五、五五、三五、一五，共十句十韵。开头四句作扇面对。②金篦：金属篦子。妇女笼头发用，也可作梳头用。齿极密。古代女子常用它划道计算日期，且成了一种习俗。这句是说她计算着情人的归期，每天都用金篦划道，结果将金篦都划短划损了。③一搦（nuò）：一握、一把。④宽褪：宽松。形容人消瘦了，所穿衣服显得宽大不合体。⑤没理会：不明白。⑥陡（dǒu）：突然，忽然。恁的：这样的。元曲中常用词。⑦调理：调养、调护治理。

【译文】
多么虔诚的盼望着您回来的那一天，每天都用金篦子刻画着记号，计算着归期；时间长了，金篦磨损得短了许多。身体消瘦下来，那腰一把都能攥住，常穿的丝绸白衣也宽得不合体，宽了许多，肥了许多。也不知道这个时候究竟得了什么毛病？真叫人糊里糊涂，不明不白。吃饭吗，挑肥拣瘦，样样不合口味。请大夫看病，谁知越看病越无法调养治理。

【评析】
这又是一支写相思的曲子。它用闺中少妇的口吻，道出了她对久别情人的深切思念，盼着他早些回来。作者选取了她用金篦划记号计算归期的生活细节，和衣宽食减的日常生活，细致入微地把这一少妇的相思，写了出来。最后一句，画龙点睛。曲子本色当行，情深意绵。

沉醉东风

咫尺的天南地北①，霎时间月缺花飞②。手执着饯行杯③，眼搁着别离泪④。刚道得声"保重将息"，痛煞煞教人舍不得⑤。"好去者前程万里⑥。"

【注释】

①咫（zhǐ）尺：不满一尺。犹言极近。咫：八寸。②霎时间：一会儿，刹那间。月缺花飞：月亮不圆，花儿残败。③饯（jiàn）行：置酒菜送别。④搁泪：含泪。⑤痛煞煞：难过极了。⑥好去者：好好的走吧。

【译文】

虽然眼下近在跟前，可是一会儿便要天各一方，花好月圆的美景立即就会变成月缺花落。手里捧着送行的酒杯，眼中却含着分离时的泪水。刚说了一声："您要自己保重将息"，极度的悲伤，叫人咋能舍得！心里默默祝福："痛快的走吧，希望您鹏程万里！"

【评析】

这首写离情别绪的小令，楚楚动人。作者抓住别离时的那一刹那间，极写她们的难舍难分。起句动魂惊魄，接着悲痛欲绝，一句"保重将息"发自肺腑，体贴入微，关怀备至，情切意浓；最后的一句祝愿辞，更道出了那依依不舍中又不得不舍情境中虔诚的祝福。极富生活情趣，极透情人间的蜜意浓情。也表现出作者捕捉生活能力的非凡。

四块玉① 闲适二首②

旧酒没③，新醅泼④，老瓦盆边笑呵呵⑤。共山僧野叟闲吟和。他出一对鸡，我出一个鹅，闲快活。

南亩耕⑥，东山卧⑦，世态人情经历多。闲将往事思量过。贤的是他，愚的是我，争什么？！

【注释】

①四块玉：南吕宫常用曲牌。定格句式是三三七、七、三三三，共七句五韵。②闲适：清闲安适。这是元曲最常见的题材之一。关

汉卿这组曲共四首，这里选的是第二、三两首。③没：没有，完了。④新醅：新酒。醅（pēi）：未经过滤的粗酒。泼：倒出。⑤老瓦瓮：用了很长时间的盛酒的器具。⑥南亩耕：借晋陶渊明《归田园居》"种豆南山下"诗意。⑦东山卧：借晋谢安隐居东山长卧的故事。

【译文】

陈酒喝完，新酒又倒了；大家围着老酒缸呵呵大笑。同山里的老和尚，田间的农夫一起吟诗唱和。他们拿来两只鸡，我出的是一只鹅。多么自由，多么清闲，多么快活！

南山下耕田种豆，东山上高卧，辞官不做，尘世里的人情世故我都经历过。悠闲地把昔日经历一一思量：原来他们所说的好，就是那争功于朝争利于市的家伙，坏的竟是我们这样的人。这又有什么可以争辩的？

【评析】

闲适源于愤世嫉俗，愤世嫉俗自然不同世俗为伍，"跳出红尘恶风波"。在那"密匝匝蚁排兵，乱纷纷蜂酿蜜，急攘攘蝇争血"的社会里，这种"闲适"正是对他们的背叛。元曲中有许多写"闲适"的曲子，大都具有这样的命意。关汉卿四首"闲适"更是这样。第一首是写诗人同"山僧野叟"的"闲吟和"，语言通俗，形象显明，气氛真挚，志趣脱俗；第二首写贤愚颠倒、是非不明社会中自己的"貌虽愚而志远"。此中陶渊明的不为五斗米折腰，谢安的东山高卧，屡辟征召，及作者亲身经历的世态炎凉，共同为曲子以内涵。发人深省。

四块玉　别情

自送别，心难舍，一点相思几时绝？凭栏袖拂杨花雪①。溪又斜，山又遮，人去也！

【注释】

①凭栏：倚靠着栏杆。杨花雪：暮春时杨树的花絮有如雪花一样。

【译文】

自从送别的那一时刻开始，我的心就无法丢掉您，就是当时的那么一点相思，也不知道究竟何年何月才能断绝？走后，我独上高楼，倚靠着栏杆，看着去处。谁知晚春的杨树花，就像白雪一样飞上高楼，遮住了我的视线。我不停地用衣袖拂搧。望着望着，路伴小河曲曲弯弯，远山又遮住了我的视线；看着看着，你人走了！

【评析】

"别情"又是元人散曲中常见的内容。这支曲子，通过一个女子的口，历陈送别后的相思之苦。俳恻缠绵，回环舒畅，语语含情，句句毕肖。"一点相思"竟无穷无尽，没完没了。"一点相思"也引起她对情人的无尽思怀。因而再上高楼，凭栏，去捕捉那分别的情景，给自己心灵以慰贴。谁知如雪的杨花飞扑满面，挡住了视线。她"时时袖拂"也无济于事，接着的三句，既是凭栏追寻情人倩影的一种往事的回味，又是当时的"从别后，忆相逢"的倒叙。思念的笃诚与真切也一泻无余。句句传神，在在情深。句句景语，句句情语。无可奈何的一句"人去也！"痛定思痛，难以名状，和盘托出。妙哉，奇哉；妙极，奇极！

大德歌① 秋

风飘飘，雨潇潇②，便做陈抟也睡不着③。懊恼伤怀抱④，扑簌簌泪点抛⑤。秋蝉儿噪罢寒蛩儿叫⑥，淅零零细雨打芭蕉⑦。

【注释】

①大德歌：双调曲牌。定格句式是三三七、五六、七五，共七句七韵。关汉卿〔大德歌〕共十首。其中有以"闺怨"标题的四首，分别

36

写春夏秋冬。这一曲为"秋"。原为十句,最后三句是:吹一个,弹一个,唱新行大德歌。②潇潇:急骤的大雨。③陈抟(tuán):五代宋时道士,曾在西岳华山修道。相传他以睡出名,竟可以一睡百日或数年而不醒。④懊恼:烦恼、悔恨。⑤朴簌簌:流泪的形声词。快的意思。⑥噪:鸣叫。蛩(qióng):蟋蟀。⑦淅零零:细雨,小雨形声词。

【译文】

风哗喇喇的刮,大雨哗啦啦的下,这个时候,我就是变成能长睡不醒的陈抟,无论如何也睡不着。悔恨、烦恼交织在一起,伤透了我的心。泪水儿不由地刷刷流出来。蟋蟀叫、秋蝉鸣,它们一唱一和,叫个没完没了。这时,淅零零的细雨又一点一滴地敲打在芭蕉叶子上,叫人心多么焦躁。

【评析】

关汉卿以"闺怨"为题的四首[大德歌],分别以春夏秋冬为背景,都是写少妇与丈夫分别后的懊恼的,也都紧扣"人未归"这一特殊境遇。并且多加点染,由景到情,由表及里,由外及内,层层深入。季节色彩浓郁,人物思绪翩跹。这首写秋日闺怨的曲子,巧妙地抓住"秋风秋雨愁煞人"的契机,通过风声、雨声、蝉噪、蛩鸣、细雨打芭蕉,层层紧逼地写出了少妇的"懊恼伤怀抱"。作者以情选景,以情染景,又以景写情,强烈地衬托出少妇的形单影只,泪如涌泉。而少妇上述的心绪,又增添了外景的凄楚、孤寂。情景相生相成,交织成篇。

白　朴　六首

白朴(1226—1312后)字仁甫,又字太素,号兰谷。原隩州(今山西省河曲县)人,后徙居真定(今河北省正定县)。幼年饱尝战乱之苦,后得元好问抚养并指教,金亡后,放浪形骸,寄情山水,每以诗酒为乐,终生不仕。作杂剧十六种,现存悲剧《梧桐雨》、喜剧《墙头

37

马上》和《东墙记》。与关汉卿、马致远、郑德辉齐名,共称为"元曲四大家"。散曲现存小令三十七首,套数四套。长于描摹自然及男女恋情。曲词清婉绮丽。《太和正音谱》评为"鹏搏九霄","有一举万里之志"。

庆东原[①]

忘忧草[②],含笑花[③],劝君闻早冠宜挂[④]。那里也能言陆贾[⑤],那里也良谋子牙[⑥],那里也豪气张华[⑦]?千古是非心[⑧],一夕渔樵话。

【注释】

①庆东原:双调曲牌。又名郓城春。定格句式是三三七、四四四、五五,共八句六韵。三三句应对仗,四四四句成鼎足对。五五句也可对仗。②忘忧草:即萱草,又名紫萱。相传其嫩苗可食,食后如酒醉,可以令人忘忧忘愁。③含笑花:一种形似兰花的木本花,开放时像含笑的样子。④闻早:趁早,早些。挂冠:辞官。⑤陆贾:汉代人,以善辩著名。⑥子牙:姜尚,字子牙。曾为周武王出谋划策伐纣灭殷建立周王朝。⑦张华:字茂先,晋代人。博学能文,作《鹪鹩赋》,为阮籍所赏识。⑧是非心:曲直、瞎好的话。

【译文】

劝先生应学忘忧草,忘掉愁忧;劝先生要学含笑花,笑口常开。早些辞掉官职,归隐田园,寄情山水。天底下哪里有能言善辩的陆贾,哪里又有良谋层出的姜子牙和豪气出众的张华?从古到今的是非曲直,都只是渔翁樵夫晚上灯下闲谈的笑话。

【评析】

作者少年时曾"有志天下",但是,后来由于遭受到金元之际战乱的折磨与摧残,家破人亡的悲痛,从而郁郁不乐。"从诸遗老放情山水间,日以诗酒优游",以忘天下。入元后不仕。这支曲子,就隐含着他上述的人生悲剧，表现出一种对功名的根本否定。在元代散曲咏史叹世类作品中，相当深沉，历史的内涵也相当丰富。

驻马听① 舞②

凤髻盘空③，袅娜腰肢温更柔④。轻移莲步⑤，汉宫飞燕旧风流⑥。谩催鼍鼓品［梁州］⑦，鹧鸪飞起春罗袖。锦缠头⑧，刘郎错认风前柳⑨。

【注释】

①驻马听：双调常用曲牌。定格句式是四七、四七、七七、三七，共八句六韵。②舞：曲题。作者此组曲共四首，分别写了吹、弹、歌、舞。这是第四首。③凤髻：凤状发式。盘空一作蟠空，高高的梳起，像凤在空中盘旋。④袅娜：轻柔细长的样子。⑤莲步：碎步。古代女子缠足，足称金莲。故称。⑥汉宫飞燕：汉成帝宫中的赵飞燕。赵为皇后，体态轻盈，善舞。⑦鼍（tuó）鼓：鼍皮做的鼓，声音洪亮［梁州］：唐教坊乐曲名，又名［凉州］。⑧缠头：赏赐给歌舞等伎艺人的物品，一般都是丝织物。⑨刘郎：晋代刘晨上天台采药，巧遇仙女，后结为夫妻。后来多用刘郎代指情郎。

【译文】

头上梳出高高的凤凰形状的发髻，轻柔细长的身条，婀娜多姿，跳出的舞也奔放轻盈。你看她慢慢地移动金莲碎步，确实有着宫中赵飞燕身轻如燕，舞姿翩翩的遗风。每一步都踏在鼍鼓演奏的［梁州］乐曲的曲调上；那春罗衣袖上鹧鸪随着她的动作，也展翅飞翔。钟情的观众纷纷给她送上绫罗绸缎，醉心的"情郎"竟把她当做柳枝随风摇曳。

【评析】

这支赋舞的小令，不仅道出了舞蹈的动态美，而且给人以强烈的时空美学享受。作者充分利用舞蹈语汇，分层写来，引人入胜。

你看那发式的动态轻柔,舞步的婀娜多姿,身条的苗条,节奏的缓急舒展,轻衫飘荡,莲步轻移,罗袖从风;怎不叫观众陶醉、倾倒。如果我们也在场,同样会送上礼物。

寄生草① 饮②

长醉后方何碍③?不醒时有甚思④?糟醃两个功名字⑤,醅淹千古兴亡事⑥,曲埋万丈虹霓志⑦。不达时皆笑屈原非⑧,但知音尽说陶潜是⑨。

【注释】
①寄生草:仙吕官常用曲牌。又可入双调。定格句式是三三、七七七、七七,共七句五韵。②饮:曲题。作者此曲共四首,分别写酒、色、财、气。这是第一首。《全元散曲》又作范康作。③方:将。④甚思:什么思念,什么想头。⑤糟醃:用酒糟醃制。糟,酒渣。⑥醅淹:浊酒浸泡。醅,浊酒。⑦曲埋:曲即酒麯。埋是酿酒的原料。虹霓志:凌云壮志。⑧屈原:战国时楚国的诗人,曾为三闾大夫,辅佐楚怀王内修政治,外抗强秦,后遭谗言,被贬谪云梦泽。后轻生自投汨罗江。作品有《离骚》等。⑨陶潜:东晋诗人,字渊明。因不满当时政治黑暗、官场污浊,愤然辞官归隐。

【译文】
长久的处于酒醉状态下,自然不会有什么过不去的事情,这时,也不会有什么理想、牵挂。因为,此刻间酒糟已掩盖了"功名"这两个字;浊酒也会淹没了千古兴亡的事情;酒麯更埋藏了自己的宏图壮志。人们在失意的时候都会笑屈原的不该投江自尽;只有知音的人都会说陶渊明的所作所为,才是正确的选择。

【评析】
这支借酒抒怀的小令,表现出作者对"功名、兴亡、壮志"的一种看法。句句紧扣曲题《饮酒》,但其意又不在"酒"。这在元人散曲中比较多见。过去，一般认为是一种消极的态度。其实，读此曲，却会发现作品中隐含着作家对自己所处时代、现实的极度不满，和在此基础上的绝不与统治者同流合污的思想。他也热心功名，关心兴亡，满怀壮志，只是在无力回天的情况下，才不得不"长醉"罢了！酒中仍蕴藏着一种愤激、旷达之情；"不醒"之中也透露出作者"举世皆醉我独醒"和"不愿为五斗米折腰"的胸怀。这实际是对现实的一种全面否定。清人李调元评其曲说："命意造词，俱臻绝顶"（《雨村曲话》）。

沉醉东风　渔夫

黄芦岸白蘋渡口①，绿杨堤红蓼滩头②。虽无刎颈交③，却有忘机友④，点秋江白鹭沙鸥⑤。傲杀人间万户侯⑥，不识字烟波钓叟⑦。

【注释】

①芦、蘋：都是生长在浅水中的野生植物。芦，芦苇。蘋，又称田字草，开小白花。②蓼：一种生长在水边的野草，秋天开穗状红花，叶呈红绿色。所以称红蓼。③刎颈交：敢以性命相许生死相交的朋友。④忘机友：彼此间不存顾虑，不存戒心的朋友。忘机，消除机心。指淡泊宁静的心境。⑤白鹭沙鸥：两种水鸟。彼此间不存戒心，和谐相处。⑥万户侯：食邑万户的诸侯。此种制度始于汉代。这里借指大官。⑦钓叟：钓鱼的老翁。

【译文】

黄颜色的芦苇和开小白花的蘋草，长满在江岸的渡口，江边翠绿色的杨柳，红蓼花草漫栖在滩头。虽然没有以性命相许，刎颈不悔的朋友，却有着彼此推心置腹的友谊。和谐相处互不存戒心的白鹭和沙鸥，共同把秋天的江上装点得十分恬静、安谧。傲视人世间那些大官贵戚的是：大字不识、在辽阔浩渺的江水边垂钩钓鱼的渔夫。

【评析】

　　蔑视功名富贵，歌颂隐逸生活，是元人散曲常见的主题之一。这自然同时代有着必然的联系。白朴这首写渔夫的［沉醉东风］，浓墨重彩地渲染出"烟波浩渺"中渔夫的垂钓生涯，令人陶醉，让人向往。相映成趣的黄芦、白蘋、绿杨、红蓼，使岸边、渡口、堤上、滩头充满生机，洋溢情趣。色彩的明艳，环境的悠静，景物的绚丽，表现出作者对祖国山河的无限钟爱和紧紧拥抱。再加上"点秋江"的"白鹭沙鸥"，不仅给前面的静景增加了动感，使曲达到动静结合；而且为借景写人、道出"忘机友"作了自然过渡。最后两句破题之笔，告诉读者曲中那个不识字的渔夫是一个"傲杀万户侯"的隐者，也自然透露出作者对"万户侯"的鄙视。李调元称此曲"人不能道也！"（《雨村曲话》）

一半儿　题情[①]

　　云鬟雾鬓胜堆鸦[②]，浅露金莲簌绛纱[③]，不比等闲墙外花[④]。骂你儿俏冤家[⑤]，一半儿难当一半儿耍[⑥]！

【注释】

　　①［一半儿·题情］《全元散曲》标为关汉卿所作。②堆鸦：密堆起来的乌鸦的羽毛。借以形容妇女头发的浓密漆黑而发亮。③簌（sù）：金莲走动的声音。绛纱：绛色纱裙。④墙外花：野花。⑤冤家：相爱男女对另一方的亲称。⑥"一半儿……一半儿"：此曲牌的固定语汇。难当：无法回避。

【译文】

　　满头乌黑发亮像云雾一样的秀发，远远超过了人常说的密堆的乌鸦羽毛密匝匝；绛红色的纱裙下微微露出那"簌簌"的脚步声，是一个不比寻常的"墙外"女儿家。您真是一个风流、俊俏的"冤家"，这种骂话，一半儿是当真，一半儿是玩耍的话。

【评析】

全曲共四首,是写一对青年恋人一见钟情、别后相思的全过程的。这是第一曲。吴梅《顾曲尘谈》称这支曲子是"元曲中的佳作"。"佳"的所在是写少年见到那"俏冤家"时,内心的微波激情。他从头到脚,那么专心细致地观察到少女的千娇百媚,怎不叫他心迷情动,据之而为己有。可惜她不是那路柳墙花,可以任意攀折。从而由极爱变成了"恨",骂她是"俏冤家"。骂后,又自我解脱地说:"这是一半儿难当一半儿耍。"少年多情多意的内心活动,通过这两句,活脱纸上。语言率直,激励,绝少蕴藉。

醉中天 佳人脸上黑痣

疑是杨妃在①,怎脱马嵬灾②?曾与明皇捧砚来③,美脸风流杀④。叵奈挥毫李白⑤,觑着娇态⑥,洒松烟点破桃花⑦。

【注释】

①杨妃:杨贵妃。唐明皇李隆基的妃子,名玉环。古代四大美人之一。②马嵬灾:天宝十五载(756)安史之乱中,唐明皇仓促从京城长安出逃去四川,行至马嵬坡,发生兵变。李隆基为平息此事,无奈赐杨玉环以白绫令其自缢。马嵬:马嵬坡。在今陕西省兴平市西部。有杨贵妃庙及墓。③此句是说杨贵妃曾代唐明皇为李白捧砚。相传:李太白醉写吓蛮书时,曾令太监总管高力士隔靴搔痒,丞相杨国忠打扇扇凉,贵妃娘娘磨墨捧砚。(事见《合璧事类》)④风流杀:风流极了。⑤叵(pǒ)奈:可恨。李白:盛唐时著名诗人,曾为翰林院学士。人称诗仙。⑥觑:看。⑦松烟:古代用以制墨的原料。是将松木烧成烟灰,然后搅和而成。这里代指墨汁。相传李白醉中曾将墨汁洒在杨贵妃的脸上,从此美人脸上才有黑痣。

【译文】

怀疑美人就是还活着的杨贵妃,可是,她又怎么逃脱了马嵬坡自缢的那场灾祸?她曾经代替唐明皇给李太白捧砚磨墨。那姿态确

43

实漂亮极了！可恨挥毫写"吓蛮书"的翰林学士李太白，为她娇丽姿态着了迷。看着看着，竟把墨汁洒在她的脸上，点破了她那绯红色的脸腮。从此，美人的脸上才留下这一黑痣。

【评析】

　　元曲中题赠歌舞艺人的作品很多。有的写其歌喉的莺鸣宛转，有的描其姿态的婀娜秀丽，有的赞扬其技艺的精湛；也有的嘲其体胖，美其红指甲和三寸金莲，谑其酣睡。这支小令是专门戏谑美人脸上的黑痣的。这种痣又叫"美人痣"。值得注视的是：这支曲子奇想妙用，以杨贵妃比佳人，并说这种痣是由于李太白在杨妃脸上点墨而成。白朴曾写有杂剧《唐明皇秋夜梧桐雨》，热情地歌颂了李杨帝妃之情，同时在其背后展现出国家民族兴亡的广阔图景。他还写了许多关于李杨的散曲和诗句。由此可见这一题材在他笔下的重要了。此曲由美人脸上的痣自然联想起李白醉写吓蛮书时杨妃捧砚磨墨的故事，而且联想丰富，妙趣横生，写得洒脱自如，生动活泼，典事融溶、古今一体，褒贬表里，充分体现出散曲的艺术特色。

姚 燧 二首

　　姚燧（1239—1314）字端甫，号牧斋，洛阳（今河南省洛阳市）人。官至翰林学士承旨。他的诗文，豪雄奔放，成为元代著名的文学家。有《牧斋集》五十卷行于世。散曲大都潇洒新颖，笔调流畅，善于抒写真情，描摹儿女风情的作品，也很有特色。在元代文人中，他最先采用散曲写作。《太和正音谱》称他是"真词林之英杰"。散曲现存小令二十九首，套数一套。

凭栏人[①] 寄征衣[②]

　　欲寄君衣君不还，不寄君衣君又寒。寄与不寄间，妾身千万难[③]。

【注释】

①凭栏人：越调常用曲牌。定格句式是七七、五五，共四句四韵。适于写景抒情。②征衣：远行在外人的寒衣。③妾身：旧时妇女对自己的谦称。

【译文】

想给您寄去秋天的衣服，您却很长时间不回来，不寄吗？又怕您缺衣少穿，怕冷受寒。在这是寄还是不寄的情况下，叫为妻的我实在作难！

【评析】

这支曲子写一女子对外出远行亲人的怀念。构思新颖别致，情感真切动人，音律婉转和谐，语言平朴本色。常语常情，扣人心扉，那体贴入微之中的委婉微妙的忧虑，更是惟妙惟肖。

阳春曲①

笔头风月时时过②，眼底儿曹渐渐多③。有人问我事如何④？人海阔，无日不风波⑤。

【注释】

①阳春曲：即喜春来，属中吕。详见元好问[喜春来·春宴]注①。②笔头风月：文墨写作生涯中的美好岁月。作者曾是元代前期著名的文学家，也有过仕途的得意腾达，文苑的风华。所以在不少诗词曲中，时而流露出他意满志得的情绪。③儿曹：儿孙们。④此句中的"事"是指官场中的事，立身处事的事。⑤风波：风险。

【译文】

写作生涯中，笔墨中美好的岁月已经全都成为过去，眼下，膝下的儿孙们越来越多。有些人曾问起我过去官场上的事怎么样？我说："人潮就像海洋那样，那么多变，那么辽阔，每天都会面临着阴晴雨雪，惊涛骇浪的风险。"

【评析】

作者在多年的宦海沉浮生活中，早已尝遍官场上的酸辣苦涩，看透政治风云中的阴晴风雨，所以在一些词曲中常有表露。这支曲子可以说是对自己人生体验的一种艺术的反思：感叹宦海沉浮，人生不易，处处艰难。

刘敏中 二首

刘敏中（1243—1318）字端甫，济南章丘（今属山东省）人。幼时卓异非凡，曾受到杜仁杰的称赞。至元（1279—1294）中曾拜监察御史。后，历任淮西廉访史、燕南肃政廉访副使、翰林直学士兼国子祭酒。大德（1297—1307）后，出任东平路总管、陕西行台中书侍御史、山东宣慰使、翰林学士承旨。著有《中庵集》。散曲现存小令二首。

黑漆弩 村居遣兴①二首

高巾阔领深村住②，不识我唤作伧父③。掩白沙翠竹柴门，听彻秋来夜雨。闲将得失思量，往事水流东去。便直教画却凌烟④。甚是功名了处？

吾庐恰近江鸥住⑤，更几个好事农父。对青山枕上诗成，一阵沙头风雨。酒旗只隔横塘，自过小桥沽去⑥。尽疏狂不怕人嫌⑦，是我生平喜处。

【注释】

①遣兴：排除兴致。②高巾：指隐士们所戴的高冠长巾。③伧父：粗野俗气的男子。④凌烟：凌烟阁。古代图画功勋卓著人物的地方。

⑤恰：正好。江鸥：江上沙鸥。⑥沽：买。⑦疏狂：狂放不羁。

【译文】
　　我头上束勒着长巾，身穿宽领粗布衣，住的地方，就在村子的尽头；这里翠竹葱葱，白沙茫茫，篱笆柴门。不认识我的人，都叫我野叟、村夫。在这里，我已听惯了秋夜的雨声。没有事的时候，我想着人世间的得和失，输和赢；过去了的所有事情，像东流的河水，一去不返。就是把自己的图像画在功臣阁上，那也并不是真正结束功名的地方！

　　我的房屋正好靠近沙鸥出入的沙洲，邻居是几个好管闲事的农民老头。在这里，经常刮风下雨，雨天，我就躺在床上，望着远处的青山，靠着枕头吟诗唱曲。有一家酒店，和我的住处只隔着一条小河渠，我经常一个人从小桥上过去买酒。听任自己的不修边幅、狂放不羁，也不怕旁人指脊背笑话。这，就是我平生最欢喜的地方！

【评析】
　　刘敏中官拜监察御史时，曾直言不讳的弹劾过当时的权相桑哥，从而遭到桑哥的嫉恨和排斥。从此，他辞官归里，过着隐居生活。这两支曲子就写这种隐居生活的。曲中忧时愤世的情感，溢于字里行间，坚强不屈的意志时有流露。他"尽疏狂不怕人嫌"，也不屑于人们"唤他伦父"，一任自由自在；更把"功名"二字不放在心上。这种历官场"混贤愚"的切身体会，使曲更显得真切动人，也表达出同类人物的思想情怀。

马致远　三十二首

　　马致远，生卒未详。约生活于1250—1324年之间。字千里，号东篱。曾任浙江行省务官。晚年归隐。作杂剧十五种，现存《汉宫秋》、

《荐福碑》、《黄粱梦》等七种，内容多侧重知识分子的苦难和神仙道化，因而有"马神仙"之称。与关汉卿、白朴、郑德辉并称为"元曲四大家"。散曲有辑本《东篱乐府》，收小令百余首，套数二十三套。曲风豪放洒脱。明朱权《太和正音谱》评其曲"如朝阳鸣凤。其词典雅清丽，可与《灵光景福》而颉颃。有振鬣长鸣，万马齐瘖之意。又若神凤飞鸣于九霄。"列元群英一百八十七人之首。清李调元《雨村曲话》称为"元人曲中巨擘也"。

水仙子① 和疏斋西湖②

春风骄马五陵儿③，暖日西湖三月时，管弦触水莺花市④。不知音不到此，宜歌宜酒宜诗。山过雨颦眉黛⑤，柳拖烟堆鬓丝，可喜杀睡足的西湖⑥。

【注释】

①水仙子：又名湘妃怨、冯夷曲、凌波仙、凌波曲。双调常用曲牌，又可入中吕宫和南吕宫。也可和[折桂令]合为带过曲。定格句式是七七七、五六、三三四，共八句七韵。起三句为鼎足对。末三句字数也有五五四、六六四和七七四的变异。②疏斋：卢挚，号疏斋。有[水仙子·西湖]四首，分别写西湖的春夏秋冬。《春》写道："湖山佳处那些儿，恰到轻寒微雨时。东风嫩倦催春事，嗔垂杨袅绿丝，海棠花偷抹胭脂。任吴岫眉儿恨。厌钱塘江上词，是个好色的西施。"③五陵儿：五陵富豪家的子弟。五陵是咸阳北坡汉代五个皇帝的陵墓，具体是长陵、安陵、阳陵、茂陵和平陵。建陵时都曾迁各地富豪人家到陵区。④管弦：指管乐器和弦乐器共同演奏的乐曲。⑤颦眉黛：指雨后远处的青山就像西湖美人的青绿色的眉毛一样。黛，青绿色。⑥西施：战国时越国女子。宋代苏轼曾把西湖比作西施，说"浓妆淡抹总相宜"。

【译文】

西湖三月里的一个风和日暖的日子，富贵人家的子弟们，扬鞭催马来这儿游玩。这个时候，湖上的管弦乐器演奏出各种动人的乐曲，那声音贴着水面，随着水波，一直传到莺群花簇的闹市上。不是知音的人是很难进入这种乐境。这是一个适宜唱歌跳舞，适宜划拳饮酒，也适宜填词吟诗的绝好地方。下过雨后，远处的青山就像西施姑娘青绿色的眉毛；柳枝依托着湖水烟云，也像她头上的青丝。这下，可高兴坏了那酣睡的西施姑娘。

【评析】

马致远时代，人们写西湖，总逃不脱"若把西湖比西子，淡妆浓抹总相宜"的境界，卢疏斋有感于此，于是相邀马致远、刘时中等名家相与唱和，而且都以［水仙子·西湖四时渔歌］为题，并约定：第一句以"儿"，次句以"时"为韵，末句以"西施"断章。这支小令就是马致远的四首和曲的第一首。曲写西湖春日的湖光水色，前五句以游人写其景，别具匠心。正因为西湖山美水美，才吸引了无数游人。你看那骑着高头大马昂昂而来的王孙公子；你听，那管弦争鸣掠水而过的乐曲声，竟飘进街市的莺花丛中。多么令人陶醉，令人向往。六七两句直写西湖景色，似为神来之笔，真乃大手笔也。

拨不断①

叹寒儒，谩读书②，读书须索题桥柱③。题柱虽乘驷马车④，乘车谁买《长门赋》⑤？且看了长安回去！

【注释】

①拨不断：又名续断弦。双调曲牌。定格句式是三三七、七七四，共六句六韵。末句又作七字。②谩：枉然、徒劳。③读书须索题桥柱：《成都记》载：西汉时四川的司马相如到长安求取功名时，途经升仙桥题词说："不乘高车驷马不过此桥"。后，果取得功名。须索，应该。④驷车马：四匹马拉的车。古代能乘此种车马者一般都是官高位显的达官贵人。⑤乘车谁买《长门赋》：这是说现在虽然有司马

相如的才华,但又有谁能赏识。《长门赋》是司马相如所作。《序》称:汉武帝的陈皇后失宠,深居长门宫中。她听说司马相如善作赋,就奉上黄金百斤请司马相如作赋。司马相如遂作《长门赋》。陈皇后带赋见武帝。后陈皇后果然因此赋而重获宠幸。

【译文】

感叹那贫寒的书生们:你们不要再去念书。念书有什么用处,不是枉费工夫吗?要读书就应该像汉代的司马相如那样建功立业。建功立业后虽然能够乘四匹马拉的华贵的车,但乘那样的车马,又有谁能够赏识你的文章与才华?还是死心吧,到了长安观看一下京师的景物,就快些回家去吧!

【评析】

马致远早年曾一度热衷功名,经过一段波折后,他又热心归隐。这支"叹世"的曲子,从两方面表明了他对功名的思想。一是读书的目的无外乎博取功名,但功名的取得,在事实上确是十分艰难的;二是即使求得功名,但是在当时又有谁能够赏识你的才华,并委以重任?可见他对现实的清醒。最后所说的"回去",就是要脱离那繁华喧闹的城市,归田过隐居生活。这种为现实所逼迫的无路可走的"归隐",就不同于一般意义上的归隐,而表现出一种对污浊现实,贤愚不辨社会的一种指责或批判。有其积极意义。顶针、连环格式的艺术手法,使该曲明白如话,浑然一体。

拨不断 叹世

菊花开,正归来。伴虎溪僧、鹤林友、龙山客①;似杜工部、陶渊明、李太白②;有洞庭柑、东阳酒、西湖蟹③。哎,楚三闾休怪④!

【注释】

①虎溪僧：虎溪东林寺的和尚。具体指晋时该寺高僧慧远。他所在的庐山东林寺前有一条小河，名叫虎溪。每次他送来访的客人，都不越过这条溪水，因为过溪就有虎吼。一次他与大诗人陶渊明、道士陆静修，一边谈话一边走路，由于谈笑风生而忘了路程，遂越过小溪，虎大吼起来。他们三人也大笑分别。鹤林友：鹤林友人。具体指殷天详。他在镇江黄鹤山下做道士时，法力无边，能使春花秋放。龙山客：本指晋陶渊明的外祖孟嘉。相传有一年的重阳节他在龙山宴请宾客，忽然一阵大风刮来，竟吹落他的帽子。此时，他却泰然处之，与客从容交谈。三句分别借指名僧、道士和名士。②杜工部：即唐代大诗人杜甫，曾做过工部员外郎。后来弃官流寓他乡，长居草堂。一生创作了大量诗歌，人称诗圣。陶渊明：晋代著名的诗人。名潜，字渊明。曾不为五斗米而折腰，归居田园。李太白：即李白，字太白，唐代大诗人。因不愿"摧眉折腰事权贵"而漫游神州，纵情山水。此处借他们表示了作者对文学的酷爱和高风亮节。③洞庭柑：江苏太湖洞庭东西二山所产柑子，以色鲜味美闻名于世。东阳酒：东阳在今浙江省金华地区，以酒著名。宋元明清以来，颇负盛名。《金瓶梅》中所写金华酒就是这里所产。又名东阳酒。西湖蟹：西湖所产螃蟹，个大体肥肉美。④楚三闾：屈原。战国时曾做过楚国的三闾大夫。他忧国忧民、矢志改革。后因国都失陷，痛感自己的政治抱负无法实现，遂自沉汨罗江。

【译文】

菊花盛开的时候，我正好归园田居，与我做伴的是高僧、道士和一代名士。我像杜甫、陶渊明、李白那样作文吟诗；吃的是洞庭山上产的柑橘，喝的是东阳名酒，菜桌上离不了西湖产的螃蟹，味美、体肥。哎，这样的生活，三闾大夫屈原你可不要奇怪！

【评析】

以极为酣畅明快的笔调写了自己归隐生活的闲适、自由、狂放和洒脱。三四五三句工整的鼎足对，充分发挥了散曲衬辞、衬字的艺术特色，将原七字句变成十字句，酣畅淋漓地表达了自己的乐趣。最后两句采用对话式，更增加了作品的现实感和艺术魅力。

拨不断

布衣中①,问英雄。王图霸业成何用②?禾黍高低六代宫③,楸梧远近千家冢④。一场恶梦。

【注释】

①布衣:指没有任何官位的人。即平民老百姓。②王图霸业:成王的宏图,称霸的大业。③六代宫:指曾在金陵(今江苏省南京市)建都的吴、东晋、宋、齐、梁、陈六个朝代。④楸梧:楸树、梧桐树。古代坟墓旁边常种的两种阔叶树。以上两句借用唐末诗人许浑《金陵怀古》诗句。原诗是:"楸梧远近千官塚,禾黍高低六代宫。"是说:昔日那些赫赫一世的达官贵人们也不过落得个死葬荒丘、坟埋丛林,在他们的坟墓上已长满了楸树和梧桐树;那繁华的六朝皇家宫殿,如今不也都变成了废墟,种满了庄稼!

【译文】

人们应该从平民老百姓中找寻真正的英雄。这是因为:成王的宏图,成霸的大业并没有什么用处。不信,你看:曾在金陵建都的六个王朝的皇宫宝殿都变成废墟长满庄稼,昔日多少官宦的坟墓上也到处是楸树和梧树。一切的一切,都只不过是一场恶梦罢了!

【评析】

这支抒情兼议论的小令,直率干脆地对"成王称霸"发表了自己的看法。作者把它看做是"一场恶梦",自有否定的内蕴。

拨不断

莫独狂①,祸难防。寻思乐毅非良将②,直待齐邦扫地亡③,火中一战几乎丧④。赶人休赶上⑤。

【注释】

①独狂：一味的骄狂。②乐毅：战国时燕国的著名将领。他曾亲自总领燕、赵、韩、魏、楚五国兵力伐齐，先后攻克七十余城。惠王时，因受齐国反间计的影响，用骑劫代替乐毅的职位。乐毅出走赵国。此时，齐国将领田单用火牛阵一举打败骑劫，收复全部失地。乐毅当年的努力前功尽弃。寻思：思索。③扫地亡：彻底灭亡。④火中一战：指田单的火牛阵。⑤休赶上：不要追赶上。

【译文】

人不要一味的骄横狂妄，祸害是很难提防的。细想那乐毅并不是一个很好的将帅：他总想一下子彻底灭亡齐国，结果燕国自己却在田单的火牛阵中几乎被灭亡。"追赶逃跑的人不应把他追赶上的！"

【评析】

这支曲子是从军事战例上着手，告诫人们不应该得势不让人，欺人太甚。它和前几首曲子一样，对提到的历史人物，并没有执否定态度；而是以他们为鉴借，阐述自己之所以归园田居，只是不愿为"密匝匝蚁排兵，乱纷纷蜂酿蜜，急攘攘蝇争血"（[双调·夜行船·秋思]）的社会卖命，做无谓的牺牲罢了！

拨不断

酒杯深，故人心，相逢且莫推辞饮。君若歌时我慢斟，屈原请死由他恁①。醉和醒争甚？

【注释】

①屈原请死：屈原在流放洞庭湖时，由于忧思沉重，面容憔悴而身体枯槁。一天他遇见一个渔夫，问他为什么这样。他回答说："举世皆浊我独清，众人皆醉我独醒，是以见放。"渔夫劝他应与世推移。他又回答说，自己宁愿葬于鱼腹之中，也矢志不改。

53

【译文】

用大杯子喝酒,这是老朋友对你的深情厚谊;相逢的时候,就不要相互推辞,可以尽情的喝!先生引吭高歌的时候,我就少倒几杯。屈原甘心情愿身葬鱼腹,由他自己去吧!究竟是醉还是醒,这又有什么可争执的?

【评析】

一切听其自然,这是道家的天道自然观,也是人们在与之相争而受挫后的一种解脱,更是不满现实又无力改变现实的一种愤懑和宣泄。这支曲子从劝酒谈起,直谈到醉、醒的不必争论。从生活哲学中揭示出人生哲学的一些方面。

拨不断

立峰峦,脱簪冠。夕阳倒影松阴乱,太液澄虚月影宽[1],海风汗漫云雾断[2]。醉眠时小童休唤。

【注释】

[1]太液澄虚:天空澄清辽阔。[2]汗漫:辽阔、漫无边际。

【译文】

拔掉玉簪,脱去帽子,站在高山峻岭的上面,就会清晰地看到:太阳落山的倒影映照得背面错落有致、斑驳陆离;月亮的影子也映在清彻如洗、辽阔无比的天空中;海风把漫无边际的晚霞,吹得支离而破碎。喝醉酒酣睡,这时候,仆童不要唤叫我。

【评析】

曲写夕阳西下时,身处群山峻岭之巅,尽情享受大自然洗礼的惬意、陶醉。清新自然,绝无斧痕。三四五三句工整的对仗,意境辽阔,情景融合。这种人与大自然的相互拥抱,正表现出一种物我混一的境界。

落梅风　远浦归帆①

夕阳下，酒斾闲②。两三航未曾着岸③。落花水香茅舍晚，断桥头卖鱼人散。

【注释】
①浦：江河水面。②酒斾（pèi）：酒旗。酒店的招牌。③航：船。

【译文】
太阳快要落山的时候，酒家茅草房子上的招牌，静静地挂在天边。这个时候除两三只船还没返航外，其他所有的船儿都回到码头上；残破的桥头那些叫卖活鱼的小贩们也都走了。落花染得江水清香，使酒家的草屋更显得静谧安然。

【评析】
车尔尼雪夫斯基曾说："那些为生活所折磨、厌倦于跟人们交往的人，是会以双倍的力量眷恋着自然的。"这对我们了解元散曲热情描摹自然风物是有帮助的。马致远的许多散曲正是出于对人们交往的厌倦，而以双倍的力量眷恋自然的具体表现。这支小令写夕阳下江南渔村的恬静、怡然自得，给人一种静穆的美学享受。原为《潇湘八景》之一。清新明丽之极。其他七首分别是：山市晴岚、平沙落雁、潇湘夜雨、烟寺晚钟、渔村夕照、江天暮雪和洞庭秋月。

落梅风

心间事，说与他。动不动早言两罢①。"罢"字儿碜可可你道是耍②，我心里怕那不怕？

【注释】

①早：先。两罢：两人分手。②硂可可：的的确确，实实在在。

【译文】

我把我心里的话儿全说给他听：不要再动不动就说："咱们俩个人干脆吹了吧！""吹了"这两个字却是实实在在的，你以为那是说着玩耍！你想我听了以后多么心惊肉怕！

【评析】

一句"两罢"，竟弄得少女胆战心惊。这爱多么执著，多么笃诚，又多么痴情。质朴率真的语言，独具匠心的铺排，对现实素材精心的提炼，人物心理描写的细致逼真，都应该说是其他人难以企及的。

落梅风

人心静，月正明。纱窗外玉梅斜映①。梅花笑人偏弄影②，月沉时一般孤零。

【注释】

①玉梅：清莹洁白如玉一样的梅花。②偏：故意。弄影：玩弄影子。

【译文】

人们都已入睡，皎洁的月亮高挂天空。窗外冰清玉洁的梅花斜映在纱窗上，它故意摇动着自己的身影，对窗内一人孤眠的人发笑。月亮落了，梅影消失，笑我孤单的玉梅和我一样的孤苦伶仃。

【评析】

夜深人静的时候，纱窗外"梅花笑人偏弄影"。构思奇特。梅花又如何能弄影笑闺中人的孤单？分明是人触景生情。心理活动描写惟妙惟肖，也使所写的闺情情味别具。

落梅风

实心儿待,休做谎话儿猜。不信道为伊曾害①。害时节谁曾见来?瞒不过主腰胸带。

【注释】
①伊:你。害:害相思病。

【译文】
不要把我对你的一片真心实意去当做谎话那样的猜测,竟不相信我曾为了你得了相思病。你会说:你害相思病哪个见来?这却瞒不过我身上穿的衣服,腰间束系的腰带。衣宽带松就是明证。

【评析】
前一首和这一首曲都是写闺情的。可是角度不同,构思相异。前者为热恋的少女写心,这首则为形单少妇写情。句句写景物,句句又都在写情。物中含情,景中寄情。前者写少女不忍梅花弄影成双,笑她孤苦伶仃,就针锋相对戏谑梅花在月沉影消之后,也会落得同样下场。构思新奇,形象鲜明。心理刻画入微。后者写少妇害相思病的痛楚,坦诚胸怀,一句"瞒不过主腰胸带",活脱出相思之苦,可同王实甫《西厢记·长亭送别》相媲美。

落梅风

蔷薇露,荷叶雨,菊花霜冷香庭户①。梅梢月斜人影孤。恨薄情四时辜负②。

【注释】
①香庭户:妇女的闺房。②四时:春夏秋冬四季。辜负:对不

起，背负。

【译文】

春天的露水洒满了蔷薇花，夏日的骤雨撒打着荷花叶子，闺房前菊花傲着秋霜。挂在梅花树梢上的西偏的月牙儿下一个人孤零零地站着。气恨那薄情的冤家，竟对不住我一年的大好时光。

【评析】

这支小令，初读好像句句写景。它通过四季中独具特色的四种花的描摹，给人一种时令境况；再读，就会发现句句又是写情。真是景为情设，景为情染，景中有情，情中有景，情景兼备而交融。尤其是最后一句，真情的倾吐，一览无余；由恨写爱，透露深切。

落梅风

因他害，染病疾，相识每劝咱是好意①。相识若知咱就里②，和相识也一般憔悴③！

【注释】

①每：们。元曲中常用词。②就里：底里、内情。③和：连、同。

【译文】

由于想他，才使我害起相思，身染重病，相识的姐妹们完全出于一片好意来劝慰我。相识的姐妹们如果了解这里面的内情，她们也都会和我一样的没精打采，形容枯槁，害起相思病来！

【评析】

这首也是写相思之苦，但笔墨颇具新意，手法也新奇。特别是"和相识也一般憔悴"一句，通过相识者的心思，把那痴心人对情人的执著追求、倾心爱慕与爱的深沉都写了出来。

小桃红　春①

画堂春暖绣帏重②,宝篆香微动③。此外虚名要何用?醉乡中,东风唤醒梨花梦④。主人爱客,寻常迎送⑤,鹦鹉在金笼。

【注释】

①这支曲子原题《四公子宅赋·春》。四公子一般指战国时的孟尝君、春申君、平原君和信陵君。②画堂:本汉代官中的殿堂,雕梁画栋,彩绘璀璨。后泛指讲究、华丽的堂屋。绣帏:锦绣的帐幕。③宝篆:珍贵而精制的香炉。④梨花梦:春梦。梨花开放在春天,一时繁荣,但容易消失。⑤寻常:一般的,普通的。

【译文】

绫罗绸缎做成的帐幕,一重又一重的,殿堂温暖的像春天一般,精制而珍贵的香炉上,香烟袅袅飘动,除了这些享受,虚名又有什么用处?和煦的春风,打破了我醉梦中的繁华富贵。主人爱惜他门下的食客,都一样的那样迎接那样送别,住在这里的食客,就只能像学舌的鹦鹉关在这金丝编织的笼子里。

【评析】

战国时的四公子孟尝君田文、春申君黄歇、平原君赵胜、信陵君魏无忌,每个人都豢养着一批食客,他们自己也都过着极其奢侈腐朽的生活。居室的富丽堂皇,自然也是他人难以相比的。曲虽以赋体写他们府第的春日景况,但仍不时流露出作者厌恶虚名,希望自由自在的思想。

金字经

絮飞飘白雪,鲊香荷叶风①。且向江头作钓翁。穷②,男儿未济中③。风波梦④,一场幻化中⑤。

【注释】

①鲊（zhǎ）：腌鱼。②穷：穷困潦倒不得志，失意。③未济：不顺利。④风波梦：挫折、艰难的经历。⑤幻化：变化。庄子梦中化蝶，醒后不知是自己幻化成蝴蝶，还是蝴蝶幻化成自己。

【译文】

像白雪样的柳絮，到处飘荡，腌鱼的香气从荷叶形状的盘中散出。暂时还是做一个渔翁去江畔垂钓。男子汉身处贫困潦倒不得志的不利环境中，一生的奔波劳累都变成了一场噩梦。

【评析】

曲前三句有着唐代诗人柳宗元"独钓寒江雪"的意境；后四句采取赋体，指出这种情境完全是由于世态的炎凉，人事的日非，生平的坎坷。也自然导出了作者对他所处时代现实的态度。

金字经

夜来西风里，九天雕鹗飞[1]。困煞中原一布衣。悲，故人知未知[2]？登楼意[3]，恨无上天梯！

【注释】

①九天：古人说天有九重，第九重是最高处。有时也借指皇宫、朝廷。雕鹗：都是猛禽。能高飞。此处借指恶人。②故人：老朋友。③登楼意：登楼抒怀的意思。汉末，王粲因避董卓之乱，投奔荆州刺使刘表，但却没有受到刘的重用。王粲怀念故乡，登当阳城楼作《登楼赋》，抒发自己怀才不遇的情怀。赋中写道："冀王道之一平兮，假高衢而骋力。"意思是说：希望有一天天下太平，自己将凭借帝王的力量，实现自己的理想，施展自己的才能。

【译文】

晚上的梦中，我像雕鹗那样，在秋日里辽阔无垠的九重天里，振翅翱翔；醒来之后，却仍然是中州大地上困窘极了的一个平民百姓，伤心呀！昔日的老朋友，知道不知道？也曾想着像当年王粲那样，登楼抒怀。可惜，此时没有上天的梯子！

【评析】

这是马致远风华正茂时期的作品。以极豪爽的语言，倾吐自己的情怀，表达沉痛的情感，抒写凌云壮志，是这支曲的特点。你看那雕鹗的展翅长空，布衣的惨遭困阨，上天又无天梯，对自己的怀才不遇，倍遭灾难的悲哀，表达得多么痛快。豪放中的愤激抗争，也自然流露了出来。

折桂令 叹世①

咸阳百二山河②，两字"功名"，几阵干戈。项废东吴③，刘兴西蜀④，梦说南柯⑤。韩信功兀的般证果⑥，蒯通言那里是风魔⑦。成也萧何，败也萧何⑧；醉了由他⑨！

【注释】

①叹世：感叹世事。此类作品，在马致远散曲中占有相当分量。大都是作者晚年的作品。因为他在青年时代有过对功名的热切追求，可是一切都落空了。所以，在这类作品中，有着他深切的人生体会。有愤激，也有抗争，更有悲哀。马致远成了"困煞中原一布衣"。②咸阳：秦时国都所在地。在今陕西省咸阳市内。地处九嵕之南、渭河之北，所以得名。地势固若金汤，凭此可抵挡数百倍于我之敌。秦末，楚汉相争，都想取代嬴秦的地位，因而夺取咸阳成为他们的关键所在。百二山河：是说地势十分险要。语出《史记·高祖本纪》。其意思有两解。一说：可以百众敌二百之众；一说：可以二人抵挡百人。③项废东吴：秦末项羽及其叔父项梁杀会稽郡守，响应陈胜吴广的起义。当时会稽的郡治所在吴（今江苏吴县），所以称东吴。④刘兴西蜀：秦末刘邦被封为汉王后，凭借自己的力量占据了汉中及巴蜀，后又以此为根据地与项羽进行了五年多的楚汉战争，最后战败项羽，建立了刘汉王朝。

全句意思是：因西蜀之地而使刘邦兴立汉朝。⑤梦说南柯：即南柯一梦。唐人李公佐传奇小说《南安太守传》记述游侠之士淳于棼梦游南柯的事情。淳于棼梦中荣耀显赫，娶金枝公主为妻，并出使南柯太守。⑥韩信：汉代开国功臣。在楚汉相争中，曾建立了不朽的功勋。他与萧何、张良被共称为"汉兴三杰"。后为吕后设计所杀。兀的般：如此、这般。证果：佛教语言，因果报应的意思。这里指结果、下场。⑦蒯通：汉初以辩才出名的人物。即蒯彻。在楚汉战争中曾建议韩信反汉自立为王，但韩信不听。后装疯魔避祸，但仍被刘邦执杀。⑧萧何：汉初丞相。当初曾为刘邦荐举韩信，后来谋杀韩信他又直接参与。⑨他：音tuò（托）。

【译文】

咸阳地势险要，是历代兵家必争的地方。人们为了"功名"，在这里曾发生过好长时间的战争。项羽叔侄一举废除了东吴会稽太守，刘邦曾以巴蜀为根据地建立了大汉王朝。他们一世的荣华富贵都像南柯梦一样。功勋卓著的韩信竟落得个被斩的结果，蒯彻的辩才怎么能成为疯魔？事成了是萧何，事败了也是萧何；喝醉酒吧，一切都由他去吧！

【评析】

这篇吊古凭今的叹世曲，通过韩信在楚汉战争中的不幸遭遇，揭示出翻手为云、覆手为雨的人情世故的反复无常。可贵的是作者只胪列历史上的事件，而无一字涉及现实，愤世嫉俗的思想仍力透纸背，真是"不着一字，尽得风流"。

庆东原 叹世

明月闲旌旆①，秋风助鼓鼙②，帐前滴尽英雄泪③。楚歌四起④，乌骓漫嘶⑤，虞美人兮⑥！不如醉还醒，醒还醉。

【注释】

①旌旆：旌旗。这里泛指战旗。②鼓鼙：鼙鼓，战鼓。③英雄：这里指项羽。④楚歌四起：楚汉战争中，刘邦为了瓦解项羽军心，让战士们在项羽军队四面高声歌唱楚地歌曲，并布下疑阵，使项羽误认为自己的全部阵地都被刘邦占据，因此灰心丧气。楚歌，楚地民歌。⑤乌骓（zhuī）：项羽所骑的骏马名。漫嘶：突然长鸣。⑥虞美人：项羽的宠姬虞姬。她常伴项羽出征作战。垓下被围困时，项羽知道自己已无回天之力，遂作歌唱道："力拔山兮气盖世，时不利兮骓不逝；骓不逝兮可奈何，虞兮虞兮奈若何？"

【译文】

皎洁的明月下，战旗安静地插在战地上，秋风声伴助着鼓声，一片哀鸣。项羽这样的英雄在这样的情况下，在帐前也不由自主地流下了眼泪。霎时间，军营的四周都唱起战士思乡的楚地歌曲，常伴项羽出死入征的乌骓马，也突然仰天长鸣起来。美人虞姬呀，人生不如醉后又醒、醒后又醉，长醉没了吧！

【评析】

这又是一首叹世的曲子。集中写了楚汉战争中项羽垓下被围、全军覆没的情况。一个叱咤风云、戎马一生，转战南北，又力能拔山、气独盖世的英雄，此时竟一败涂地，只有拔剑自刎，连自己最宠爱的美人虞姬也难保全性命，多么发人深省，多么令人寻味！作者连珠炮式的用了前六句，铺排这一历史事实，不亢不卑，无褒无贬。紧接着妙笔一转，由咏史自然进入感叹人世："不如醉还醒，醒还醉"。真有"难得糊涂"的味道。余味也无穷。

清江引① 野兴二首②

樵夫觉来山月底③，钓叟来寻觅。你把柴斧抛，我把渔船弃。寻取个稳便处闲坐地④。

绿蓑衣紫罗袍谁为你⑤，两件儿都无济⑥。便作钓鱼人，也在风波里。则不如寻个稳便处闲坐地。

【注释】
①清江引：双调常用曲牌。又名江水儿。除单独使用外，还可与雁儿落合为带过曲。定格句式是七五五、五七，共五句五韵。②马致远有同名组曲八首，这里所选的是第一、第二两首。③觉来：醒来。④稳便：稳妥方便。⑤绿蓑衣：指渔翁或隐士。紫罗袍：指达官贵人。⑥无济：无用，无益。

【译文】
山头明月底下的打柴人一觉醒来，止碰上到处寻找他的捕鱼的老汉。他们一个丢下渔船，一个放下利斧柴担，两个人寻了一个稳妥方便的地方，静静地坐着。

披绿蓑衣的渔夫和穿紫色罗袍的大官，他们谁是主人？其实，他们都是无用的。即就是做了钓鱼的人，仍然要在风里浪里讨生活。还不如寻找个稳妥方便的地方，静静地坐着。

【评析】
这两支小令所表现的都是"则不如寻个稳便处闲坐地"。但各有其长，各有意境。第一支曲子是渔夫到深山老林寻访樵夫，相约席地而坐，悠闲自得；第二支则说不管是打鱼的还是做官的，都是为了眼下的利益在"风波"中奔忙，后来省悟，双双脱离红尘，过悠闲自在的生活。这种言情托物的思想，脱尘拔俗的情趣，共同表现出"野兴"情境与心态。

清江引　野兴二首①

林泉隐居谁到此？有客清风至②。会作山中相③，不管人间事。争什么半张名利纸④！

西村日长人事少⑤，一个新蝉噪。恰待葵花开⑥，又早蜂儿闹。高枕上梦随蝶去了⑦！

【注释】

①这是作者［清江引·野兴］八首中的第六、七两首。元人《梨园乐府》均未注明作者。②有客清风至：只有清风像客人那样来到。③山中相：南朝时陶弘景隐居茅山，梁武帝多次请他出山，他都拒绝了。后来，武帝每有大事，就去山中拜访求策。时人称他是"山中相"。后人常以此借指隐士。会当：真正会做的意思。④半张功名纸：功名簿。⑤西村：隐居躬耕的地方。出自晋陶渊明《归去来兮辞》的"西畴"。⑥葵花：向日葵花。⑦梦随蝶去了：借庄周梦中幻化成蝴蝶的故事。见前注。

【译文】

谁会来到这山林泉水边的隐居地方？只有那不请自来的徐徐清风，才是这儿的常客。真正做一个身在深山老林，人世间的一切一概不闻不问的人。那半张纸的功名簿，又有什么用处。

辽阔无边的田野，天地广阔，人间闲杂的事情很少很少，只能每天听到幼蝉的鸣叫。等到向日葵花开放的时候，又有一群一群的蜜蜂采蜜喧闹。高枕无忧地进入梦乡，这该多好！

【评析】

马致远的八首［双调·清江引·野兴］，共同表现出一种弃绝尘俗、浪迹林泉的情趣。在这里，作者拥抱自然，进一步将自己融入大自然之中，清风成了他的常客。他也成了大自然的主人。正像他自己说的："东篱本是风月主，晚节园林趣"（［清江引］之八）。他也不争那"半张名利纸"，更"不管人间事"，自然对陶弘景那样的"山中相"提出异议。其实，这一指责，本身就透露出作者的这种"野兴"，仍没有完全忘怀尘世。在第二首曲子中，作者热情地赞颂了自己居处的优美。这里田间有蝉鸣、葵开、蜂闹，在在自得，村野情趣，溢于曲间；夜来，则高枕无忧、梦随蝶去。物我混一的老庄思想，"晚节林因趣也"！

四块玉　恬退①

酒旋沽②，鱼新买。满眼云山画图开，清风明月还诗债③。本是懒散人，又无甚经济才④。归去来⑤！

【注释】

①作者的［南吕·四块玉·恬退］共四首。这是最后一首。"恬退"逐次写出自己的不顾"尘客挂麟台"（第一首），"闲身跳出红尘外"（第二首），"竹影松声两茅斋"（第三首）。"恬退"：安然退居。因为作者"九重天，二十年。龙楼凤阁都曾见"（［双调·拨不断］），而今"两鬓皤，中年过"（［四块玉·叹世］），所以才安然地退居归隐。②旋沽：刚买下。③诗债：应该写而未写的诗。④经济才：经世济国、治国安邦的才华。⑤归去来：陶渊明《归去来兮辞》中所说的"归去来兮"。这是一组偏义词，意思是："归去罢！"马致远这组曲末句全用此句。

【译文】

刚买来的美酒，才购得的活鱼。像水墨画那样的淡云、山水，展现在我的眼前，在清静的明月下，我随着徐徐的清风，写我应该写却还没有写出来的诗。我本来就是一个不修边幅，不受拘束的人，也没有那经国济世、治国安邦的才能。还是归居田园吧！

【评析】

一个人到了晚年，能有一个清静恬适的地方，从事自己想从事又乐于从事的工作，的确十分难得。曾在"九重天，二十年。龙楼凤阁都曾见"（［双调·拨不断］）的马致远，由于"半世蹉跎"（［蟾宫曲·叹世］），期望有一个满眼如画云山，清风明月做伴，鲜鱼、美酒、吟咏诗歌、淡泊恬静的生活，也是理之自然，人之常情。无

66

可非议。读者不一定从隐士的角度去理解这些。曲写得那么自然清新，淳朴浑厚；也自然同他的生活经历与艺术创造有关。

四块玉　叹世四首①

带野花，携村酒。烦恼如何到心头。谁能跃马常食肉②？二顷田，一具牛③，饱后休。

两鬓皤④，中年过。因甚区区苦张罗⑤？人间宠辱都参破⑥。种春风二顷田，远红尘千丈波，倒大来闲快活⑦！

佐国心⑧，拿云手⑨。命里无时莫刚求⑩，随时过遣休生受⑪。几叶锦，一片绸，暖后休。

带月行，披星走。孤馆寒食故乡秋⑫，妻儿胖了咱消瘦。枕上忧，马上愁，死后休。

【注释】
①作者此曲共九首。是马致远自传体的一组曲子，堪称"史曲"。这里选的是一、三、四、五四首。②跃马食肉：战国时燕人蔡泽在表述自己的志趣时曾说："跃马疾驱，食肉富贵，四十三年足矣!"后以此借喻富贵得志。③一具牛：能拉动一张铁犁的牛。汉代一具是两头牛。④皤：白。⑤区区：拳拳。专心致志。⑥参破：佛教语汇，看透的意思。⑦倒大来：到头来。⑧佐国：辅佐国家，即宰相。⑨拿云：能上云天控制云行。比喻志向远大、本领超人。⑩刚求：强求、硬来。⑪生受：受苦。⑫孤馆：远离村舍的驿馆。

【译文】
　　头上插满野花，手中提着农家酿造的稠酒。这样一来，还会有什么烦恼涌上心头？又有哪一个能够扬鞭跃马，经常吃上鲜肥的大肉?

有两条黄牛一套犁,耕种上二百亩田地,能吃饱饭也就足够了!

人已过了中年,两鬓头发也都白了。何必再为功名利禄那么专心致志、到处奔波?人世间的得宠、荣辱样样也已经看透。早春时节,种上二百亩庄稼,与那喧嚣险恶的尘世离得远远的,这样,到头来,既清闲又快活!

即就是有辅宰的思想,有驾驭云天的才能。命运里注定的事情也不要勉强去做,经常抱着不在乎的样子,更不能去受磨难。身上只要有几件棉衣、一件绸衫,穿得暖和也就足够了!

披星戴月奔走,一生辛苦住驿馆,从寒食节直到深秋。到了家里,老婆娃娃都吃胖了,咱自个却劳累得皮包骨头样瘦。睡觉时忧虑,走路时发愁,只有死了一切也就罢休!

【评析】

这几首"叹世"的曲子,表达了作者在"争名利何年是彻"社会生活里自己的人生态度和处世哲学。第一支曲写其参破世俗的远离红尘;第二首以野花村酒的乡居生活为满足,能求得一饱也就足矣;第三首明确提出不要强求功名而能求得一暖也就够了;最后一首直言披星戴月、日愁夜忧寻求富贵的不值得。快人快语,肺腑真言。

四块玉　天台路[①]

采药童,乘鸾客[②]。怨感刘郎下天台[③]。春风再到人何在?桃花又不见开。命薄的穷秀才,谁教你回去来[④]?

【注释】

①马致远有[南吕·四块玉]十首,分别以地名标题。实际是十首怀古散曲。标题分别是:天台路、紫芝路、浔阳江、马嵬坡、凤凰

坡、蓝桥驿、洞庭湖、临筇市、巫山庙和海神庙。这里共选四首。天台路：去天台山的路。相传，晋代阮肇、刘晨二人采药进入深山，至天台山，遇众仙女相邀。后二人分别与仙女结为夫妻，过着美满幸福的神仙生活。半年后，二人思念故乡，盼望回家，但回故乡后，人事全非，"乡邑寒落，已十世矣！"再后，二人重上天台山，昔日的一切都荡然无存。元杂剧有王子一《刘晨阮肇误入桃源》。②鸾：传说中凤凰一类的仙鸟。③怨感：悲伤的感到。刘郎：刘晨。④回去来：偏义词，回去的意思。

【译文】

刘晨进天台山采药，巧遇仙女，一下子竟从采药人变成了仙家尊重的客人。可惜的是那刘晨不该离开仙境，又回故乡；等他第二次的春天再上天台山时，仙女们已不知到哪里去了，当年繁茂的桃花，也花落不见。可怜的穷书生啊，谁教你离开仙境回到人间来！

【评析】

马致远曾写过几本神仙道化剧，说的都是凡人入道成仙。这支曲子却把仙境同人间作了艺术的对比，并借以抒怀。从中不难窥得作者对现实的厌恶，对仙境的向往。一句"谁教你回去来？"反诘有力，发人思索。

四块玉　马嵬坡①

睡海棠②，春将晚，恨不得明皇掌中看③。《霓裳》便是中原患④。不因这玉环，引起那禄山⑤，怎知蜀道难？

【注释】

①马嵬坡：地名。又叫马嵬驿。在今陕西省兴平市西部。唐时安禄山叛乱，兵破潼关，逼近京师长安，唐玄宗李隆基仓促出逃，行至马嵬驿，三军不发。为平息兵谏，李隆基赐杨贵妃白绫自缢于此。②睡海棠：形容美人的娇艳妩媚。此处具体指贵妃娘娘杨玉环。③明

皇：唐玄宗李隆基。他在位时，创造出大唐盛世的"开元之治"，时人称为"明皇"。④《霓裳》：《霓裳羽衣曲、舞》。相传此曲、舞为杨贵妃创编，并由她主演，成为当时宫中盛演不衰的一个节目。⑤禄山：安禄山，胡人，原为渔阳节度使。天宝末曾同史思明共同发动叛乱，史称"安史之乱"。

【译文】

晚春时节，像睡海棠一样娇艳妩媚的杨贵妃，恨不得叫唐明皇李隆基把她当做掌上明珠般的看待。可是，一阕《霓裳羽衣舞》，竟引起中国一场祸患。要不是贵妃娘娘哪能引发起胡儿安禄山的叛乱，唐明皇又怎么能向四川逃跑，他又哪里会知道去蜀路上的艰难？

【评析】

元代剧作家们不少人曾把李杨爱情写成杂剧剧本，也有较多散曲作家，在怀古、咏史的诗词曲中，摄取了这一题材。显然，他们都有着"历史的艺术反思"的味道。马致远这支小令，名为咏史，实为惊世。曲中认为导致安史之乱的直接原因是杨玉环，自有其不恭之处，也有其历史的局限；但曲中指陈李、杨的穷奢极欲，一味追求声色享受，却不无道理，也不无惊戒作用。

四块玉　洞庭湖①

画不成②，西施女，他本倾城却倾吴③。高哉范蠡乘舟去④，哪里是泛舟五湖？若纶竿不钓鱼⑤，便索他学楚大夫⑥。

【注释】

①洞庭湖：即太湖，在今江苏省苏州、无锡一带。又名五湖。非湖南的洞庭湖。②画不成：画不出来。③倾城：使全城倾倒。指西施的美貌。倾吴：指西施被越国献给吴王夫差，从而使吴覆亡。④高哉：

高明呀。范蠡：春秋时越国的大夫。越亡于吴后，被吴拘为人质二年。后，返回越国，帮助越王勾践"卧薪尝胆"，"十年生聚，十年生息"，志图恢复。终于国富民强，灭吴复国。灭吴后，他又感到勾践为人"不可同患难与处安"，遂"乘舟泛海以外，终不返"。古代多以他的行动比喻功成后身退的典范。⑤纶竿：钓竿、以纶为竿上钓绳。⑥便索：就得。楚大夫：楚国大夫。这里具体是指与范蠡同时的文种。他与范蠡一同帮助越王勾践灭吴复国。但他却没有像范蠡那样功成身退，结果被勾践赐剑自刎。

【译文】

西施姑娘的绝代姿容是根本无法用画把她画出来的，她既有可以使国人、满城的人倾倒的容颜，也有着能够使吴国灭亡的本领。高明呀！范蠡大夫在大功取胜以后激流勇退，离开越国，泛舟五湖。他哪里是驾舟去泛五湖？如果拿着钓竿却不去钓鱼，就得叫他去学习越国的另一位大夫文种那样被杀死！

【评析】

从洞庭湖引发出越国同时的三个著名人物：西施、范蠡、文种。在对他们的品评中，作者明显地持以不同的态度，给以不同的笔墨。其中心是盛赞范蠡的激流勇退，哀叹文种的悲剧下场。两种态度，两种结果，对比显明，思想深邃。

四块玉　临邛市①

美貌娘②，名家子③，自驾着个私奔车儿。汉相如便做文章士④，爱他那一操儿琴⑤，共他那两句儿诗。也有改嫁时。

【注释】

①临邛市：地名。治所在今四川省邛崃县。汉卓文君的故乡。②美貌娘：指卓文君。③名家子：卓文君原为临邛世袭大户、豪富卓王孙的女儿。④相如：汉代著名辞赋家司马相如（前179—前117）。

71

先因家贫，不受重用。后游长安，写了《子虚赋》呈汉武帝。武帝十分赏识，得以召见；再后，因《上林赋》而被重用，授以郎。⑤一操：一曲。司马相如善琴。相传他遇文君弹了一曲《凤求凰》表达自己的心意。琴声打动文君，文君又爱慕相如才华及其琴艺，相爱。后因其父卓王孙的反对，他们才私奔，开一酒店，二人当垆卖酒。

【译文】
美貌的卓文君是一个豪富的女子，她亲自驾着车子投奔司马相如。即使司马相如做了一代著名的辞赋家，她仍爱他就是那技艺超群的一操琴曲，和受人赞赏的文章，才是她改嫁司马相如的原因。

【评析】
卓文君私奔司马相如的故事，家喻户晓。在古代，她也成了有叛逆思想性格的女性典型。马致远这支小令，歌颂了她与司马相如的爱情和敢反传统的思想性格。特别是对司马相如的赞扬，表现出作者对有才华的"文章士"的由衷敬佩；同时也是对宋元理学"一女不嫁二男"的抨击和批判。

天净沙　秋思①

枯藤老树昏鸦②，小桥流水人家，古道西风瘦马。夕阳西下，断肠人在天涯③。

【注释】
①秋思：这首曲又作无名氏之作。②昏鸦：傍晚归巢的乌鸦。③断肠人：悲伤到极点时肝肠寸断的人。天涯：天边。

【译文】
近处一条溪水从小桥下流过，小桥那边有一户人家，屋前干枯的藤条缠绕着的苍老的古树上，盘旋着几只落巢的乌鸦；远处，一条古老却荒凉异常的道路上有一匹瘦骨嶙峋的马。太阳快要落山的时候，只见一个悲痛得肝肠寸断的游人，骑着那匹瘦马，奔驰、颠簸在凛冽的西风中，漂泊在天的尽头。

【评析】

　　这是一支很著名的小令。它精心地撷取了三组九个特征显明、色彩和谐、动静结合、时空共铸的深秋景物，自然排比，浑然造型地为读者创造了一个深邃、浑厚的意境，使历来评论家赞叹不已。的确，作者在这里所选的每个景物，不仅融注了自己的情思，而且表现出以情选景，借景抒情，情景交融、物我混一的艺术特点。注足于这一景物中的人物的思想感情及秋日的沉思，都相当淋漓尽致地展现于读者眼前。豪放的风格、精心的构思、匠心的独具，也了了在目。元人周德清称它是"秋思之祖"（《中原音韵》），近人王国维认为它"纯属天籁"（《元剧之文章》），"寥寥数语，深得唐人绝句妙境"（《人间词话》）。

王实甫　二首

　　王实甫，生卒不详。名德信，字实甫，后以字行。大都（今北京市）人。从他的散曲看，好像曾做过官，享秩六旬以上。主要活动于元成宗元贞、大德时期（1295—1308），同关汉卿、马致远都是"元贞书会才人"。一生大都在勾栏瓦肆中度过，创作杂剧十四种，现存三种。《西厢记》是一部"天下夺魁"的抒情喜剧，有"小春秋"之目。散曲现存小令一支，套数三套。朱权《太和正音谱》评其曲辞"如花间美人。铺述委婉，深得骚人之趣，极有佳句"。明人贾仲明认为他的词章有一种"风韵美"。

山坡羊　春睡①

云松螺髻②，香温鸳被③，掩春闺一觉伤春睡④。柳花飞⑤，小琼姬⑥，一片声"雪下呈祥瑞"⑦。把团圆梦儿生唤起⑧。"谁，不做美？呸，却是你！"

【注释】

①春睡：又作《闺思》。隋树森《全元散曲》列入张可久作品。②螺髻：田螺状发髻。北方人称作"转转"。即将头发旋盘于脑后。③鸳被：鸳鸯被。④掩：关。⑤柳花：柳絮。⑥小琼姬：美貌、伶俐的小丫头。⑦雪下呈祥瑞：即"雪兆丰年瑞"的意思。⑧生：硬是。

【译文】

盘卷得像田螺形状的发髻，蓬松的像乌云一样，一个人钻进香料熏烤的鸳鸯被里，紧关房门，悲伤地在梦中与丈夫重会。伶俐聪明的小丫头，望见那飘舞的柳絮，误当作雪花飞，惊奇地喊了起来："瑞雪兆丰年，雪兆丰年瑞！"把我从夫妻颠鸾倒凤的美梦中硬是惊起。"是谁也太不作美？呸！原来才是你。"

【评析】

这是一支喜剧色彩很浓的散曲，同作者的《西厢记》极为相类。它写一个少妇思春而睡，伤春有感。作者描摹她的情态，揭示她的情怀，勾勒她的娇嗔、薄恼的神情，都十分贴切、逼肖；叙事、描写，渲情也融于一体。匠心独具，韵味别致。尤其是中间的插白（问），使人物情态跃然纸上。人物有性格、有思想，也有笔力，可以说对少妇伤春的描写达到了穷形尽相全态的地步。像这样的散曲，完全可以搬上舞台，成为一喜剧小品。

十二月带过尧民歌① 别情

自别后，遥山隐隐②，更那堪远水粼粼③。见杨柳飞绵滚滚，对桃花醉脸醺醺④。透内阁香风阵阵，掩重门暮雨纷纷。怕黄昏忽地又黄昏，不销魂怎地不销魂⑤。新啼痕压旧啼痕⑥，断肠人忆断肠人。今春，香肌瘦几分，缕带宽三寸⑦。

【注释】

①十二月：中吕宫曲牌。定格句式是四四、四四、四四，共六句五韵。尧民歌：也是中吕宫曲牌。定格句式是七七、七七、二五五，共七句七韵。两曲都不能单独使用，常连缀一起成为带过曲。②遥山：远山。隐隐：看不清楚的样子。③粼粼：水清澈的样子。④醺醺：大醉的样子。⑤销魂：魂掉了。⑥啼痕：眼泪的痕迹。⑦缕带：丝织的腰带。

【译文】

自从我俩分别以后，远处的重山迭峦遮挡住欲穿的望眼，清彻透明的波光更让人无法忍受。眼见那飘扬飞舞的杨花柳絮，面对盛开的桃花那醉红的脸。香气儿竟经常扩散到闺房里来，晚上下着的雨纷纷敲打着已关闭了的大门。真是：一个人最害怕的天黑竟然又到了晚上，不想失魂落魄又不得不落魄失魂？刚流出来的泪水重叠在旧泪痕的上面，悲痛到极点的人回想起悲痛到极点的人。今年春天，我的香肌玉体又消瘦了几分，腰带儿也宽松了整整三寸。

【评析】

这支别致的带过曲，[十二月]写景，迭字重情，景中见情，情景交融；[尧民歌]写情，句式连环，浓情鲜景，情中见景。从而把少妇的别情，酣畅淋漓地诉诸纸上，而且力透纸背。结语又补上一笔，用形体的消瘦，衬托出相思的深极，离别的痛苦。缠绵幽怨，妥贴美妙。王世贞说这是"情中俏语"，李调元说："人不能道也！"（《雨村曲话》卷下）

滕 斌 一首

滕斌，一作滕宾，生卒不详。字玉霄，黄冈（今属湖北省）

人。钟嗣成《录鬼簿》称他是"前辈已死名公"。至大年间(1308—1311)曾官翰林学士,出为江西儒学提举。后,出家入道天台山。为人笃诚、洒脱。著作有《玉霄集》。散曲观存小令十五首,全为[中吕·普天乐],写隐逸之乐。朱权《太和正音谱》评他的曲"如碧汉闲花"。

普天乐①

叹光阴②,如流水。区区终日③,枉用心机。辞是非,绝名利,笔砚诗书为活计④。乐齑盐稚子山妻⑤。茅舍数间,田园二顷,归去来兮!

【注释】

①普天乐:中吕官常用曲牌。又名黄梅雨。又可入正宫调。定格句式是三三、四四、三三、七七、四四四,共十一句六韵。三三、四四、三三三组应对仗,最后三句也可以是鼎足对。滕斌这支曲的标题,《乐府群珠》作《劝世》,《雍熙乐府》作《叹世》。②光阴:时间。③区区:同拳拳,专心的意思。④活计:生计、生活。⑤齑(jī)盐:用盐腌制的酱菜一类的食品。

【译文】

感叹那时间像流水那样,一去再不复返,一个人整天专心致志,实在是白白消耗心思。应该避开那是和非,根绝那名和利,把吟诗作画填词作曲当作自己的真正生活。和老婆小孩一起吃着酱菜,有几间茅房住着,有二百亩地耕种着,决心以诗人陶渊明为榜样,回家去过隐居生活。

【评析】

元曲中的"叹世"之作,大都表现出对当时黑暗残酷的现实社会的不满。这支曲子劝人归隐田园,出发点自然也在这里。兵法上的三十六计,"走"为上计;就是俗话中说的"近不得还能走不得",

都表明离开自己讨厌的生活小场所，仍不失为一种斗争手法或策略——"计"。其实，这种归隐也是一种反世俗的态度，它起码表明了作者不愿为虎作伥、与坏人同污的思想。

邓玉宾 二首

邓玉宾，生卒事迹不详。钟嗣成《录鬼簿》中称他是前辈名公"邓玉宾同州"，可见他曾做过州一级官。散曲现存小令四首，套数四套。

叨叨令① 道情②

一个空皮囊③，包裹着千重气；一个干骷髅顶戴着十分罪④。为儿女使尽了托刀计⑤，为家私费尽了担山力⑥。你省也么哥，你省也么哥⑦。这一个长生道理何人会？

【注释】

①叨叨令：正官调常用曲牌。定格句式是七七、七七、五五七，共七句五韵，两个五字句末尾三字必须用"也么哥"。②题又作劝世。③皮囊：皮袋子。此处指人身体。④骷髅：骨头架子。⑤托刀计：托刀而走，佯装失败，诱敌追赶，然后再杀回马枪的意思。⑥家私：自己的家业。⑦省：读作 xǐng，悟。也么哥：语助词，无意。

【译文】

一个像空皮袋子的躯体，却包藏着各式各样的气；一个骨头架子竟承受着这样那样的折磨。为了子孙，用尽自己的心思，使尽自己的脑汁；为了家业，使尽自己屈辱，用尽自己的最大的努力，总希望到头来会得到报答。这些你清醒省悟了吗？你清醒省悟了吗？这里面的长生不老，延年益寿的道理，哪一个人又能真正领会？

【评析】

"道情"是元曲中最常见的内容之一。朱权《太和正音谱》说："神游广漠，寄情太虚，有餐露服日之思，名曰'道情'。"又说："志在冲漠之上，寄傲宇宙之间，慨古感今，有乐道徜徉之情，故曰'道情'。"由此可见，此类曲大都表现出鄙弃功名利禄，热衷清高真朴。这首散曲先用了四个比喻，平朴、贴切地道出人生长生的道理。在劝诫中无疑也表现出作者对不合理社会现实的否定，愤世嫉俗之感也溢于言表。

雁儿落带过得胜令① 闲适

乾坤一转丸②，日月双飞箭。浮生梦一场，世事云千变。万里玉门关③，七里钓鱼滩④。晓日长安近⑤，秋风蜀道难⑥。休干⑦，误杀英雄汉。看看，星星两鬓斑。

【注释】

①雁儿落带过得胜令：散曲中的带过曲。是由两支同一宫调的曲子组成。雁儿落与得胜令都是双调曲牌。定格句式，雁儿落是五五五五，四句三韵；得胜令是五五、五五、二五、二五，共八句七韵。雁儿落又叫平湖雁落，常同得胜令，清江引或清江、碧玉箫合为带过曲，没有单独使用的。得胜令又名阵阵赢、凯旋回，可单独使用，也可同雁儿落合为带过曲。②乾坤：天地。转丸：转动的弹丸。此处借喻天地的窄小，万物无常。③玉门关：古代著名的关隘。在今甘肃省敦煌县西北。汉代班超出使西域平定匈奴，功业盖世，封为定远侯。他曾有"但愿生入玉门关"的感叹。④七里滩：又名七里陇。在今浙江省桐庐县城南十五公里的钱塘江上，绵亘七里。北岸为严陵山（即富春山），相传是东汉时严子陵归隐垂钓的地方。⑤晓日长安近：晋明帝年幼时，长安使臣到都城建康（今南京）朝见他的父亲元帝，元帝问明帝："你说太阳和长安哪个近？"明帝回答道："长安近。"第二天，在大宴群臣时，元帝又向明帝提出同样的问题。明帝的回答却是："日近。"

并表明理由:"举目只见日,不见长安。"后来人们用"长安日"比喻皇帝,"长安近"比喻仕途的通畅。⑥蜀道难:原为唐代诗人李白一首古体诗,诗中有"蜀道之难难于上青天"的句子。这里借比仕途的艰难。⑦休干:不要去做。

【译文】
　　天地就像一个转动不息的小弹丸,太阳与月亮又像一对速迅飞驰的箭镞,人的一生也不过像做了一场梦。世上的事如风云千变万化,没法捉摸。雄关要塞玉门关是那么的遥远,风景如画的七里滩,也只是隐居钓鱼的沙滩。求取功名,可以是红日东升,春风得意,也可能是萧瑟秋风,步履艰难。干脆不要再去求取功名富贵,因为那样会耽误了英雄好汉;再睁开眼看一看,哪一个不是两鬓白发,难以如愿。

【评析】
　　这首曲子公开劝人们不要去争名夺利、谋禄觅官。作者巧譬妙喻,从自然界的天地日月,到人世间的风云莫测,以及古代的人物故事,多方面、多层次地说明了那只能使人"星星两鬓斑",结果耽误了宝贵的青春,俨然一个高道的口吻和处世哲学。

王伯成　一首

　　王伯成,生卒不详。涿州(今河北省涿县)人。与著名曲家马致远有忘年之交。钟嗣成《录鬼簿》列为"前辈已死名公才人,有所编传奇行于世者"。可知元至顺元年(1330)已告别人世。作杂剧两种,现只有《李太白贬夜郎》一剧,又有《天宝遗事诸宫调》行于世。散曲现存小令二首,套数三套。《太和正音谱》评其词"如红鸳戏波",喜剧色彩浓重。

喜春来　别情

多情去后香留枕①，好梦回时冷透衾②，闷愁山重海来深。独自寝，夜雨百年心③。

【注释】
①多情：指情郎。②衾（qīn）：被子。③百年心：犹言心绪的没完没了。

【译文】
情郎走后，他身上的香气却仍留在我俩同眠共枕的枕头上，做完好梦醒来，绣花被子里却冷冰冰的像铁一样。我的烦闷呀，愁忧呀，就如同那崇山峻岭那样无边无际，又像深海那样探不到底的深。晚上，一个人睡觉，那心绪呀，就像绵绵的秋天夜雨，没完没了！

【评析】
写"别情"，抓住"独寝"的切身体会，真切动人。

阿里西瑛　二首

阿里西瑛，回族作家，生卒不详。是元前期翰林学士阿里耀卿的儿子。多才多艺，既会写作词曲，又善吹弹歌舞，尤善吹筚篥。曾寓居苏州（今江苏省），建造居室，取名"懒云窝"。一时著名曲家贯云石、卫立中、乔吉、吴西勉等，常去拜访，并多唱和。《太和正音谱》评为"词林英杰"。散曲现存小令四首。

殿前欢　懒云窝自叙①二首

懒云窝，醒时诗酒醉时歌。瑶琴不理抛书卧，无梦南柯②，得清闲尽快活,日月似穿梭过,富贵比花开落。青春去也,不乐如何!

懒云窝,客至待如何?懒云窝里和衣卧,尽自婆娑③。想人生待则么④?贵比我高些个,富比我松些个?呵呵笑我,我笑呵呵。

【注释】

①懒云窝:作者在吴(今江苏省苏州市)东北隅所建造的居处。作者此曲题下注说:"西瑛有居号'懒云窝',以[殿前欢调]歌此以自述。"全曲四首。这里所选是第一、第三两首。和曲有贯云石的一首,乔吉的六首,吴西勉的六首,卫立中的两首。②无梦南柯:不做繁华富贵的梦。南柯见前注。③婆娑(suō):自由舒展。④则么:怎么。

【译文】

"懒云窝",我在这里,不喝酒时吟诗,喝醉酒后狂歌;不弹琴的时候,不读书的时候,就长卧养神,但却不去做那繁华富贵的美梦。一切都是实实在在的。得到了清闲,我就尽情地快活生活。日月就像织布梭子那样迅速的穿过,繁华富贵也好像花儿那样,有开也有落。人生的青春已经过去了,为什么还不快活的活着?

懒云窝,客人来了,我该在这里怎样招待?他们来时,我仍然是在屋子里穿着衣服睡觉,尽情地舒展、自由、放松,毫不在乎。人的一生要怎么样过?我想:权贵们的地位虽然比我高一些,有钱的人也比我要过的宽松一些。这又有什么!哈哈地笑我,我也笑哈哈。

【评析】

经过一段官场的坎坷,到了晚年,总想着撇开一切是非,安安稳稳、舒舒服服地过个清闲日子,这几乎成了人的常情。不求富贵则清,不争名利则闲。惟有清闲,才能快活。作者在这两支曲子里,用自我嘲讽的口气,表达了自己沉浸在"懒云窝"的"尽快活"的天地里。惬意、满足。正因为这样,才引出不少同行的唱和。斋名取做"懒云窝",无理而妙。尤其是一"窝"字,俗中见性,性中现真。云的自如舒展,行藏自在,正好表现出作者的自恣以适性情,一传云神,二传已神。行云流水般的描写,也见出作者放纵不羁与喜好自由。散曲的神理,也得到体现。

冯子振 三首

冯子振(约1257—1314)字海粟,号怪怪道人,又号瀛洲客。攸州(今湖南省攸县)人。做过承事郎、集贤待制等官。为人豪侠,为文激扬。以博学名享于时,当其酒酣气豪时,横历奋发,一挥万余言;好读书,当其为文,"酒酣耳热,据案疾书,顷刻辄尽,美如簇锦,不律法度"(《元史·儒学传》)。贯云石评其散曲说:"海粟之词豪辣灏烂,不断古今"(《阳春白雪序》)。散曲现存小令四十四首,大都寄调《鹦鹉洲》。

鹦鹉洲 山亭逸兴[1]

嵯峨峰顶移家住[2],是个不唧溜樵父[3]。烂柯时树老无花[4],叶叶枝枝风雨。(幺)故人曾唤我归来,却道不如休去。指门前万叠云山,是不费青蚨买处[5]。

【注释】

[1]逸兴:超逸洒脱的兴致。[2]嵯峨:山势高险。[3]唧溜:形声词,迅速的意思。引申为伶俐、聪明的意思。[4]烂柯:腐烂了的斧子。据晋代任昉的《述异记》载:晋时王质到信安郡石室山去伐木、砍柴,见几个年轻人一边下棋,一边唱歌,吸引得王质放下斧子听他们唱歌,看他们下棋。年轻人送给他一枚枣核状的东西,让他含在口里。

他含着那东西,竟不知饥饿。过了一会儿,年轻人又问他:"怎么还不走?"他起身,一看斧子,斧子的柄已全朽烂。王质后来回到家中,人们说他已去了百年。柯,斧柄。⑤青蚨:水虫名。《淮南子》有"青蚨还钱"的传说。后以青蚨代指钱。

【译文】

我把家搬在高峻险要的山顶上,是一个愚蠢的打柴人。长时间陪伴着无花的老树;经受着枝枝叶叶的风风雨雨。老朋友都叫我回去,我却说不如不回去。用手指着我家门前云雾缭绕的万山千峰,说:"这是不必用钱就可以买到的地方。"

【评析】

冯子振有〔鹦鹉曲〕四十二首,曲前序写道:"白无咎有〔鹦鹉曲〕云:'侬家鹦鹉洲边住,是个不识字渔父。浪花中一叶扁舟,睡煞江南烟雨。觉来时满眼青山,抖擞绿蓑归去。算从前错怨天公,甚也有安排我处。'余壬寅岁留上京,有北京伶妇御园秀之属,相从风雪中,恨此曲无续之音。且谓前后多亲炙士大夫,拘于韵度,如第一个'父'字,便难下语,又:'甚也有安排我处','甚'字必须去声字,'我'字必须上声字,音律始谐。不然不可歌。此一节又难下语。诸公举酒,索余和之,以汴、吴、上都、天京风物试续之。"这首《山亭逸兴》是第一支,借樵父的口自述其胸次,气势豪迈,出语爽快,亦见性格。从序也可以知道这组曲写于大德六年(壬寅,1302)的京城大都(今北京市)。

鹦鹉曲 感事①

江湖难比山林住,种果父胜刺船父②。看春花又看秋花,不管颠风狂雨。(幺)尽人间白浪滔天,我自醉歌眠去。到中流手脚忙时,则靠着柴扉深处③。

【注释】

①感事：这是全曲的第二十九首。②刺船：划船，撑船。③柴扉：用树条编织的门。

【译文】

生活在江河湖海上的人，是无法和住在山林的人相比的；种植花果树木的人远远胜过那些撑船的人。一年四季中，他们不理睬那狂风骤雨的吹打，欣赏了春天的百花齐放，又欣赏了秋天的万千红紫。经历遍人世间的大浪冲天，我却独自喝醉酒时放声歌唱，唱后就去睡觉。当船夫在大风大浪中手脚忙乱的时候，我却靠着柴门的最后地方，逍遥自在。

【评析】

作者意在歌颂农夫的生活，却通过对比的艺术手法，把他们同船父加以对比，从两者的生活中，肯定了自己"尽人间白浪滔天，我自醉歌眠去"的生活情趣。

鹦鹉曲　野客①

春归不恋风尖住②，向老拙问讯槎父③。叹匡山李白漂零④，寂寞长安花雨。（幺）指沧溟铁网珊瑚⑤，袖卷钓竿西去⑥。锦袍空醉墨淋漓⑦，是万古声名响处。

【注释】

①野客：这是全曲的第十三首。指李白。②风尖：又作风光。③槎父：驾竹筏的人。④匡山：地名。在今河南省睢县或扶沟附近。李白曾漂泊于此。⑤沧溟：大海。铁网珊瑚：用铁网搜求奇珍、异宝。珊瑚，海中的一种腔肠动物，骨质坚硬，色泽鲜艳，可以做精美的装饰品。⑥袖卷：唐定保《摭言》与辛文房《唐才子传》载李白曾捉月而沉江。西去：死了。⑦锦袍：丝织袍衣。

【译文】

明媚的春光绝不留恋那美好的春色而不愿离去,可以向我冯子振问问驾竹筏的人。感叹李白一生到处漂流,从而使京师长安的花雨无人问津。向大海里投下铁制的网去捕捞珍奇的珊瑚一类的宝物,结果捉月沉江不幸死去。当他脱掉官服淋漓尽致地施展自己的写作才能时,却能名垂千古。

【评析】

这支写唐代著名诗人李白的散曲,前半阕以"春归"作起,说人们的青春年华,以至生命,都是容易逝去的,后半阕又通过李白"捉月沉江"的故事,进一步陈述了只有脱去官袍,醉墨淋漓,才能万古留名。曲重议论,但议论中也有抒怀。

珠帘秀 一首

珠帘秀,本姓朱名帘秀。珠帘秀当是她的艺名。元前期最负盛名的女杂剧艺术家。艺技超群。元人夏庭芝《青楼集》曾为她作传,称"珠帘秀姓朱氏,行第四。杂剧为当今独步,驾头、花旦、软末泥等,悉造其妙。……至今后辈以'朱娘娘'称之者。"与关汉卿、胡祗遹、卢挚、冯子振、王恽等诸多杂剧、散曲作家交往甚密,并有唱和。散曲现存小令一首,套数一套。

落梅风 答卢疏斋①

山无数,烟万缕。憔悴煞玉堂人物②,倚篷窗一身儿活受苦,恨不得随大江东去③!

【注释】

①卢疏斋:即卢挚。有[落梅风·别珠帘秀],详见前注。②玉堂

人物：指卢挚。卢曾任翰林院集贤学士。宋以后称翰林院为玉堂。③随大江东去：即了却了这一生，随水逝去。

【译文】

数不清的山峦迭峰，还有漫天的烟云。困顿萎靡极了的翰林学士。我靠着船窗一个人活活地承受着折磨痛苦，恨不得此时一下子结束了生命，投身江中随水逝去！

【评析】

在元散曲作家中，赠别珠帘秀的曲有卢挚的［双调·落梅风·别珠帘秀］，关汉卿的［南吕·一枝花·赠珠帘秀］。珠帘秀的这首小令，就是对送别的唱和。显示出她散曲创作的不同凡响。前两句是从景写起，境界开阔，情感可掬，意味深长。无数青山隔断了他们的视线，万缕云烟勾起她绵邈的情丝。景中注情，情染山水。接着一句写卢挚的"痛煞煞好难割舍"，表现出他们之间无比深厚的感情。后两句自然把这种情感推向极峰：不忍分别，愿以身殉情。情感激烈，慷慨悲凉。一笔写两情，既写了送别的，又写了被送的人。在众多的"别情"曲中，可谓难得之作。

贯云石 五首

贯云石（1286—1324），本名小云石海涯，自号酸斋，又号芦花道人。畏吾尔（今维吾尔族）人。出身将门。少年时能骑射、横槊马上，袭职为两淮万户府达鲁花赤。仁宗时（1311—1320）拜为翰林侍读学士、中奉大夫、知制诰，同修国史。师从姚燧，在汉文化、诗、词、曲、书法方面都有较高的成就，文章"峭厉有方"，诗歌"慷慨激烈"。后弃官南下，在杭州一带过着诗酒优游的生活。有如他说："昨日玉堂臣，今日遭残祸，争如我避风波走在安乐窝"。散曲风格豪放，笔调骏快，"如天马脱羁"（《太和正音谱》），艺术成就较高。同当时的徐再思

（号甜斋）多有唱和，近人任讷合其作品辑为《酸甜乐府》。他还为元人散曲集《阳春白雪》、《小山乐府》作序。散曲现存小令十六首，套数九套。

落梅风

新秋至，人乍别。顺长江水流残月。悠悠画船东去也！这思量起头儿一夜①。

【注释】
①头儿一夜：第一夜。

【译文】
初秋刚来，人却离别。画船儿载人顺着长江的流水，在月缺的日子里，慢慢地向东走了！船越走越远。怀念、挂牵的思绪，这是第一个夜晚。

【评析】
作者是以怅惘伤感之情来写这首送别曲的。开头两句，就饱含送别的伤感，一"新"一"乍"感情浓烈，也交待了时间和情由；接着两句写景，江水、残月、画船，在在伤情；最后一句，既是对全曲的一笔总结，又把离愁别恨推向绵绵不绝的未来。简洁有力，意味无穷。

红绣鞋① 欢情

挨着靠着云窗同坐，看着笑着月枕双歌，听着数着愁着怕着早四更过。四更过，情未足；情未足，夜如梭②。天哪，更闰一更儿妨甚么③！

【注释】

①红绣鞋：中吕宫常用曲牌。又名朱履曲。定格句式是六六七、三三五，共六句六韵。此曲变化较多。贯云石此曲就是变体。曲题为《乐府群珠》所有。②梭：织布梭子。③闰：加。

【译文】

我俩紧紧相挨，依着云窗一块坐着；俩人对月共枕，你看着我，我望着你，甜蜜地笑着，共同唱着歌儿；耳朵里听着、口里数着、思想中发愁、心儿里惊怕，不知不觉地四更已经过去。四更天尽管过了，可我们的欢情还没达到高潮，这欢情还没有达到高潮，天已经亮了！天呀！你给一夜再加上一更变成六更，又有啥办不到的！？

【评析】

这是一首极富散曲特色的小令。语言俚俗活泼，新鲜生动；手法新奇泼辣，描写细致真切，风格清新幽默。连用八个"着"字，描写沉醉在欢会之中的欢愉情态及害怕这一时刻的及早结束的心理状态，惟妙惟肖。思想纯真而不流俗，动作大胆而不庸俗。全曲以女性的口吻写来，曲文虽短，曲外之意却很长。

殿前欢　二首

畅幽哉，春风无处不楼台。一时怀抱俱无奈，总对天开①。就渊明归去来，怕鹤怨山禽怪，问甚功名在！酸斋笑我，我笑酸斋。

怕西风，晚来吹上广寒宫②，玉台不放香奁梦③。正要情浓，此时心造物同④，听甚《霓裳》弄⑤，酒后黄鹤送⑥。山翁醉我，我醉山翁⑦。

【注释】
①对天开:对天陈说。②广寒宫:月宫。③香奁(lián):古代妇女梳妆用的镜匣。④造物:天造万物。⑤《霓裳》:唐代最享盛名的乐舞之一。全名是《霓裳羽衣曲》,相传是唐明皇根据他游月宫时的情景写成。⑥黄鹤送:梁任昉《述异记》载:有黄鹤忽载羽衣虹裳仙子到荀环住的地方,"宾主对饮,已而辞去,跨鹤腾空"。曲中"酒后黄鹤送"即采取这一典故。⑦山翁:晋代山简。他曾在动乱的年代里,借酒消愁,经常喝得烂醉如泥。

【译文】
真幽雅呀!亭台楼阁到处都是春意盎然。一时间叫我不知如何是好,心里的事还是都给老天讲了吧。马上就像陶渊明那样归园田居,又怕仙鹤和山中的小鸟儿责怪,问:"你功名还在身,为什么这样?"酸斋笑话贯云石,贯云石笑话酸斋。

害怕的是夜晚里秋风吹进月里仙宫:广寒宫,又怎么能放心下神仙境界里的香魂梦。正是情蜜意浓的时刻,这时的人心和天造万物完全一样,为啥还要听那《霓裳羽衣曲》,与仙鹤对饮后再送仙鹤去。山简老汉笑话我,我笑话那山简老汉。

【评析】
正在高官得坐,荣华常享的时候,却心想归居田园。是这两支曲子的中心思想。可贵的作者把这里的矛盾心情,都委婉逼真地写了出来。而且巧思妙语,谑浪朴实,说出了心里话。这种自我嘲讽的态度有其历史的原因,也有其作者独特的生活经历。这就是作为"色目人"的身处要职,难得摆脱当时皇族内部的日趋尖锐激烈的权力之争,又想逃避卷入这场政治风波。正如他说自己后来的归隐是"争如我避风波走在安乐窝"。

塞鸿秋[1]　　代人作[2]

战西风遥天几点宾鸿至[3],感起我南朝千古伤心事[4]。展花笺欲写几句知心事,空教我停毫半晌无才思。往常得兴时,一扫无瑕疵[5]。今日个病恹恹刚写下两个相思字[6]。

【注释】

[1]塞鸿秋:正宫调常用曲牌。也可人仙吕和中吕宫。定格句式是七七、七七、五五七,共七句六韵。[2]代人作:代替别人所作。[3]战:惧怕的意思。宾鸿:即秋末飞来的鸿雁。古代称仲秋最先飞来的大雁为主,季秋飞来的为宾。[4]南朝:指晋以后在南方建都的宋、齐、梁、陈。这些朝的君王大都荒淫无道,醉生梦死。所以都很快亡国。[5]瑕疵:很小的缺点、毛病。[6]恹恹(yān):精神萎靡不振。

【译文】

秋末,几只鸿雁从遥远的地方迎着秋风飞来,触动我想起那南朝时期一连串的令人伤感动情的事情。笔兴大发,铺展开宣纸想题写几句心里话,由于文思不来又叫我白白地很长时间停下了笔。过去得意来时,一挥而就,文不加点。今天精神萎靡不振,只写下了"相思"这两个字。

【评析】

这首有感千古兴亡伤心事的小令,起势不凡,一个"战"字,意有两层:一写鸿雁的哀鸣;一写秋气的感人。由此生情,写得沉郁悲怆。文字酣畅而淋漓,犹如江涛出峡,一泻千里。凄楚之情,忧国之心,也表达净尽。"相思"二字,在这里也成为妙用。"俊逸为当行之冠。即歌声高引,可彻云汉"(《乐郊私语》)。

鲜于必仁 二首

鲜于必仁，生卒不详。字去矜，号苦斋，渔阳（今北京市密云县）人。元初诗人、书法家鲜于枢之子。诗书"奇态横生"，与海盐杨梓交谊甚厚。擅长乐府，《太和正音谱》评其曲"如奎璧腾辉"。散曲现存小令二十九首。

寨儿令①

汉子陵，晋渊明，二人到今香汗青②。钓叟谁称，农父谁名，去就一般轻。五柳庄月朗风清③，七里滩浪稳潮平。折腰时心已愧，伸腰处梦先惊④。听，千万古圣贤评。

【注释】

①寨儿令：越调常用曲牌。又名柳营曲。定格句式是三三七、四四五、六六、五五五，共十一句十韵。②汗青：史册，古代是在竹简上记事，必须先将竹简烧烤出水分才容易书写。③五柳庄：陶渊明《五柳先生传》称：家门前有柳树五株，自号五柳先生。居处称五柳庄。后借此代指隐居之地。④伸脚处梦先惊：东汉严光在富春山隐居时，汉武帝刘秀曾将召回。时刘秀与严光同睡一床。严光夜里竟将脚伸放在刘秀的肚子上。曲中引用此典是说伴君而眠，心惊肉跳。

【译文】

东汉严子陵，西晋陶渊明，他两个人的名气为史册增辉。钓鱼的人谁尊敬，种田的人又有啥名气，过来过去都是一样的不被重视。五柳庄上明月晶莹，清风徐来；七里滩里风平浪静，潮水不去。"曾为五斗米折腰"的时候心里十分惭愧；脚伸向皇帝肚皮上时心惊肉跳。听听，历代先圣先贤对他们的评论。

【评析】

这也是一曲吊古散曲。作者借史册、"千万古圣贤"对他们的评说，表达了对严光、陶渊明的合评与赞颂。思想倾向也一目了然。吴梅称其曲"尤妙"(《顾曲尘谈》)。

折桂令① 诸葛武侯②

草庐当日楼桑③，任虎战中原④？龙卧南阳⑤；八阵图成⑥，三分国峙⑦？万古鹰扬⑧。《出师表》谋谟庙堂⑨，《梁甫吟》感叹岩廊⑩，成败难量，五丈秋风⑪，落日苍茫。

【注释】

①折桂令：双调常用曲牌。又名蟾宫曲。定格句式一般是六四四、四四四、七七、四四四，共十一句七韵。句子也可增减，特别是景后可减少或增加四字一句。同词明显不同。②诸葛武侯：即诸葛亮。蜀汉兴元元年（223）封武乡侯，简称武侯。③楼桑：刘备的故乡，在今河北省涿县。④中原：泛指黄河中下游地区。汉末，刘备、关羽、张飞曾一度逐鹿中原。⑤龙卧南阳：即南阳卧龙。诸葛亮曾躬耕于此。徐庶在向刘备推荐诸葛亮时称他为"卧龙"。南阳：即今河南省南阳市。这里西南处有卧龙岗，相传为诸葛亮隐居的地方。⑥八阵图：诸葛亮刨制的一种兵阵法，聚石布城。⑦三分国峙：三国鼎立。峙，对峙。⑧鹰扬：大展雄威。⑨《出师表》：诸葛亮准备北伐中原时写给蜀后主刘禅的表文。表中提出刘禅应"亲贤臣，远小人"，严明赏罚，虚心纳谏；还表现出自己要"鞠躬尽瘁，死而后已"的精神。谋谟：谋划献策。⑩梁甫吟：又名"梁父吟"。本为乐府《楚调曲》。诸葛亮在曲中自比管仲、乐毅。岩廊：朝廷的意思。⑪五丈：即五丈原。诸葛亮六出祁山时驻军之地。由于积劳成疾，于建兴十二年（234）秋天在此病卒。故址在今陕西省岐山县西。

【译文】

当年楼桑草房中的寒士，在逐鹿中原时勇猛善战，南阳卧龙岗上的诸葛孔明，推演出聚石布阵的"八阵图"；三国魏蜀吴鼎立，显现出万古雄才。留下了为朝廷出谋划策的《出师表》；感叹忧伤民生的《梁甫吟》。古今的成功与失败是无法估量的，秋风中病卒在五丈原，落山的太阳多么苍凉渺茫！

【评析】

这首曲历数诸葛亮在三国时的历史功业，写他文韬武略，赞他万古雄才，颂他辅佐蜀汉的功劳，记他悲剧的一生。风格沉雄，情感真挚。无限钦佩之情充溢字里行间，即就是最后三句，尽管有"落日苍茫"的感喟？但仍难抑制其无限敬仰的情怀。几处对仗工稳贴切，措句平朴，也有分量。

张养浩　四首

张养浩（1270—1329），字希孟，号云庄，济南（今属山东省）人。自幼聪慧好学，被荐为东平学正。武宗时曾历县尹、监察御史、礼部尚书等官。直言敢谏，至治元年（1321）上疏谏元夕内廷张灯被免官。后辞官归田。文宗天历二年（1329），关中大旱，人相食，被召为陕西行台中丞，致力于治旱救灾？赴任四个月，积劳成疾，死于任所。诗文集有《归田类稿》、《云庄集》，曲有《云庄休居自适小乐府》，是元代有散曲别集的少数作家之一。多写晚年归田生活，关心民间疾苦，表观出一种悯人悲天的态度。《大和正音谱》评其曲"如玉树临风"。散曲现存小令一百六十一首，套数二套。

庆东原

鹤立花边玉，莺啼树杪弦①，喜沙鸥也解相留恋。一个冲开锦川，一个啼残翠烟，一个飞上青天。诗句欲成时，满地云缭乱②。

【注释】

①杪：梢。②缭乱：纷乱。

【译文】

白鹤站立在晶莹洁白的花旁，黄鹂儿在大树枝梢边歌唱，令人高兴的是沙鸥鸟也理解人对她不舍的思想，玉立在沙洲草丛中。它们一个冲决如花似锦的河川，一个鸣叫在青翠的树林间烟雾云气边，一个却展翅高飞在蓝蓝的青天。诗句正要做成的时候，满地的风云令人眼花缭乱。

【评析】

写归田生活，撷取的却是一鹤一莺一沙鸥。它们那么善解人意，与作者和睦相处，相与交流思想，共同拥抱大自然。情趣饶具。真乃"构云庄于嵝山，优游之余，制为小令"（艾俊《云庄休居自适小乐府序》）。

山坡羊　潼关怀古①

峰峦如聚②，波涛如怒，山河表里潼关路③。望西都④，意踟蹰⑤。伤心秦汉经行处⑥，宫阙万间都做了土⑦。兴，百姓苦；亡，百姓苦！

【注释】

①潼关怀古：张养浩元文宗天历二年（1329）以六十岁的高龄来关中赈灾救济。曾用[山坡羊]写有一组九首怀古曲，凭古吊今，抒写情怀。这只是其中的一首。潼关：陕西东部重要关隘，地势险要，有一夫当关，万夫莫开之势。后汉建安中始建，在今陕西省潼关县。历代为兵家必争之地。②峰峦：关东为崤山，北为中条山，西接华山，丛山汇积。峦指小山。③山河表里：山河互为表里。关外有黄河、渭河与洛河。三河汇集于此，此为表；关内有华山等高山峻岭。此为里。④西都：

长安。为同秦汉唐等十多个王朝建都之地,是为中国六大古都之一。⑤踟蹰:徘徊不前,犹豫不决。⑥经行处:经营、居住的地方。⑦宫阙:宫,宫殿;阙,皇宫前的望楼。

【译文】

高山峻岭好像有意都聚积起来一样,江河的波涛就像发怒了一样,高山同大河互为表里的造就了潼关古道。西望长安古都,心绪无法捉摸。心中感伤那秦汉长期经营和生活的地方,无数座宫殿楼阁如今都变成废墟。一个朝代的兴起和繁荣,辛苦了老百姓;一个朝代的衰败和灭亡,也辛苦了老百姓!

【评析】

怀古总是为了伤今。怀古诗词曲,尤其是这方面的优秀作品,也绝不是发思古之幽情,而且对历史进行艺术的反思。张养浩是一个忧国忧民、勤政律己的人,他履入长安古道,面对饿殍载道、人相食的局面,怎能不"意踟蹰",反复思索。从而俯瞰古今,放眼民族,由"伤心秦汉经行处,宫阙万间都做了土"的现实,得出"兴,百姓苦;亡,百姓苦!"的结论,真是气势弘阔,高屋建瓴。这种把兴亡都注目于老百姓的思想,不仅古代少见,而且显示出历史的艺术反思中历史哲学的深度。

红绣鞋 惊世二首

才上马齐声儿喝道①,只这的便是那送了人的根苗②,直引到深坑里恰心焦。祸来也何处躲。天怒也怎生饶③,把旧来时威风不见了!

正胶漆当思勇退④,到参商才说归期⑤,只恐范蠡张良人笑痴⑥。拽着胸登要路⑦,睁着眼履危机,直到那其间谁救你?

【注释】

①喝道：古代大官出巡，前有导行的吏役们手举"迥避"等的牌子，并沿途大声呐喊，让行人闻声而让道。②根苗：起根发苗。③怎生：怎么。④胶漆：如胶似漆。这里作得势讲。⑤参商：两颗星辰，参星在东，天亮时方出；商星在西，天黑时才出。二星此出彼没，永不相逢。这里代指分离、不和睦。⑥范蠡：春秋时越国大夫，曾辅佐越王勾践复越灭吴。功成后，泛舟五湖。张良，汉代开国元勋之一，建国后即弃人间事，入山隐居。⑦抻：鼓起，挺起。

【译文】

刚一上马，就大声吆喝，追赶群众，让人们给他让路；仅仅这一点，就是送给他的起根发苗，从此也就会把他一步一步地引导到死亡的深渊，那时，他才会觉得心里不安。灾祸来的时候到哪里去躲，上天也不会饶恕的，这时，就会把原来那种威风的劲儿全消失掉！

正当你最得意的时候，就应该勇敢地离退；只有到了像参星和商星那样永远分离时，才说自己的归期到了，那恐怕会受到范蠡，张良对你的笑话。挺着肚子踏上关键的路子，睁大双眼去踩那危险的机关，一直到了那个时候，又会有谁去解救你？

【评析】

这是作者多年官场风险经历后对世人的惊戒。也是对那些官迷心窍，一味逞强好胜，横行霸道的做官人的当头棒喝。语重心长，言真理到，中肯不虚。这只是作者九首"惊世"曲的两首，揭示出做官是致祸的"根苗"。也是作者官场生活的真切体会和现身说法。

曾 瑞 一首

曾瑞(？—1330前)，字瑞卿，号褐夫，大兴（今北京市）人。喜江浙人才之多，美钱塘景物之盛，举家移居杭州。一生不仕，善绘画，能隐语，有杂剧一种，散曲集《诗酒余音》。《太和正音谱》列入"词林英杰"行列。散曲现存小令九十五首，套数十七套。

醉太平

相邀士夫①，笑引奚奴②，涌金门外过西湖③。写新诗吊古。苏堤堤上寻芳树④，断桥桥畔沽酴醿⑤，孤山山下醉林逋。洒梨花暮雨。

【注释】

①士夫：士大夫的简称。②奚奴：仆役、奴仆。③涌金门：杭州城西门，又名丰豫门。西湖就在涌金门外。④苏堤：宋代苏轼出任杭州刺史时，疏浚西湖时所修的大堤。唐代白居易所修大堤称白堤。⑤断桥：又名段家桥。为白堤的入口处。酴醿：美酒名。

【译文】

邀集一些名士大夫，高兴的带着奴仆，到涌金门外的西湖游赏。写一些凭吊古往的新诗。在苏堤大堤上寻找奇树异草，在断桥小桥旁边买酴醿名酒喝，在孤山山下面学林逋醉酒咏梅。这正是晚春梨花开放雨洒春花的时候。

【评析】

这次游湖，正体现出作者"美钱塘景物之盛"。雨中邀朋、携奴、吊古、吟诗、喝酒，多么自在自由；寻芳树三句鼎足对工稳、惬意，也符合他"神采卓异，衣冠整肃，优游于市井，洒然如神仙中人"的个性特点。

周文质 二首

周文质（？—1334），字仲彬，建德（今属浙江省）人，后徙居杭州。与钟嗣成交往深厚，时间长达二十多年。《录鬼簿》称他"学词该博，资性工巧，文笔新奇，……善丹青，能歌舞，明曲调，谐音律，性尚豪侠"；《太和正音谱》评其词"如平原孤隼"。作杂剧四种，今仅存一种。散曲现存小令四十三首，套数五套。

落梅风 二首[①]

鸾凤配，莺燕约，感萧娘肯怜才貌[②]。除琴剑又别无珍共宝[③]，只一片至诚心要也不要？

楼台小，风味佳，动新愁雨初风乍。知不知对春思念他，倚栏杆海棠花下？

【注释】
①作者此曲共六首。②萧娘：古代对痴情女子的泛称。③琴剑：即琴和剑。古代文人随身所带的物品。琴示幽雅，剑示勇武。

【译文】
鸾鸟和凤鸟互相匹配，黄莺与燕子相互约请，感叹痴情女子愿意爱恋那有才有貌的男子。除了琴与剑以外，什么珍珠宝贝也没有，惟独有一颗最诚挚爱心的人你要还是不要？

小小的楼台却独具风情韵致，风雨刚一起来，就触动了她的愁绪。知道不知道,面对如许春色,使她十分想念他,她偎倚栏杆下的海棠花旁,多情地望着、想着?

【评析】

才子佳人婚恋观,在元人杂剧中有相当充分和大胆的表观。这种新的婚恋观,最显著的特点是一见钟情,以双方的互爱为基础。这两首小令所表现的正是这种新的情爱观。他们不计较财物的多少,而专心于"一片至诚心"。她们也为此而愁。曲的民歌情调浓厚,话虽不多,却有无尽的意味。

赵禹圭 一首

赵禹圭,生卒不详。字天锡,汴梁(今河南省开封市)人。曾官承直郎、镇江府判。作杂剧二种,今均不存。散曲现存小令七首。

折桂令 题金山寺[①]

长江浩浩西来,水面云山[②],山上楼台。山水相辉,楼台相映,天地安排。诗句就云山动色,酒杯倾天地忘怀。醉眼睁开,遥望蓬莱:一半烟遮,一半云埋。

【注释】

①金山寺:长江上的重要寺院。在长江沿岸的江苏省镇江市西北的金山上。②云山:是说山的高耸云间。这里具体指金山。因山位于江边,云雾缭绕。原金山在长江中,后淤积与南岸相连。

【译文】

浩浩荡荡的长江水从西边滚流而来,江水面上有一座云烟缭绕的山,山上亭台楼阁栉比相连。高峻秀丽的山和浩渺激荡的江水相

99

映交辉，亭台楼阁也相互映衬成趣。这些都是大自然巧妙安排下来的。诗句咏成，云雾缭绕的金山的景色也很快就云移时转，不胜观瞻，在这里倾杯喝美酒，就会把天地间的一切忘得一干二净！睁开醉朦胧的双眼，望着远处茫茫大海里的蓬莱仙岛：一半儿被水面蒸腾的烟雾遮住，一半儿却又埋藏在滚滚的云层里边。

【评析】

至顺年间（1330—1332）作者曾任镇江府判，暇闲游金山寺，不禁感慨万千，信手写了这首《题金山寺》的小令。第一句起就气势非凡，景象宏阔，气魄轩昂。全曲极写金山寺的依山而建，景象万千。写山模水赞楼台，层次井然；动静结合，虚实相参，物人共写，情景浑然。作者对金山的赤子之情，也不时流露于字里行间。大自然的神工鬼斧也因作者的情深意浓，更加令人魂往神追。

乔 吉 三十首

乔吉（？—1345），一名吉甫，字梦符，号笙鹤翁，惺惺道人。太原（今属山西省）人。后流寓扬州。同张可久共为元代后期散曲大家。一生不曾入仕，悠游江湖间凡四十年。作杂剧十一种，今存三种，提出"凤头、猪肚、豹尾"的散曲作法理论，曲集有《惺惺道人乐府》、《文湖集词》、《乔梦符小令》。《太和正音谱》评其词"如神鳌鼓浪"，又说："若天吴跨神鳌，噀沫于大洋，波涛汹涌，截断众流之势"。明人李开先也说："元以词名代，而乔梦符其翘楚也。"（《乔梦符小令序》）清人焦循认为他"为一代巨手"（《易余篇录》）。近人吴梅说："所作皆清俊秀丽，不愧大家"（《顾曲尘谈》）。散曲现存小令二百零九首，套数十套。

水仙子　游越福王府①

笙歌梦断蒺藜沙②，罗绮香余野菜花。乱云老树夕阳下，燕休寻王谢家③，恨兴亡怒煞些鸣蛙。铺锦池埋荒甃④，流杯亭堆破瓦,何处也繁华?

【注释】

①越:今浙江一带原为古越所在地。福王:宋太祖赵匡胤的十世孙赵与芮,封福王,府第在浙江绍兴府山阴县。②蒺藜:一种野生蔓状植物,生长在沙土地上。果皮上有刺,又称刺蒺藜或蒺藜刺。③王谢:晋代江南两大门阀世族王导和谢朓。曾驻建康乌衣巷。中唐诗人刘禹锡《乌衣巷》诗说"旧时王谢堂前燕。飞入寻常百姓家"。后以王谢作为高门望族的代表。④甃(zhòu):井砖。古代的井以甃为壁。

【译文】

管弦歌舞样的日子已经成为过去,现在只有废墟上长满的沙蒺藜刺,绫罗绸缎衣裳上香气只残留盛开的野蔬菜的花瓣上。太阳快要落的时候,枯萎的树木上面残霞几朵,乱云缭绕,南来的燕子,你们已无法在这里再寻到当年王导、谢朓的房屋,遍野青蛙的鸣叫,表现出它们对世代的兴和亡仇恨极啦。装饰精美的池塘成了断井颓垣,被禊饮觞流水的流杯亭也成了一堆破砖烂瓦,当年的富贵繁荣又在哪里?

【评析】

宋亡于元。作者游宋福王旧地所发出的这番感慨,虽然也哀叹历史上的兴衰无常、繁华如梦,但却注笔于福王府第的残破景象。这种借景抒怀,更多地表现出"恨""怒"的情感。一句"恨兴亡怒煞鸣蛙",自然有其"不平之鸣"的意蕴在内。"豹尾"的响亮,首尾的连贯,使其"意思清新"。

水仙子　赋李仁仲懒慢斋①

闹排场经过乐回闲②,勤政堂辞别撒会懒③。急喉咙倒唤学些慢。掇梯儿休上竿④,梦魂中识破邯郸。昨日强如今日,这番险似那番,君不见鸟倦知还?

【注释】

①李仁仲：乔吉的相识朋友。其他不详。懒慢斋：李仁仲的斋名。②闹排场：演戏。③勤政堂：古代州府县任职办事的处所。④掇梯儿上竿：元代俗语，是说端着梯子让你爬，待爬上去端梯人却离开了。意思是受他人怂恿而上当受骗。

【译文】

人生就像演戏一样，经历上一阵高兴欢乐后又会回到清闲的时候；辞别了任职治所的勤政堂住进了懒慢斋，粗喉咙大嗓的人反倒学了些慢慢腾腾、斯斯文文。他人怂恿你上竿可千万不能上当，心目中一定要认识繁华富贵也只不过是一场梦。昨天强健就不如今天，这次的风险却超过那一次，先生你难道没看见那鸟儿疲倦了也会回巢？

【评析】

生活中确实有着不少相反相成的事。这支小令通过为朋友斋号题赋就表现了这点。名为"勤政"转身却为"懒"，"急喉咙"却又"学些慢"，就像演戏一样，有"闹"排场，必然会"乐回闲"，出现"冷排场"。事俗理深，语重心长。"鸟倦归还"却是破题之作，韵味无穷。

水仙子　嘲少年

纸糊锹轻吉列枉折尖①，肉膘胶干支刺有甚粘②，醋葫芦嘴古邦佯装欠③。接梢儿虽是谙④，抱牛腰只怕伤廉⑤。性儿神羊也似善，口儿蜜钵也似甜。火块儿也似情忺⑥。

【注释】

①轻吉列：轻飘飘的。②干支刺：干、脆。③古邦：鼓起。④梢儿：钱。⑤抱牛腰：捞大钱，攫取大量物资。⑥忺（xiān）：高兴，欲望。

【译文】

纸张粘糊的铁锹，尖儿很容易折断；大肉臕样的胶干脆的有什么粘性；醋葫芦的嘴鼓得圆圆的假装痴呆。接收别人一点钱虽然是献媚，捞大把大把的钱财恐怕就是不知廉耻。好耍性子却像羊样子使人看起来好像还善良，钵口上涂点蜜糖使人觉得钵里装的都甜，一堆火块也好像热情奔放，心地坦然。

【评析】

元代有一批权豪势要之家的子弟，他们到处横行霸道，为非作歹；表面像人，实质是鬼。这支散曲就对这批横行乡里的恶少做了嘲讽。作品前譬后喻，左比右比，为他们画了一幅肖像。他们像纸糊的铁锹，中看不中用；他们像大肥肉样的胶，无法粘连；他们也像"口儿蜜钵"嘴甜心黑；得小利殷勤谄媚，捞大财好不要脸。入木三分，原形毕露。满篇的俚语方言，运用熟练恰巧，为曲增色不少。

水仙子 展转秋思京门赋①

琐窗风雨古今情②，梦绕云山十二层③，香锁烛暗人初定。酒醒时愁未醒。三般儿挨不到天明④。峭地罗帏静⑤，森地鸳被冷⑥，忽地心疼。

【注释】

①展转：即辗转。过来过去的意思。京门：京师城门。这里指大都的城门。②琐窗：雕凿有连锁图案的窗子。俗名格子窗。③云山：高耸入云的山峰。④挨：等。三般儿：具体指下文所说的罗帏静、鸳被冷和心疼。⑤峭地：即划地。平白无故的。⑥森地：阴森寒冷。

【译文】

满窗的风风雨雨，不由得使人想起古往今来的许多事情；香气

103

消失后烛光暗淡人刚睡下,梦回故乡就像云雾缭绕的高山上的十二层云海,渺渺茫茫,朦朦胧胧,酒醉后醒来,可人世的忧愁仍没有法儿清醒。不知什么原因丝罗床帏里那么寂静,鸳鸯被子里也那么阴寒凄冷,猛然间心口儿也发疼。这三样事,叫我又怎么样能等到天明?

【评析】

旅居在外的游子,每到秋天,都会自然地怀念故乡;思归心切,正是古往今来他们共同的心理。这首辗转反侧思归的小令,写得缠绵悱恻,萦魂绕心。尤其是那"三般儿"的"罗帏静"、"鸳被冷"、"忽地心疼",令人肝肠寸断,难以平静。思归的心理刻画细致入微,妥帖动人。曲写于"京门",可见作者对繁华异常的京师,并没有这般故乡情。内心的不平,也不言自明。

水仙子 寻梅

冬前冬后几村庄,溪北溪南两履霜,树头树底孤山上①。冷风来何处香?忽相逢缟袂绡裳②。酒醒寒惊梦③,笛凄春断肠④,淡月昏黄⑤。

【注释】

①孤山:西湖中的一座小山,山上多植梅花。宋初林逋曾在这里隐居。写有大量的梅花诗。②缟:白色。袂:衣袖。绡:薄绸子。③酒醒寒惊梦:相传隋代的赵师雄在一次隆冬的傍晚,路过罗浮山,村舍中忽然出来一位素衣淡妆的女子迎接他,二人即同到酒店喝酒。后赵酒醉酣睡。待他醉醒之时,却发现自己睡在一棵白梅树下。原来所遇女子是一位梅花仙子。事见《龙城录》。④笛凄春断肠:宋连静女《武陵春》词有"笛里声声不忍听,浑是断肠声。"意思是说,听到凄凉的笛声,想到春天将去,梅花败落,肝肠欲断。典出自向秀《思归赋》。⑤林逋诗有"暗香浮动月昏黄"。此句可能翻化此诗句而成。

【译文】

从秋天到春天，跑过很多村庄，河南边河北边，跑的一双鞋上沾满秋霜；西湖种植梅花最多的孤山上，树根边树梢上。忽然一股凉风，不知送来了哪里的清香，碰见了白绢衣袖、薄绸下裳的梅花仙子。酒醉后醒来，发现自己睡在一棵白梅树下，犹如听到凄凉的笛声，想到春天一过，梅花尽落，令人肝肠寸断。此时正好是月光暗淡，天气向晚。

【评析】

这是一首以"寻梅"来展现梅花的风神品格的小令。倾注了作者对梅花的挚爱深情。开头三句工稳的鼎足对，极写寻梅之久、之勤、之苦；接着两句写寻到梅花后的惊喜，并把梅神化为一白衣仙子，钟情之趣，跃然纸上；最后三句，前两句工对，借典写出自己寻得梅后的微妙心理活动，"惜香怜玉"之情，溢于言表。最后所点明的时间，也有补笔之妙，既突出梅花的风神，又同"孤山"寻梅照应。全篇句句赋梅，却句句无"梅"，其高妙处，更在神理。

水仙子　暮春即事

风吹丝雨噀窗纱①，苔和酥泥葬落花，卷云钩月帘初挂。玉钗香径滑，燕藏春衔向谁家？莺老羞寻伴，蜂寒懒报衙②，啼煞饥鸦。

【注释】

①噀（xùn）：喷。②报衙：古代州府县吏击鼓升堂。

【译文】

细雨被风吹得洒满了纱窗，又碎又白的泥土相搅和埋葬了落花，挂上竹窗帘是为能望见那如钩的月牙和卷卷白云。去花园的花径如玉钗般的光滑，春燕口里紧紧的含着觅得的食物，不知飞向哪一家？黄莺儿一老就不再要伴侣，蜜蜂儿也不再嗡嗡叫唤，只有那饿极了的乌鸦还喳喳地叫个不停。

【评析】

　　晚春时节，春色即去，伤春之作，纷至沓来。乔吉这首题咏暮春眼前景物的小令，只写自己所经所见，从风雨到落花，从落花到云月，又从云月到莺燕蜂鸦，铺排细心，滴点不漏。事理陈述，能抓住特点。这些自然会勾引起读者联想翩跹。

水仙子　为友人作

　　搅柔肠离恨病相兼，重聚首佳期卦怎占？豫章城开了座相思店①。闷勾肆儿逐日添②，愁行货顿塌在眉尖③。税钱比茶船上欠④，斤两去等秤上掂⑤，吃紧的历册般拘钤⑥。

【注释】

　　①豫章城：宋元时地名，即今江西省南昌市。宋元戏曲小说有《双渐苏卿》，是写庐江妓女苏小卿与书生双渐相好，后小卿被茶商冯魁以茶引三千买去。双渐赴京赶考回来。在金山寺见到小卿的题诗，直追至豫章城。再后，双渐任临川令，得与苏小卿团聚。曲借此写情人间相思的深重。②勾肆：勾栏瓦肆的简称。是宋元以来随着城市经济的繁荣。在城市里形成的一种专供市井细民游乐的场所。有时兼有市场作用。这里既有各种文艺的演出，也有各种物品的买卖及歌楼舞榭。③行货：某一类货物。顿塌：囤积堆聚起来。眉尖：眼前。④税钱比：追征的应按时交纳的税钱。欠：想念。⑤等秤：称极小物品的秤，俗称戥子。为称药材、金银、珠宝的两、钱、分、厘。⑥吃紧的：宋元俗语。紧要的，实在的。有时写作"赤紧的"。历册：账簿。拘钤：又写作"拘钳"。管制、约束的意思。

【译文】

　　离愁别恨搅扰得人得了相思病。什么时候才再能团聚这样的卦儿叫我咋样去占算？这样的相思就像在"豫章城"里开了一个相思的商店。去游逛勾栏瓦肆，这相思还是一天重似一天；就像眼前囤积堆聚，如山的行货那么愁眉难展。这相思好像追征的赋税应该是到了茶商船上还一心挂牵；这中间的是斤是两，也应该拿到戥子秤上去称去掂，最关紧要的还是那"账本"上记的分文不差，斤两不蚀。

【评析】

这支用宋元俗语和商场行话写的小令，妙趣横生，诙谐幽默。语言本色当行，形象鲜明生动，风格清新活泼。生活情趣也很浓烈。具有元曲的艺术特色，也具有时代特色。

水仙子　怨风情[①]

眼前花怎得接连理，眉上锁新教配钥匙，描笔儿勾销了伤春事[②]。闷葫芦铰断线儿。锦鸳鸯别对了个雄雌。野蜂儿难寻觅[③]，蝎虎儿干害死[④]，蚕蛹儿毕罢了相思[⑤]。

【注释】

①风情：男女恋情。②描笔儿：女子描摹花草的笔。③野蜂儿：未成团伙归巢的蜂。踪迹不定，又无巢穴。④蝎虎儿：即壁虎，又名守宫。晋张华《博物志》载：古代将喂以朱砂，使其体全赤，然后捣碎，占女人肢体，终身不消，只有进行房事时才灭。汉唐宫中，都曾用这种办法，让宫女们为皇帝保守贞节。⑤蚕蛹：蚕吐丝结茧后成蛹，此时不再吐丝。

【译文】

眼前的花又怎么能结成连理，眉尖上的锁子只有新配一把开锁的钥匙，描花草的笔儿写下这断肠诗。铰断了我的"闷葫芦"里面究竟装的是啥叫人更难猜透，刺绣下的鸳鸯鸟重新配成对子。到处乱飞行踪不定的野蜂是无法找寻到的,"守宫"女白白为他坚守贞操,化成蛹的蚕已经吐尽了它的相思(丝)。

【评析】

写失恋女子对男女风情的怨恨,体贴入微,细致真切。这里有相思的忧愁,"眉上锁";有困惑猜疑,"锦鸳鸯别对了个雄雌";有悲伤和愤懑;更有悔恨失望,"蝎虎儿干害死,蚕蛹儿毕罢相思。"从情结上说,则又交织着忧苦、焦虑、抱怨、懊恼,以至恨心。全曲采用当时俚俗口语,使人物的"怨"声口毕肖,神态毕现。风格上的尖新俏皮,洒脱爽辣,使之别具一格。

水仙子　咏雪

冷无香柳絮扑将来,冻成片梨花拂不开。大灰泥漫了三千界[1],银梭了东大海[2],探梅的心禁难挨。面瓮儿里袁安舍[3],盐罐儿里党尉宅[4],粉缸儿里舞榭歌台。

【注释】

[1]三千界:"三千大千世界"的简语。佛教语言。是说漫无边际的大千世界。[2]银梭:白冰梭。梭,渡、镶。[3]袁安:东汉时人,一次大雪中,他被丈余深的大雪封困在家中,当人清除积雪进屋,见他已僵死屋内。[4]党尉:宋初人,原名党进。他官居太尉,遇大雪天。宅舍被雪封困,他就在家里浅斟低唱。

【译文】

冰冷又没有香味的柳絮扑面飞来;冻成一片一片的梨树花咋样也拂拭不掉。大得没有边际的石灰泥迷漫了整个大千世界,把东边的大海也全凝成白色的冰梭。探寻白梅花的心思,这下全没法实现:袁安的家成了白麵瓮,党太尉的住宅埋在盐堆里,舞榭和歌台也都装在了香粉缸子里面。

【评析】

这是一篇咏雪小令,全用赋体,八句七个比喻,生动形象,不落俗套,风致饶富。写出大雪世界的浩瀚瑰丽,景象万千。句句写雪,句句传神,即景具奇,造语也新奇,不落前人窠臼。

水仙子 嘲楚仪[①]

顺毛儿扑撒翠鸾雏[②],暖水儿温存比目鱼,碎砖儿垒就阳台路[③]。望朝云思暮雨,楚巫娥偷取些工夫[④]。殢酒人归未[⑤],停歌月上初,今夜何如?

【注释】

①楚仪:元代后期歌女。姓李,维扬人。仪容楚楚。乔吉有七曲题赠她。分别是《小桃红·楚仪来因戏赠之》、《小桃红·别楚仪》、《折桂令·贾侯席上赠李楚仪》、《折桂令·会州判文从周自维扬来道楚仪李氏意》、《水仙子·席上赠李楚仪歌以酒送维扬贾侯》、《水仙子·楚仪赠香囊赋以报之》。②扑撒:抚摩。③阳台:男女合欢之处所。见宋玉《高唐赋序》。④巫娥:巫山神女。⑤殢酒:沉溺于酒。

【译文】

顺着毛摸抚的青色小鸾鸟,温水里保存的比目鱼,烂砖头堆垒成的阳台路。看见早晨的云朵就想起晚上的雨,巫山神女偷偷地找了些时间与人相会。沉湎在酒色里没有回家,月亮刚出来时停止了唱歌,今天晚上又会怎么样呢?

【评析】

从这曲调侃的小令中,看到乔吉对歌女的生活、思想十分熟悉,也与她们有着较深的相处。

水仙子　乐清箫台[1]

枕苍龙云卧品清箫[2]，跨白鹿春酣醉碧桃，唤青猿夜拆烧丹灶[3]。二千年琼树老，飞来海上仙鹤。纱巾岸天风细，玉笙吹山月高，谁识王乔[4]？

【注释】

[1]乐清：浙江省东南沿海的一个县。临近瓯江口。[2]苍龙：指苍劲曲折的松柏。品：吹。[3]丹灶：炼丹炉。[4]王乔：仙人。好吹笙作凤凰鸣，控鹤以冲天。

【译文】

头枕苍劲如龙的松柏高卧云端吹奏着清亮的箫；春天，骑着白鹿醉卧在王母娘娘的碧桃花树下，呼唤青猿夜里拆掉炼丹炉。长了两千年的玉树已经老了，树上巢居着从大海中飞来的几只仙鹤，天间神风轻轻吹在我头戴纱巾露出的额头，高山明月下，吹奏用白玉做成的笙，哪个能认识这就是仙人王乔？

【评析】

借乐清萧台抒怀，写得"仙气"十足：枕苍龙、醉碧桃、烧丹灶、琼树、仙鹤、清箫、玉笙。真乃"笙鹤翁"、"惺惺道人"的写照。

折桂令　寄远[1]

怎生来宽掩了裙儿？为玉削肌肤，香褪腰肢。饭不沾匙，睡如翻饼，气若游丝[2]。得受用遮莫害死，果诚实有甚推辞？干闹了多时，本是结发的欢娱[3]，倒做了彻骨儿相思。

【注释】

①寄远：寄怀远方的人。题又作《春怨》、《相思》。②气若游丝：比喻气息微弱。③结发：结发夫妻。

【译文】

为什么裙衫儿越来越宽肥？变得身体消瘦，腰肢紧缩。饭不想吃，睡觉像翻烧饼那样翻过来翻过去，气儿像游动的丝绒晃晃忽忽。只要能舒服哪怕害了相思病去死，如果真的是这样那又有什么不愿意的？白白地闹了很长时间相思病，本来我俩就是结发夫妻那样恩爱无比，反倒做了透骨剔髓的相互思念。

【评析】

这是一支代妻子寄给远行在外丈夫的小令，家常事儿，日常口语，思中含怨，怨中有思，恩恩怨怨，恩爱异常；一旦分离，割骨剔髓，玉削肢褪，气若游丝。四五六三句工对，看似平常，却常中出奇，也饶富生活情趣。

折桂令　赠罗真真①

罗浮梦里真仙②，双锁螺鬟，九晕珠钿③。晴柳纤柔，春葱细腻，秋藕匀圆④。酒盏儿里央及出些腼腆⑤，画帧儿上唤下来的婵娟⑥。试问尊前，月落参横⑦，今夕何年？

【注释】

①罗真真：元代后期歌妓。②罗浮梦：隋代赵师雄在罗浮遇白衣女子饮酒，酒醒睡于白梅树下。见《寻梅》注。③晕：日月的外层光环。④这三句分别赋腰、手指、胳膊。即腰如晴时之柳枝；指如削葱根；胳膊如藕节。⑤酒盏儿：脸上的笑窝。又叫酒窝。腼腆：害羞而脸发红。央及：连带出。⑥画帧：画卷。⑦参横：参星横挂天上。参为二十八宿之一，早晨天亮时升起。

【译文】

罗浮山梦中真正能够见到天上的神仙：头上如螺丝样的发髻，插满金珠玉钿的首饰，光芒四射。如晴天杨柳腰细纤柔软；似春日葱根样的手指细润光滑；像秋天里莲藕节样的臂膀匀称丰满。脸蛋上的笑窝里连带出红晕，真是从画卷上呼唤出来的一个美人儿。请问：天亮时酒杯跟前的喝酒人，今天晚上是哪一年？

【评析】

为一个女歌姬写照，绞尽脑汁，千方比喻，百般描摹，从头到身，从手到臂，从腰到脸，在在写真，件件欲仙。斧痕虽在，却也逼真。元人散曲中这类题赠不少，但像这支曲子的较少庸俗却也不多。

折桂令　七夕赠歌者二首[①]

崔徽休写丹青[②]，雨弱云娇，水秀山明。箸点歌唇[③]，葱枝纤手，好个卿卿[④]。水洒不着春妆整整，风吹的倒玉立亭亭[⑤]，浅醉微醒，谁伴云屏？今夜新凉，卧看双星[⑥]。

黄四娘沽酒当垆[⑦]，一片青旗[⑧]，一曲骊珠[⑨]。滴露和云，添花补柳，梳洗工夫。无半点闲愁去处[⑩]，问三生醉梦何如？笑倩谁扶[⑪]，又被青纤，搅住吟须。

【注释】

①七夕：农历的七月初七晚上。相传：这晚被王母娘娘用金钗所划天河阻隔一年的牛郎织女夫妻相会。届时城乡妇女欢歌庆贺，并向仙女乞巧。所以又叫"乞巧节"。此曲题又作《苕溪七夕饮食赠崔徽卿李总管索赋》。可知此曲作于苕溪，在今浙江吴兴县。②崔徽：宋代歌妓。曾请画家为已画像赠心上人。③箸点：痣。④春妆：盛妆。卿卿：夫妻间的爱称。⑤玉立亭亭：即亭亭玉立。⑥双星：牛郎织女星。

⑦当垆:卖酒。⑧青旗:酒店的望子(招牌),即酒店门口高处插的酒旗。⑨骊珠:从骊龙颔下采摘的珍珠。言其珍贵之极。此处比喻歌者声音婉转动听之极。⑩去处:地方。⑪倩:请。

【译文】

崔徽你不要再动色彩打扮自己,清秀的眼睛明媚的春山眉毛,云髻娇柔像细雨中的云彩。嘴唇上一颗美人痣,细长的手指像葱根那样白,多好一个"卿卿"。那穿着齐整的盛妆,水洒不到上面。那修美的身条,风都能吹倒,醉中有醒,醒中有醉,咋能配伴彩云屏风。今天夜里的清凉中,躺在地上,仰面观看鹊桥上相会的牛郎、织女星。

黄四娘坐在酒瓮旁边卖酒,一张酒店招牌底下,一首婉转动听的歌声。香露水冷抹在头发上,插鲜花,修整腰肢,精心梳妆打扮。没有丝毫不惹人注意的地方;问问沉醉的梦乡咋样?笑着请人扶持,还用那细长的手指,捻须吟诗。

【评析】

这两首赠歌者的散曲,前一首写歌者的体态,后一首写歌者的心态。多方铺排,多方点染。"卧看双星","搅住吟须",都是传神之笔。可惜,过于讲究,冲淡了散曲清新自然的风格。

折桂令 雨窗寄刘梦鸾赴宴以侑尊云①

妒韶华风雨潇潇,管月犯南箕②,水漏天瓢。湿金缕莺裳,红膏燕嘴,黄粉蜂腰。梨花梦龙绡泪今春瘦了③,海棠魂羯鼓声昨夜惊着④。极目江皋⑤,锦涩行云,香暗归潮。

【注释】

①刘梦鸾:元代后期杭州歌妓。侑尊:伴酒。②月犯南箕:月亮

113

遇到箕星。箕星，二十八宿中主风的星辰。月亮一遇到它，天就会起风。③龙绡：即绞绡。④羯鼓：魏晋南北朝时由西域传入中原的一种打击乐器，唐代开元、天宝年间最盛。形如漆桶，下以小牙床支承，击时用两杖，又名两杖鼓。相传唐玄宗李隆基最善此鼓。一次仲春二月，连雨数日，天刚放晴，玄宗击羯鼓而叶吐花发。⑤江皋：江岸、江边。

【译文】

由于忌妒美好的时光，天竟刮起风下起雨来了。管他什么月亮遇到箕星，瓢泼大雨就像天上水瓢里的水向下泼那样。黄莺儿的金缕衣裳被它打湿了，小燕子的嘴被它封住了，黄蜂的腰肢也被它缠住了。有如龙绡泪的大雨，惊醒了人的春梦，使你今年春天消瘦多了；美人的魂也在像羯鼓声样的大雨中在昨天晚上受到惊吓。远望江岸边，你的衣服阻止了云的浮动，你的香气也使江潮缓缓退去。

【评析】

曲写雨中请人侑酒不期，扫兴之极。历述急风骤雨的"妒韶华"，"月犯南箕"。表现出作者怜香惜玉之情；也体现出作者对刘梦鸾的深切感情。语言流畅，对仗工整，情感激扬，手法不俗。

折桂令　丙子游越怀古①

蓬莱老树苍云，禾黍高低，狐兔纷纭。半折残碑，空余故址，总是黄尘。东晋亡也再难寻个右军②，西施去也绝不见甚佳人。海气长昏，啼鴂声干③，天地无春。

【注释】

①丙子：元至元二年（1336）。这年正是元攻占临安六十年。曲作于这年。②右军：东晋书法家王羲之，曾官至右军将军。③鴂（jué）：杜鹃鸟。

【译文】

过去是仙岛，今天却碧云笼罩枯树，长满高高低低的庄稼，狐狸野兔东奔西窜。石碑连腰折断，到处都是黄土，只留下"故址"的空名。东晋灭亡以后，就再也找不到像王羲之那样的书法大家；美女西施走了以后，也就再没法见到一位绝代佳人。海上经常是昏沉沉的雾云，杜鹃鸟悲啼的声音也断了，整个大地没有丝毫的春意。

【评析】

这篇对世时苍凉的感叹，如果我们把它放在南宋王朝覆灭六十年祭辰的特定历史年代里，加以冷静思考，就会发现其中的意蕴，远远超过一般的兴亡慨叹；因为这里有着叹今的情怀。此中的"狐兔纷纭"，发人深省。"游越怀古"的历史的艺术反思味道，因此而更浓。

殿前欢　登江山第一楼[①]

拍栏杆，雾花吹鬓海风寒，浩歌惊得浮云散。细数青山，指蓬莱一望间。纱巾岸，鹤背骑来惯。举头长啸，直上天坛。

【注释】

①江山第一楼：即多景楼。位于长江下游镇江京口的北固山甘露寺内。宋代大书法家米芾（fú）赞为"天下江山第一楼"；元代周权诗也称"江山第一楼"。宋金以来，不少词人墨客都有题咏。此楼耸立江畔，俯瞰大江，遥望东海，江山美景尽收眼底。在宋金元长期的战争中，此地也是兵家必争之地，演出了许多可泣可歌的事和人。

【译文】

寒冷的海风夹带着云雾般的水汽，扑面而来，拍打着栏杆，吹得两鬓的毛发不停的摆动。放声高歌，一下子就把那寒气和浮云都全部驱散。扳着指头，数着对面的山峦，顺着手指看到了那蓬莱仙岛。戴上露出额头的高高的纱巾,像往常一样的骑上鹤背,傲游云端。抬起头高声呼喊,一直飞奔无忧无愁的天上的祭坛。

【评析】

按惯例,登多景楼会盛赞楼的气宇弘阔,眼前景色的繁复多变;临山摹水。乔吉这首"登天下第一楼"却匠心独具,心裁别出。它以"豪"写景,写远景,写辽阔无际的远景;它以"放"写心怀的"虚怀若谷",写自己的"超脱"。曲中的酣畅爽豪之中,充溢着渴望自由生存的生命力。"浩歌","长啸",指点江山,惯骑鹤背这样意象,也体现出作者慷慨、深沉而不悲凉、凄楚的人生价值。这与他所经历的风云变幻的元代末世,不无直接关系。

清江引 笑靥儿

凤酥不将腮斗儿匀[1],巧倩含娇俊[2]。红携玉有痕,暖嵌花生晕。旋窝儿粉香都是春。

【注释】

[1]腮斗:腮帮子,脸蛋。凤:凤仙花。又名指甲花。[2]巧倩:美丽。

【译文】

不用去把凤仙花捣碎去涂抹脸蛋,美丽的笑窝里满含俊俏娇姣。好像谁在红色的玉石上刻下的一个窝痕,也像一朵鲜艳的小花镶嵌在花的晕圈里面。像水的旋涡中到处散发出一种春天的芬芳清香。

【评析】

乔吉的许多散曲都采用赋体,这首也不例外。它写女人脸蛋上的笑靥儿,没有低级趣味,而是就笑靥本身精心描画,勾魂摄魄。

有如李渔《闲情偶寄》所说戏曲的收煞:"即勾魂、摄魄之具","全在此出撒娇,作临去秋波那一转也。"

卖花声① 悟世

肝肠百炼炉间铁,富贵三更枕上蝶。功名两字酒中蛇②。尖风薄雪,残杯冷炙,掩清灯竹篱茅舍。

【注释】
①卖花声:双调常用曲牌。又可入中吕宫。定格句式是七七七、四四七,共六句五韵。②酒中蛇:即"杯弓蛇影"的意思。

【译文】
肝肠像久经锻炼的钢铁那样坚硬冰凉,荣华富贵也像半夜三更里枕头上的一场梦,"功名"两个字又像酒杯中的蛇影叫人惊拢心胸。风也利,雪也急;竹篱笆边一间茅草棚,一盏暗昏的小油灯下,杯中剩酒,桌上冷菜。只好以此渡过残生。

【评析】
这支冷峻、孤峭的曲子,像大多数元人散曲那样,揭露了世态的炎凉,世情的黑暗污浊,现实的残酷,希望的破灭。但它却很少劝人归田园居,过那种空幻的隐居生活。也可能因为"天下名山僧占多",这位"惺惺道人"只好归居于"市",回到只有残羹剩饭,淡酒冷菜的竹篱茅舍之中,去面对"清灯"。穷困潦倒了一生的乔吉,在这里的确悟出了世事的底里,自身的经历也为这支曲子注入了感人的艺术魅力。

朝天子① 小娃琵琶②

暖烘,醉客,逼匝的芳心动③。雏莺声在小帘拢④,唤醒花前梦。指甲纤柔,眉儿轻纵,和相思曲未终。玉葱,翠峰,娇怯琵琶重。

【注释】
①朝天子:中吕宫曲牌。又名朝天曲、谒金门。也可入正宫、双调。定格句式是二二五、七五、四四五、二二五,共十句十韵。②琵琶:弹弦乐器。魏晋六朝时从西域传入。宋金元时期与秦筝共同成为民间演唱艺术和戏曲艺术的重要伴奏乐器,也是青楼、歌馆、勾栏瓦肆中最常见的乐器。③逼匝:紧紧围逼在一个狭小的地方。④帘拢:窗子上挂的竹帘。

【译文】
一个热烘烘的地方,一群喝醉酒的听众,把一个小小的卖艺女娃,围逼得她不得不弹起琵琶。她那幼莺般的歌声,就像关锁在挂竹帘的笼子里,把人们的美梦唤醒。细长柔嫩的手指头,淡描了的修长眉毛,一曲《相思调》也没弹完,白嫩如葱的手指,都变得青肿,又大又重的琵琶,使小女娃"娇怯"得实在无法忍受。

【评析】
在元代,沿街卖唱的艺人,几乎到处都是。她们非人的社会地位,悲惨的日常生活,曾得到不少"沉为下僚"的知识分子的同情。乔吉这首小令,就是为她们之中的"小女琵琶"写照的。"娇怯琵琶重"的结语,极富韵致,也发人深思。

山坡羊　冬日写怀二首①

朝三暮四,昨非今是,痴儿不解荣枯事②。攒家私,宠花枝。黄金壮起荒淫志,千百锭买张招状纸③。身,已至此;心,犹未死。

冬寒前后，雪晴时候，谁人相伴梅花瘦？钓鳌舟④，缆汀洲⑤。绿蓑不耐风霜透，投至有鱼来上钩。风，吹破头；霜，皴破手⑥。

【注释】
①冬日写怀：作者此曲共三首。这里选了第二、三首。②痴儿：傻子、呆子。荣枯事：指沉浮盛衰转换的道理。③招状纸：犯人供认罪状的文书。④鳌：大鱼。⑤缆：拴。汀洲：江河中的小块陆地。⑥皴（cūn）：皮肤受冻后裂开。

【译文】
反复无常，是非不分，傻子们只知道积攒家业，贪恋女色。却不知道人间沉浮、荣辱、盛衰的道理。如山的钱财壮大了他们荒淫无耻的思想；成千上万的钞票买到的只是一张招供的文书。身子已到了这种地步；思想却始终没变。

冬天小寒、大寒的前前后后，天晴不下雪的那些日子里，有谁陪伴傲骨冰洁的梅花？钓大鱼的船儿拴在江中沙洲上。尽管风霜透过蓑衣，钓鱼人仍期待着能够钓上鱼来。寒风能把人头吹烂，严霜却把人手冻裂。

【评析】
两首"冬日写怀"的曲子，各具特色，各具境界。前者为荒淫无耻、贪婪成性的"痴儿"画像；后者为甘冒严寒，与梅花相伴，企图钓上大鱼的渔翁画图。前者讽，后者赞；前者面对现实，后者着眼理想。孰轻孰重，自在曲子的字里行间。胸怀城府，也溢于纸上。确写出了"惺惺道人"的冬天的情怀。

山坡羊　寄兴

鹏抟九万①，腰缠十万，扬州鹤背骑来惯。事间关②，景阑珊③,黄金不富英雄汉。一片世情天地间。白,也是眼;青,也是眼④。

【注释】

①鹏:大鹏鸟。抟:展翅抟击天空飞翔。《庄子·逍遥游》:"鹏之徙于南冥也,水击三千里。抟扶摇而上者九万里,"前三句似引唐人小说《商芸小说》所记三人相聚所言之志。一说"愿为扬州刺史",一说"愿多资财";一说"愿骑鹤上升"。另一人则把他们三人所说化为一句"腰缠万贯,骑鹤上扬州。"②间关:险阻。③阑珊:残破。④青白眼:青眼,眼睛正视,表示对人的喜爱或尊重;白眼,眼睛向上或向两旁看,现出白眼睛仁,表现对人的憎恶或轻视。晋代阮籍能为青白眼。

【译文】

大鹏搏击扶摇直上九万里,腰里缠着十万贯钱财,经常骑上仙鹤下扬州。世间事多险阻,眼前景尽残破,黄金万两对英雄好汉来说是无缘的。天地之间的世态人情总是一样的。白眼,是眼,青眼,同样是眼。

【评析】

杜甫《佳人》诗中说,"世情恶衰歇,万事随转烛"。这是世情的最好的描述。在元代阶级矛盾与民族矛盾都十分尖锐的情况下,广大知识分子"沉屈下僚",对世态的炎凉,感受最深。这支曲子对这种世情的描述,自有其历史的社会的认识作用。

小桃红　赠朱阿娇①

郁金香染海棠丝②,云腻宫鸦翅③,翠靥眉儿画心字,喜孜孜④。司空休作寻常事⑤。樽前但得,身边服侍,谁敢想那些儿。

【注释】

①朱阿娇：元后期的女艺人。②郁金香：多年生草本花，百合科。花有紫、红、白、黄等，鲜艳异常，香气芬芳。可作香料。③宫鸦翅：一种如鸦羽毛样的发式。④孜孜：喜悦极了。⑤司空：即"司空见惯"的略语。中唐时，刘禹锡被罢官后在京任主客郎中，李绅司空因慕其材，曾邀至家中厚待。

【译文】

用郁金香香料熏染如云样的头发，并把它梳成"宫鸦翅"形的样式，再在笑窝上点上青色，眉心上点成红色。心里美孜孜地充满喜悦。饮酒作乐这只是一件很平常的事情。宴席酒杯前只应当：听候使用，惟命是从，哪里还敢想入非非，同谐连理？

【评析】

歌女的精心梳妆打扮，因人而易。但一些人为了生活，却也不得不出此下策；甚或以此博得主人的赏识，窃为他有。卖艺不卖身者有之，卖艺又卖身者，亦有之。这曲子似已猜透这些女的心思，劝她们"樽前但得身边服侍，谁敢想那些儿"，也就是只卖艺不卖身。

小桃红　春闺怨

玉楼风迕杏花衫①，娇怯春寒赚。酒病十朝九朝嵌②。瘦岩岩，愁浓难补眉儿淡。香消翠减，雨昏烟暗，芳草遍江南。

【注释】

①迕（wǔ）：风吹动。②嵌：深陷。

【译文】

绣楼里的风吹动粉红色的春衫，春天的乍暖还寒哄骗得她愁眉苦脸。酒瘾也一天天的加重。瘦骨如柴，满心的惆怅也无法弥补眉

121

尖儿不画青山的不显。头发掉了，香肌消瘦了，濛濛细雨中，淡淡云烟中，江南遍地嫩草青青，香气冲冲。

【评析】

写春天的闺怨，由人及景，又由景及人。春意越浓愁怨就越浓，以至"瘦岩岩"、"酒病十朝九朝嵌"。谁知借酒消愁愁更愁，用酒解怨怨上怨。遍江南的芳草，也把这种春怨推向无法解脱的境地。细致深沉，语俚情深。

小桃红　晓妆①

绀云分翠拢香丝②，玉线界宫鸦翅③。露冷蔷薇晓初试。淡匀脂，金篦腻点兰烟纸。含娇意思，殢人须是④：亲手画眉儿。

【注释】

①晓妆：早晨梳妆打扮。②绀（gàn）：深青色。③玉线界：头上分发后显出的一条白线界限。④殢人：纠缠的人。

【译文】

用梳子梳拢着那深青色的秀发，在"宫鸦翅"式的发髻上分瓣出一条清晰的界限。在寒意尚作蔷薇盛开的清晨，就开始打扮。轻轻地涂抹胭脂，用金篦子仔细衬饰兰花形状的发结。撒娇的意思，就是纠缠着"人"亲自为她画眉。

【评析】

赋女子晓妆，精心细致，从这些女性的动作中透露出她的心思。饶有情趣。

小桃红　绍兴干侯索赋[1]

昼长无事簿书闲[2]，未午衙先散。一郡居民二十万。报平安，秋粮夏税咄嗟儿办[3]。执花纹象简，凭琴堂书案，日日看青山。

【注释】

①绍兴：元代郡名，即今浙江省绍兴市。干侯：可能是当时绍兴太守。②簿书：公务文书。③咄嗟：叱咄。此处作一呼一诺一间，即一霎间、顷刻。

【译文】

天一长，官衙里的公文案卷也不多，中午还不到，官署里的事就办完了。绍兴郡有二十万人。向上司报告：夏秋的粮款赋税各项事儿很快都办妥。手中拿着有花纹的象牙笏板，倚伏琴堂的书案，天天遥望青山。

【评析】

一个不愿当官的文人，竟因当官的"索赋"，写下一支称道官员的散曲，写得又那么的清闲，真叫人纳闷。特别是在元末那多事之秋，即就是"道人"也有难言之隐！曲写得自然清新，也有一种民歌特色，还是应该肯定的。

凭栏人　金陵道中[1]

瘦马驮诗天一涯，倦鸟呼愁村数家。扑头飞柳花，与人添鬓华[2]。

【注释】

①金陵：今江苏省南京市。②鬓华：花白的鬓发。

123

【译文】

瘦马驮着诗稿走向天的一方,倦疲的飞鸟发出悲怆的鸣叫飞向只有几户人家的村落。扑面杨花柳絮,给人的双鬓无端的增添了一些白头发。

【评析】

这是作者浪迹天涯、行经金陵道上的一首即兴小令,只二十四字,却塑造出一个沦落天涯的诗人形象,而且相当具体生动,形神毕现。曲的本色当行,又为那淳朴善良、勤奋落拓的诗人,赋予了时代的生命和艺术价值。全曲注重白描,不尚藻饰,情感真切,朴素自然,而且色彩鲜明,情景交融。真是"追乐府之工,撷唐宋之秀"(许光治《江山风月谱散曲自序》)。

天净沙　即事[①]

莺莺燕燕春春,花花柳柳真真[②],事事风风韵韵。娇娇嫩嫩,停停当当人人。

【注释】

①即事:就眼前事物景象即时题咏。全曲共四首,这是第四首。②真真:画中美女名字。唐进士赵颜在一位画工手中买到一幅美人图,画工告诉他说,此女名叫"真真"。如果昼夜连呼其名百日,必应声而出。颜果呼之百日,真真走出图画,同颜结为夫妻,并生一子。后有人说,此女为妖女,遂疑而欲杀。女告知她原为南岳地仙,语毕,复入图画。事见杜荀鹤《松窗记》及《太平广记·画工》。

【译文】

莺燕双飞春意浓,花儿柳枝婀娜多姿"真真"美人,言谈举止样样都有风度,事事都富情韵。娇嫩极了,人人都那么端端正正,文质彬彬,自然停当恰好,增减不得一分。

【评析】

全曲通篇叠字,属俳体中叠字体。在全元散曲中并不多见。乔吉这首叠字曲,别开生面,二十八字的小令,用了十四个叠字,音韵十分和谐,气韵相当美满。它赞美女子的容颜风韵和他们爱情的美满和谐,言简意赅,情貌无遗。前三句极写其两情的美好,有如莺燕双飞,"真真"出画;后三句赞其举止言谈,饶富风韵,而且一切都那么停停当当,端端正正。所写也林林总总,一气如注。为元曲增色不少。

刘 致 二首

刘致(?—1324后)字时中,号逋斋,石州宁乡(今山西省临汾市)人,后流寓湖南长沙。大德二年(1298)受姚燧举荐,授湖南宪府吏;后出任永新通判、河南省行掾、浙江行省都事和翰林待制等职。有人认为他就是曾写过[正宫·端正好·上高监司]的江西南昌人刘时中,有人却执否定意见。隋树森《全元散曲》按一人收散曲小令七十四首,套数四套。《太和正音谱》则列于"词林英杰"之中。

山坡羊 燕城抒怀①

云山有意,轩裳无计②,被西风吹断功名泪。去来兮,再休提!青山尽解招人醉③,得失到头皆物理④。得,他命里;失,咱命里。

【注释】

①燕城:春秋时燕国的京城。故址在今河北省易县东南部。相传燕昭王曾于城内建黄金台,招聘贤能之士。②轩裳:大夫的服装。此处借指官位很高的人。③尽解:完全了解。④物理:事物的常理。

【译文】

对高耸入云的大山我情深意浓,对高官厚禄我却从不在意。我追求功名的热情早被西风吹掉。再不要提起过去,还是回家去吧!故乡的青山绿水完全理解我的思想,也令我陶醉。得和失、损与益、成和败,都是事物的常理。有所得,是他命里注定的;有所失,是我命里注定的。

【评析】

这是作者游历春秋燕国故城时所写的一首伤今怀古的曲子。其实,在中国古代文人的思想深处,古与今的关系,始终是难解难分的。所以出现了许多凭古吊今、以古喻今、以古讽今、以古写今的作品。此中自然也有着"历史的艺术反思"的意蕴,"古"只不过是他人的酒杯,"今"却成了自己的块垒。这样,当然要借他人的酒杯,浇自己的块垒了。面对当年燕昭王为了招贤纳士所构筑的黄金台,自然抒发出自己际遇不佳,现实社会的"挡住贤路","堵住仕途",这种思想自然涌进心头。两相较比,失意之情,也油然而生。

山坡羊 西湖醉歌次郭振卿韵[①]

朝朝琼树[②],家家朱户[③],骄嘶过沽酒楼前路[④]。贵何如,贱何如?六桥都是经行处[⑤],落花水流深院宇[⑥]。闲,天定许;忙,人自取。

【注释】

①次韵:即步韵。是依所和曲的韵和韵的次序作的曲或诗、词。郭振卿:不详。他的原曲也不见于《全元散曲》。②琼树:琼花玉树。生长在昆仑西流沙之滨,大三百围,高万仞。一般借用来写海外仙境。③朱户:朱门大户。缙绅之家。④骄嘶:任情嘶叫,悲切凄楚。⑤六桥:杭州西湖上的六座桥。依次是映波、锁澜、望山、压堤、东浦、跨虹。这一带是宋元时朱门望族庭院楼宇集中之地。⑥院宇:庭院楼宇。

【译文】

家家都是油漆的红大门,天天都是耀眼的琼花仙境生活,喝醉酒的客人,无时不在酒楼前的大路上狂嘶乱叫。富贵也罢,贫贱也罢?六桥的每个地方都是他们反复经营的处所。那些深宅大院里的琼台楼阁,不都有如落花流水一样,一去不返。悠闲自得,是上天赐给的,奔忙劳累,是他们自作自受。

【评析】

这首西湖醉歌是作者以醉眼看待繁华异常的西湖的,从而使西湖这一传统题材富有新意。那深似海的侯门及他们的一切,不都如落花流水一样。贵与贱,闲与忙的对比中,透露出作者对闲而贱的醉汉的赞许,对富与忙者的人们的抨击。一曲醉歌,极富哲理。加之作者巧妙的融写景、叙事、抒情、议论于一体,更显示出曲的奇趣逸情。

阿鲁威　一首

阿鲁威,生卒不详。字叔重,号东泉,蒙古族人。时人称"鲁东泉"。至治泰定间(1321—1327)还在世。曾做过南剑(福建省南平)太守,经筵官、参知政事等官。《太和正音谱》评其曲"如鹤唳青霄"。散曲现存小令十九首。

落梅风

千年调①,一旦空,惟有纸钱灰晚风吹送②。尽蜀鹃啼血烟树中③,唤不回一场春梦④。

【注释】

①千年调:长久不变的调子。②纸钱灰:为死人烧的印有票面价值的纸钱的灰。纸钱又叫冥钞。③蜀鹃啼血:相传杜鹃鸟是远古时代

的蜀帝杜宇的魂魄化成的，叫声凄厉悲苦，经常是嘴角流血不已仍啼叫不止。事见《蜀王本纪》与《华阳国志》。④春梦：美梦。

【译文】

美好长远的理想有一天总会破灭，成为泡影，剩下的只有冥钱纸灰被晚风吹得飘向天空。任凭杜鹃鸟啼叫得满嘴血流不止，也无法再找回那当初的美梦！

【评析】

杜鹃啼血的故事在我国家喻户晓，作者通过她的悲鸣不息也难唤回它昔日美梦，道出了自己的思想。这就是不必为功名利禄去煞费心思。情深意长，观点明确。这同他在官场奔波劳碌而一无所得的生活，不无因由。

王元鼎 一首

王元鼎，生卒不详。西域人。与阿鲁威、郭芳卿同时，曾官翰林学士。《太和正音谱》列为"词林英杰"之中，杂剧作家杨显之是他的师叔。从有关文献考知，他大约生活于英宗文宗间（1321—1331）。散曲现存小令七首，套数二套。

醉太平① 寒食②

声声啼乳鸦③，生叫破韶华④。夜深微雨润堤沙，香风万家。画楼洗尽鸳鸯瓦，彩绳半湿秋千架⑤。觉来红日上窗纱，听街头卖杏花⑥。

【注释】

①醉太平：正官调曲牌。又名凌波曲。也可入仙吕宫与中吕宫。

定格句式是四四七、四七七、七四，共八句八韵。首两句应对仗，七言三句为鼎足对。③寒食：清明节前一二天。这一天人们不动烟火，只食前天的饭食。作者同名曲共二首，这是第二首。③乳鸦：幼鸦。④韶华：美好的时光。⑤秋千：即鞦韆。古代妇女的一种体育活动用具。在两根竖木竖立的木架上悬挂两根绳索，下部中间设横板。玩时，人在横板上或站或坐，两手握绳，前后摆动。相传春秋时由北方戎人传入中原。⑥这一句由宋代诗人陆游的《临安春雨初霁》中的"小楼一夜听春雨，深巷明朝卖杏花"化出。

【译文】

大好的春光，就那么在幼鸦声声啼叫中消失。深夜里濛濛细雨湿润了河畔的沙地，也把春天的清香送到千家万户。画楼上成双成对的鸳鸯瓦，被它洗涤的干干净净，秋千架上的彩色绳子淋得半湿。一觉醒来，红日已照在纱窗上，外面街头上也有了叫卖杏花的声音。

【评析】

清明前后，春意正浓。作者匠心独具的选取了一组最有代表性的景物，点染春光的大好。明快的幼鸦声，如油的春雨，桃花、杏花的清香，卖花人的叫卖声，共同交响出一幅绚丽夺目、璀璨宜人的春日情景。多么惬意。写景抒情。景丽情浓。语言明快，情调欣慰。

虞　集　一首

虞集（1272—1348）字伯生，号道园，人称邵庵先生。蜀郡仁寿（今属四川省）人。后侨居江西临川。历任国子助教博士、翰林待诏、翰林直学士兼国子祭酒、奎章阁侍书博士等职，是当时著名的诗文大家，与杨载（1271—1323）、范梈（1272—1330）、揭傒斯（1274—1344）同为元延祐四大家。在官三十余年。诗文中不时流露出自身受拘束、压迫，企望归老田园的心情。他曾与赵世炎等合编《经世大典》，自著有《道园学古录》。散曲作品只存小令一首。

折桂令 席上偶谈蜀汉事因赋短柱体①

銮舆三顾茅庐②，汉祚难扶③，日暮桑榆④。深渡南泸⑤，长驱西蜀，力拒东吴⑥。美乎周瑜妙术⑦，悲夫关羽云殂⑧。天数盈虚⑨，造物乘除⑩。问汝何如？早赋归欤⑪。

【注释】

①蜀汉事：三国事。短柱体：散曲中俳体之一。一般通篇每句两韵或三韵，或两字一韵。②銮舆：皇帝乘坐的车子。銮：皇帝车上的铃铛。舆是车子，又称"驾"。此处借指刘备。但刘备三顾茅庐时还未称帝。三顾茅庐：指刘备与关羽、张飞三人三次到襄阳（今湖北省襄樊市）隆中寻访诸葛亮，请他出山辅佐他们完成帝业。③汉祚：蜀汉政权。祚，王位，国统。④桑榆：古代常称傍晚的太阳在桑树和榆树之间。后以此代指人的晚年。这里指诸葛亮晚年曾亲自率军平定南中诸郡的事。⑤南泸：即泸水，今金沙江。⑥这两句是说，赤壁之战三国鼎立之后，刘备留守荆州，诸葛亮带兵入蜀，经过多次战争，取得汉中和益州等地，建立了蜀汉政权；后关羽刚愎自用，违背蜀吴联盟抗曹策略，同东吴发生尖锐矛盾。⑦周瑜妙术：指周瑜讨还荆州伐蜀的战略战术。周瑜（175—210），三国吴国名将。字公瑾，曾帮助孙策建立东吴，后辅佐孙权，任大都督。少年英雄，为吴建立了不朽功勋。⑧关羽：三国蜀汉大将，字云长，山西解州人。建安十九年（215）镇守荆州，曾大破曹仁、于禁及其所率七军。建安二十四年（219）在孙权袭荆州时，兵败被杀。殂：死亡。⑨天数：自然之理。盈虚：满损。⑩造物：造物主。指神主宰的上天，或自然。乘除：消长变化的规律。⑪赋：写，作。

【译文】

刘关张三次到隆中茅庐去造访诸葛孔明，请他出山辅佐，可惜蜀汉的江山就像快要落山的太阳，实在难以扶持。诸葛亮率大军西进，连获胜算，取汉中进益州，后来又渡过金沙江，深入南中不毛之地，巩固了战略大后方。留守荆襄的关云长，却竭力抗拒东吴，破坏蜀吴联盟。少年英雄的周瑜元帅的妙术多么可敬可羡可叹！刚愎自用的关羽的死亡又多么可悲可伤！这一切的一切，都是上天造物主早就安排好了的。请问你如何看待这段历史？还是早早写下《归去来兮辞》，归居田园吧！

【评析】

以史为鉴，这在古代知识分子中，是一个十分活跃又相当普遍的话题。正因为这样，古代的咏史、怀古、叹古诗词曲赋，栉比鳞次，美不胜收。但各人因其生活经历的不同，文化教养的有别，政治态度的差异，生活理想的相背，所以会出现对同一历史事件，历史人物，历史故事，有着迥然不同的结论。虞集这首关于"蜀汉事"的散曲，就表现出作者自己关于三国争雄、蜀汉失败的态度。这就是：不必去建功立业，还是早些归隐山林。在艺术上，这支曲子充分发挥了短柱体句炼、韵密的特点，用字准确稳妥，语言流畅自然，笔无滞，气长流，意盈贯。其锤炼工夫，也不言自明。关于曲中所流露出的思想，也与作者的经历和所处时代有着难以分割的关系。

薛昂夫 十一首

薛昂夫，生卒不详。原名薛超吾，字昂夫，又字九皋。回鹘（今新疆）畏吾儿（即今维吾儿）族人。汉姓马，所以又称马昂夫或马九皋。曾任江西省令史、三衢路达鲁花赤、建康路总管。师从刘辰翁学诗，善篆刻。晚年隐居杭县皋亭山。《太和正音谱》评其曲"如雪窗翠竹"，《南曲九宫正始序》说他"词句潇洒"。散曲现存小令六十五首，套数三套。

水仙子 集句[1]

几年无事傍江湖，醉倒黄公旧酒垆[2]。人间纵有伤心处，也不到刘伶坟上土[3]，醉乡中不辨贤愚。对风流人物，看江山画图，便醉倒何如！

【注释】
[1]集句：诗词曲做法的一种。撷取前人或他人词诗句子重新组成一诗或一词、曲。[2]黄公酒垆：饮酒的地方。《世说新语·伤逝》曾载尚书令王戎著公服路过黄公酒垆时，想起过去自己同朋友在此饮过酒。[3]刘伶：晋代诗人，"竹林七贤"之一。嗜酒如命，自称"惟酒是务，焉知其余"。李贺诗也说："劝君终日酩酊醉，酒不到刘伶坟上土。"

【译文】
老来住在江湖旁边，过着清闲的日子，经常到老地方去喝酒，一喝就是醺醺大醉。人世间虽然会经常出现令人难过的事情，也不能像刘伶那样喝得死去。喝醉了以后就会好坏难分，贤愚不辨的。如今，面对如此多的英雄豪杰，看到美丽得像图画样的山河，就是醉倒在地，又有什么关系？

【评析】
这是作者晚年之作。无事时，以诗酒笑傲余生；"对风流人物，看江山画图，便醉倒何如！"则又是一种情怀。这份疏放豪宕、洒脱自如，是他人难以做到的。

殿前欢 冬[1]

捻冰髭[2]，绕孤山枉了费寻思[3]。自逋仙去后无高士，冷落幽姿，道梅花不要诗。休说推敲字[4]，效杀颦难似[5]。知他是西施笑我，我笑西施？

【注释】

①作者有［双调·殿前欢］四首，分别赋春、夏、秋、冬。这是第四首。②冰髭：白胡须。③孤山：杭州西湖附近的一座小山。宋代诗人林逋曾隐居于此。人称逋仙。④推敲：斟酌研究。典出唐代诗人贾岛故事。⑤效颦：竭力模仿。东施效颦的省语。典出《庄子·天运》。

【译文】

手指拈搓着白胡须，在孤山旁一边走，一边思索个没完没了。自从林逋仙人离开这里以后，再没有什么高人雅士，使满山的梅花无人欣赏，没人吟诗作画。他们只是谈论梅花，却不去咏梅赞花。不要说什么字斟句酌，就连模仿也不伦不类。谁知道是西施姑娘笑话我薛昂夫，还是我薛昂夫笑她西施姑娘？

【评析】

写冬天，抓住梅花，论古说今，热墨冰心；追继前贤，抚惜后来。最后一句"知他是"，幽默朴实。梅花和作者的"幽姿"，也耐人品味。可见作者晚岁对西湖生活的满足。

殿前欢　醉归

醉归来，袖春风下马笑盈腮。笙歌接到朱帘外，夜宴重开。十年前一秀才，黄齑菜①，打熬到文章伯②。施展出江湖气概，抖擞出风月情怀③。

【注释】

①齑（jī）菜：腌菜。②伯：宗伯。对人的一种尊称。③风月情怀：男欢女爱的情由。

【译文】

喝醉酒回来，一下马，满脸笑容，春风得意。迎接的笙笛声、歌声，一直响到屋门竹帘跟前，丰盛的晚餐宴请又逐次摆开。十年前的一穷酸书生，如今成了文章大家，一代宗伯。靠的全是那江湖上豪侠义气，风月场中的男欢女爱。

【评析】

这是一支为当时某些自视不可一世的文章宗伯们画像的小令。前四句活脱出此类人物春风得意的情态；接着的三句，今昔对比，于不动声色之中，平添许多弦外之音。最后两句，画龙点睛，直揭老底。手法老辣，语言明快，勾勒了了，惟妙惟肖。

山坡羊　　述怀

惊人学业，掀天势业，是英雄成败残杯炙[①]。鬓堪嗟，雪难遮。晚来览镜中肠热[②]，问着老天无话说。东，沉醉也；西，沉醉也。

【注释】

①炙：烤。②中肠：内心。

【译文】

让人惊讶的学识，能扭转乾坤的权势，这些，对英雄人物的成功与失败，都无关紧要。两鬓雪白，没法遮掩，令人慨叹。等到照镜的时候，内心又无限感慨。仰头问苍天，苍天又不回答。天东，完全喝醉了；天西，也完全喝醉了！

【评析】

当人们把世事看透的时候，那"惊人学业，掀天势业"，就可以全抛却掉。此曲所否定的只是那功名利禄，并非人生价值。在东西都"沉醉"的情况下,作者却还比较清醒。这就是曲中所说:"晚来览镜中肠热。"

山坡羊

大江东去,长安西去,为功名走遍天涯路。厌舟车,喜琴书①,早星星鬓影瓜田暮②。心待足时名便足。高,高处苦;低,低处苦。

【注释】
①琴书:弹琴、读书。陶渊明有"乐琴书以忘忧"(《归去来兮辞》)。②瓜田:秦亡后,东陵侯召平拒做汉官,遂在长安(今西安市)东门外种瓜谋生。此瓜又称"东陵瓜"、"召平瓜"或"青门瓜"。

【译文】
东走大江两岸,西去京师"长安",为了谋取功名到过很多地方。讨厌乘船驾车,到处奔波,喜欢安静的生活,弹琴、读书,这样,就早早地两鬓斑白,想学召平东门外种瓜,为时也晚。人心要是觉得满足的时候,功名上也自然会得到满足。做高官,有做高官的苦恼,做下吏,有做下吏的艰难。

【评析】
薛昂夫为官二十余年间,曾先后到过今天的广西、湖南、江西、浙江和大都等地,真可谓"为功名走遍天涯路"。这支小令,就是他在长期的宦海沉浮中的一种反省。平实的曲词,却浸透着他深刻的生活体验。一句"心待足时名便足",表现出作者的顿悟。

山坡羊 西湖杂咏·春①

山光如淀②,湖光如练,一步一个生绡面③。叩逋仙,访坡仙④，拣西湖好处都游遍，管甚月明归路远。船，休放转；杯，休放浅。

【注释】
①作者［中吕·山坡羊·西湖杂咏］共七首。都是他晚年旅居西湖的作品。②淀：由蓝制作成的青黑色染料。③生绡面：画卷。画家作画一般都采生绡（未漂煮的丝织品）。④坡仙：苏东坡。

【译文】
青黑色的山光，银白色的湖光，每走一步，眼前就出现一幅水墨山水画面。探询林逋，拜谒苏轼，只要是西湖最好的地方，我都游赏、观瞻。哪里还顾得上明月升天，回家时的路程遥远。游船呀，你不要回头；酒杯呀，应该盛满。

【评析】
春日游西湖，游兴浓烈，乐不思归。为什么？因为"一步一个生绡面""拣西湖好处都游遍"。前三句写景，景中寄情；紧接着写情，古今杂糅，情中寄思。西湖春色，迤逦得游人流连。

山坡羊　西湖杂咏·夏

晴云轻漾，薰风无浪①，开樽避暑争相向。映湖光，逞新妆，笙歌鼎沸南湖荡，今夜且休回画舫。风，满座凉；莲，入梦乡。

【注释】
①薰风：暖风，和风。

【译文】
蓝蓝的天空中白云自由地飘荡，平静的湖水面上只有热风轻轻吹动，为了避暑饮酒，人们争先恐后地都在寻找着最好的地方。从映照在湖光上的人影中，可以看出他们彼此炫耀着各个的新的梳妆打扮，尽情吹、拉、弹、唱的声音，把整个南湖都震荡起来。今天晚上，就暂时不要再回到画船上。轻风徐来，整个船上都凉快，阵阵荷香，带人进入梦乡。

【评析】

这首写盛夏湖上纳凉，令人陶醉。

庆东原　西皋亭适兴①

兴为催租败②，欢因送酒来③。酒酣时诗兴依然在。黄花又开，朱颜未衰，正好忘怀。管甚有监州④，不可无螃蟹。

【注释】

①西皋亭：在浙江杭县东北的皋亭山上，晚年作者归居此处，写有四首《西皋亭适兴》，这是第二首。适兴：满足惬意的兴致。②兴为催租败：诗兴为催租之事而破坏。此曲句由宋代潘大临致谢无逸信中"昨日得一佳句，'满城风雨近重阳'，忽催租人至，遂败意"化出。③欢因送酒来：高兴的原因是有人送酒给我。曲出自《陶渊明传》的"白衣送酒"。一年的重阳节，陶渊明在宅边摘菊花，王弘派僮仆给他送酒。陶即痛饮醉归。④监州：即州府判官。苏轼有诗说"但忧无蟹有监州"。

【译文】

浓厚的诗兴被催租人的催租完全破坏，高兴的是还有人送酒助兴。虽然已经喝醉了，诗兴却仍然保存着。又是一年菊花开放，青春仍然长存，正好毫无顾忌的再喝。管他什么判官监事，只要有肥大的螃蟹下酒，就满足了。

【评析】

在"菊花又开"的时候，有肥蟹佐酒，尽情的喝，自然一切都可忘怀。这支曲子所表现出的人生态度：疏狂豪放，充溢字里行间。尤其是结语二句，直人直肠，快人快语，显见性格。

塞鸿秋　凌歊台怀古[①]

凌歊台畔黄山铺，是三千歌舞亡家处[②]。望夫山下乌江渡，是八千子弟思乡处[③]。江东日暮云，渭水春天树[④]，青山太白坟如故[⑤]。

【注释】

①凌歊（xiāo）台：南朝宋武帝刘裕的离宫，故址在今安徽省当涂县境内。②这两句是说：凌歊台附近的黄山铺驿站是刘裕凌歊台离宫三千宫女离家聚居的地方。唐人许浑《凌歊台》诗有"宋祖凌歊乐未回，三千歌舞宿层台"。③这两句是说：望夫山下的乌江渡，是跟随项羽征战的八千楚兵在"四面楚歌"声中思念故乡的地方。乌江渡见前注。④杜甫《春日忆李白》诗有："渭北春天树，江东日暮云。"⑤青山：安徽当涂县东南的一座山，唐代诗人李白的坟墓就在山西麓。

【译文】

凌歊台离宫跟前的黄山铺驿站，是刘裕三千宫女离开家庭聚集的地方；望夫山下的乌江渡口，是楚汉战争中项羽兵败垓下，追随他的八千子弟兵思念楚地故乡的地方。大江东边太阳落时的彩霞和渭水北面春天繁茂的林木，青山西麓李白坟墓，都和当年一样。

【评析】

这实际是一首"集句"曲。他通过两组历史事件，抒发了作者的思想。这就是"三千歌舞"、"八千子弟"的成为历史遗迹；大诗人李白、杜甫友谊的永垂不朽，与青山同在。孰轻孰重，自然流露出来。赋体的艺术手法，也为之增色不少。

楚天遥带过清江引① 二首②

屈指数春来③,弹指惊春去④。蛛丝网落花,也要留春住。几日喜春晴,几夜愁春雨。六曲小山屏⑤,题满伤春句。春若有情应解语,问着无凭据。江东日暮云,渭北春天树,不知那答儿是春住处?

有意送春归,无计留春住。明年又着来,何似休归去。桃花也解愁,点点飘红玉。目断楚天遥⑥,不见春归路。春若有情春更苦,暗里韶光度⑦。夕阳山外山,春水渡旁渡,不知那答儿是春住处?

【注释】

①楚天遥带过清江引:双调带过曲。定格句式是,楚天遥五五、五五、五五、五五,共八句四韵;清江引七五、五五七,共五句四韵。也可单独使用。②作者此曲共三首,这是二、三两首。③屈指:扳着指头。④弹指:形容时间的迅速、短暂。⑤六曲小山屏:六叶可以折合的山水画屏风。⑥楚天遥:遥远无边的楚地天空。目断:眼睛能看到的地方。⑦韶光:美好的时光。

【译文】

扳着指头数,盼望春天早些到来,转眼间,春天又走了。蜘蛛网上的几片落花,随风摇摆,好像它也要把春天留住。几天晴朗,叫人喜悦;几夜阴雨,令人悲伤,家中六扇小折屏的水墨山水画,写满了伤春的诗句。如果春天是有情有义的,它就能够理解我的话,可是当我问它的时候,它却闭口不说话。渭北的杜甫怀念李白,看到的只是傍晚的彩云;江东的李白,思念杜甫,进入眼帘的只有春天的树木。哎,不知道究竟哪儿才是春住的地方!

不得不送春天回去,也没什么好办法把春留住。叫春明年再来，不如不要归去。桃花也懂得伤春的愁恨，片片花瓣落了下来，好似滴滴眼泪。仰头望尽遥远的楚天，也看不出哪儿是春归的路。春天要是有情有义它就会更加悲苦，悄悄地度过那美好的时光。太阳落山的时候，山外有山；春水流漾的地方，渡口挨着渡口。哎，仍然没法晓得春天住的地方。

【评析】

这是一组"伤春"曲。两曲二十六句，句句不离春，句句写春。回环往复，缠绵悱恻；情急意烈，婉约幽丽。前片抒伤春之情，句句情深；后片发惜春之感，声声情急。极情尽致，一览无余。最后一句"不知那答儿是春住处！"冲口而出，伤春惜春情怀，有此一句，更加本色。"新严飘逸，如龙驹奋迅，有并驱八骏，一日千里之想"（王德渊《薛昂夫诗集序》）。

吴弘道 二首

吴弘道，生卒不详。字仁卿，号克斋。金台蒲阴（今河北省安国县）人。曾官江西省检校掾史。著《金缕新声》、《曲海丛珠》，可惜今均不传；另编有中州诸志尺牍《中州启札》，作杂剧五种。《太和正音谱》评其曲"如山间明月"。散曲今存小令三十四首，套数四套。

拨不断 闲乐二首[①]

泛浮槎[②]，寄生涯，长江万里秋风驾。稚子和烟煮嫩茶，老妻带月包新鲊[③]。醉时闲话。

利名无，宦情疏，彭泽升斗微官禄[④]。蠹鱼食残架上书[⑤]，晓霜荒尽篱边菊。罢官归去！

【注释】
①闲乐：这组曲共四首。这两首分别是第一、二首。②浮槎：木筏子。③包：又作炰。蒸煮。鲊：腌鱼。④彭泽：县名，在现在的江西省。晋陶渊明曾做过彭泽县令。⑤蠹鱼：一种银白色的小虫，蛀蚀书籍和衣服。

【译文】
把生活寄托在驾上小木船泛游江河湖海的上面；在万里长江上，小船随着秋风掀起的波浪，自由飘荡。小儿子在烟雾中烧煮着刚采下的茶叶，老伴儿在月光下蒸煮新捕得的鲜鱼。喝醉酒时，全家人说着闲话。

功名和利禄都不要，官场的事情也看的淡，当个像彭泽县令那样的官，俸禄也只那么一点。蛀书虫把书架上的书吃的没有剩下多少，秋天早晨的寒霜把菊园摧残得凋零荒凉。辞掉官归居田园去吧！

【评析】
这两支曲子从不同的方面抒发了作者的"闲乐"思想与生活。首曲写他与妻子泛舟万里长江的欢乐。生活情趣浓郁。次曲写自己对功名利禄的淡薄，从官的烦恼。正补充了前曲的因由。

赵善庆 一首

赵善庆，一作赵孟庆。生卒不详。字文贤（一作文宝），饶州乐平（今属江西省）人。钟嗣成《录鬼簿》说他"善卜筮，任阴阳学正"。作杂剧八种，今均散佚。《太和正音谱》评其曲"如蓝田美玉"。散曲现存小令二十九首。

沉醉东风　秋日湘阴道中[①]

　　山对面蓝堆翠岫[②]，草齐腰绿染沙洲。傲霜桔柚青[③]，濯雨兼葭秀[④]，隔沧波隐隐江楼[⑤]。点破潇湘万顷秋[⑥]，是几叶儿传黄败柳[⑦]。

【注释】

　　①湘阴：今湖南省湘阴县。在洞庭湖南岸的湘江南侧。水北为阳，南为阴。②蓝：一种可制染料的草，叶可制成深青色的染料。岫（yòu）：峰峦。③柚（yòu）：形似橘柑状的水果。又名柚子。④兼葭：芦苇。⑤沧波：绿水。⑥潇湘：湘江的别称。⑦传黄：转黄。

【译文】

　　山的对面是深青色的小丘陵和苍翠的峰峦，人腰齐的绿色野草长满江中沙洲。经过严霜浸打过的桔树柚树变得更加深绿，雨水冲洗过的芦苇显得更加俊秀，隔着墨绿色的江水有几座时隐时现的高楼。点染辽阔无垠的湘江秋色的是几片发黄的残柳。

【评析】

　　这又是一幅湘江行旅图，写的完全是深秋的景象。相当壮阔雄深，充实丰满。那翠山、绿草、青柚、秀芦、秋波、残柳，共同点染出金秋季节丰收的迷人。给人一种积极进取的精神满足。也一扫他人篇什的萧瑟、悲凉。在全元散曲中，不可多得，难能可贵。

马谦斋　一首

　　马谦斋，生卒不详。与张可久同时。从他的现存散曲看，他曾在京师大都做过京官，后来又到了杭州，变成了一个"簪缨席上团坐，杖藜松下盘桓"的富贵闲人。散曲现存小令十七首，大都写于杭州。

寨儿令 叹世

手自搓①,剑频磨,古来丈夫天下多。青镜摩挲②,白首蹉跎③,失志困衡窝④。有声名谁识廉颇⑤,广才学不用萧何⑥。忙忙的逃海滨,急急的隐山阿⑦。今日个平地起风波。

【注释】
①搓:双手摩擦。②摩挲:抚弄。③蹉跎:虚度光阴。④衡窝:极简陋的住处。横。横木为门的意思。⑤廉颇:战国时赵国著名将领,屡建奇功。但开始无人赏识。⑥萧何(?—前193):西汉开国名臣,足智多谋。对刘邦战败项羽,建立汉朝起了重要作用。⑦山阿:山中曲折隐蔽的地方。后作隐居地方的代称。

【译文】
古往今来,天下有无数的英雄好汉,他们经常搓手、磨剑,胸怀壮志,准备大显身手。可是,到老来,手摸青铜宝镜,虚度岁月,满头银发,得不到重用,住在十分简陋的地方。为国家建立了不朽功勋的廉颇老将,谁去赏识他;博学广才、开国名相萧何也弃之不用了!赶快逃避到大海边上,或疾速地隐居在山林深处。因为今天的社会仕途险恶,无端起事,平白起祸。

【评析】
这支叹世的散曲,从名将的不被赏识,名相的被遗弃不用,结果虚度年华写起,得出了"忙忙的逃海滨,急急的隐山阿"的结论。"平地起风波",是对古代仕途险恶的深刻总结。从这里,我们也看出作者由官而隐的生活经历和感受。

张可久 四十一首

张可久（约 1270—1346），字小山（一说名伯元，字可久，号小山），庆元（今浙江省鄞县）人。以路吏转首领官，又曾为桐庐典史，至正初，年七十余犹为昆山幕僚。一生仕途不得意，徜徉山水，诗酒消磨。平生专写散曲，著有《吴盐》、《苏堤渔唱》、《小山北曲乐府》等散曲集，又有《小山乐府》未分卷（即天一阁本），作品数量为元代散曲作家之冠。作品多吟咏山水，放逸纵怀，风格典雅清丽。朱权《太和正音谱》论曲，谓其词如瑶天笙鹤，又论："其词清而且丽，华而不艳，有不喫烟火食气，真可谓不羁之材。若被太华之仙风，招蓬莱之海月，诚词林之宗匠也，当以九方皋之眼相之。"李开先序《乔梦符张小山二家小令》谓乐府之有乔张，犹诗家之有李杜。散曲现存小令八百五十五首，套数九套。

水仙子 次韵

蝇头老子五千言①，鹤背扬州十万钱②，白云两袖吟魂健③。赋庄生《秋水篇》④，布袍宽风月无边。名不上琼林殿⑤，梦不到金谷园⑥，海上神仙。

【注释】

①蝇头：小字。老子五千言：即《老子》，亦称《道德经》，计五千言，道家主要经典著作，主张自然无为。②鹤背扬州十万钱：喻幻想中的好事，不仅享尽富贵还能成仙。详见前注。③白云两袖：言除了天上的白云，一无所有。吟魂健：诗兴浓。④《秋水篇》：《庄子》中的一篇，认为关于大小、是非、贵贱、有无的判断都是相对的。⑤琼林殿：即琼林苑，宋代乾德二年设置，是皇帝赐宴新科进士的处所。⑥金谷园：为晋代豪贵石崇所建，在洛阳西北金谷涧，是当时王公贵族竞相悠游之处，这里作为富贵的象征。

【译文】

用蝇头小字抄写《老子》五千言，骑上仙鹤飞到扬州享受万贯钱财，虽然仅仅拥有天上的白云却仍诗兴浓郁。诵读庄子的《秋水篇》，身穿宽大的布袍欣赏无限美丽的景色。名字不愿进琼林宝殿，做梦也不想去到金谷园，愿做一个自由的海上神仙。

【评析】

曲中张扬老庄精神，抒发淡泊功名，向往自然的生活态度和生活情趣。作者常赋《秋水篇》，彻悟《道德经》，和"名不上琼林殿，梦不到金谷园"与乔吉的"不占龙头选，不入名贤传"，都是敝屣功名、浮云富贵的清高表现，也是元代知识分子受到压抑后的一种抗争。

水仙子　　山斋小集①

玉笙吹老碧桃花，石鼎烹来紫笋芽②，山斋看了黄筌画③。荼蘼香满把④，自然不尚奢华。醉李白名千载，富陶朱能几家⑤，贫不了诗酒生涯。

【注释】

①小集：小宴。②鼎：煎烹器皿。③黄筌（约903—965）：五代后蜀著名画家，师法多家，自成一派，擅长花鸟，兼精人物、山水、墨竹。④荼蘼（tú mí）：花名，本作"酴醾"，又称"佛见笑"。初夏开花，白色。苏轼《酴醾花菩萨泉》诗有句云："酴醾不争春，寂寞开最晚。"⑤陶朱：陶朱公，即春秋越国大夫范蠡，相传他辅佐越王勾践复国灭吴后，功成身退，泛舟五湖，改名经商，成为大富。

【译文】

玉笙将美丽的桃花吹败了，用石鼎来烹煮紫色的笋芽，在山间的小屋内观赏黄筌的书画。满把的荼蘼花清香、自然、美丽，不崇尚奢糜浮华。斗酒诗百篇的李白名扬千载，像陶朱公那样富贵的能有几家？吟诗饮酒的生活不一定贫穷。

【评析】

山斋、玉笙、桃花、石鼎、笋芽、荼蘼为我们描绘出一幅山间闲居的悠然画面，充满了崇尚自然、追求闲适的山野情趣。末句以李白、陶朱公作比，表现出作者向往淡泊、无意富贵的思想倾向。全曲的风格有如曲中所说"自然不尚奢华"，情调幽深，耐人寻味。

水仙子　乐闲

铁衣披雪紫金关①，彩笔题花白玉栏②，渔舟棹月黄芦岸。几般儿君试拣，立功名只不如闲。李翰林身何在③，许将军血未干④，播高风千古严滩⑤。

【注释】

①紫金关：一说即紫荆关，在河北易县紫荆岭上，以山多紫荆树故名。宋时名金坡关，金元时改名紫荆关。因距大同甚近，古代为军事防守重地。②彩笔题花：暗用李白在长安供奉翰林时作《清平调词三首》的典故。李诗以咏牡丹花为题，中有"云想衣裳花想容"（喻杨贵妃），"沉香亭北倚栏干"（喻唐玄宗）的句子。③李翰林：指李白。身何在：是说李白虽曾供奉翰林，但终因"安能摧眉折腰事权贵"而被排挤出朝廷，四处漫游。④许将军：指唐玄宗时的将军许远（709—757），安禄山叛乱时，任睢阳太守，与真源令张巡协力守城数月，后城陷失败被叛军俘杀。⑤严滩：又名七里滩，七里濑、子陵滩，在浙江桐庐严陵山西。相传为东汉严光（字子陵）拒绝朝廷征召，隐居垂钓的地方。

【译文】

身着铠甲顶风冒雪镇守在紫金关。以花为题写诗在汉白玉栏杆前，趁月夜荡渔船在黄芦岸边。这几样儿您试着思量挑选：建立功名还不如归隐赋闲。李白如今人在哪里，许远将军的血迹还没有干，传播高风亮节的还要数隐居垂钓的严子陵滩。

【评析】

此曲题为"乐闲"，足见题旨。全曲语句简洁、结构巧妙。列举了李白、许远、严光三个不同人物的三种不同命运，并巧妙地运用任"试拣"的方法，令读者自去领悟其旨趣，引人深思，作者淡泊名利之心，称颂隐者之情自见。

水仙子　归兴①

淡文章不到紫薇郎②，小根脚难登白玉堂③。远功名却怕黄茅瘴④，老来也思故乡。想途中梦感魂伤。云莽莽冯公岭，浪淘淘扬子江，水远山长。

【注释】

①归兴（xìng）：思归的意兴。②紫薇郎：唐代中书郎的名称，这里泛指朝廷要职。③根脚：元代称"家世"为根脚。白玉堂：翰林院，有时借指富贵之门。④瘴：瘴气。南方山林中潮湿蒸郁所导致的一种病。

【译文】

没有文采的文章做不了中书郎，卑微的家世也难以进入翰林堂。远离功名却怕山林荒凉潮湿，人年龄大了就会想到家乡，痴迷的梦中也想踏上归途。莽莽云海的冯公岭，浪花淘淘的扬子江，群山多么广阔，江水又多么悠长。

【评析】

作者才华横溢，壮志满怀，但一生仕途不畅，仅担任过路吏一类的小官，不免有失意的叹息。但又职事在身羁留他乡，于是思归；

一时归返不成，思归愈切，倍觉归途遥遥，仿佛有重重山水阻碍。这种仕与归的矛盾是小山乐府的一个主要内容，也是作者真实思想的反映。

折桂令　九日

对青山强整乌纱①。归雁横秋，倦客思家。翠袖殷勤②，金杯错落，玉手琵琶③。人老去西风白发，蝶愁来明日黄花。回首天涯，一抹斜阳，数点寒鸦。

【注释】
①强整乌纱：此处借"龙山落帽"典故，反其意而用之。龙山落帽：相传晋代孟嘉重阳之会时，风吹落了他的官帽，他不顾嘲笑，应答自若的风流雅事。这里却说面对青山引发归思，又去不了，只好勉为其事。②翠袖：歌女舞妓的衣着。③玉手：元代杭州琵琶伎。

【译文】
面对着青山勉强整整官帽。南归的大雁在辽阔的天空飞翔，疲倦的游子思念家乡。虽然有歌妓舞女热情陪侍，美酒一杯又一杯地喝，还有玉手弹奏着琵琶。岁月流逝，秋风吹白了头发，蝴蝶飞到衰败的菊花上。回头遥望天边，也只有一片淡淡的落日，几只忧惧的乌鸦。

【评析】
诗人在这里所要抒发的是佳节思亲、倦客思归。起句情调凄婉、感伤；中间插入"翠袖殷勤"三个排比句，展开一幅聚宴的欢乐场面，对比鲜明，感喟遥深；结句"一抹斜阳，数点寒鸦"，语境幽深，意味长远，是作者暮年愁忆心境的真实写照。刘熙载称赞他的小令"翛然独远"，在这首散曲中得到体现。

折桂令　次酸斋韵①

倚栏杆不尽兴亡。数九点齐州②，八景湘江③。吊古词香④，招仙笛响，引兴杯长。远树烟云渺茫，空山雪月苍凉。白鹤双双，剑客昂昂，锦语琅琅。

【注释】
①酸斋：贯云石的号。②九点齐州：语出李贺诗"遥望齐州九点烟，一泓海水杯中泻"。李诗写梦中升上天空，俯瞰大地的视像。齐州，指中国，古时中国分为九州，故有"齐州九点"之语。③八景湘江：即湘江八景。④吊古：凭吊往古事迹。

【译文】
倚着栏杆不禁产生出兴亡之感。指点着中国的九州，湘江上的八景。凭吊往古的诗韵味悠长，招引神仙的笛子吹得正响，引发兴致的酒没淡忘。烟云笼罩下远处的树木依稀渺茫，雪夜月光下空旷的山谷中更显得苍冷凄凉。一双双白鹤展翅飞翔，气势昂昂的佩剑侠客，清朗响亮地诉说着豪言壮语与志向。

【评析】
雪夜月光下依栏远眺，凭吊往古，兴亡之感万千，作者豪情满怀，兼济天下之志益胜。全曲句势紧凑、气势豪放。

满庭芳①　客中九日②

乾坤俯仰③，贤愚醉醒，今古兴亡。剑花寒④，夜坐归心壮⑤，又是他乡。九日明朝酒香，一年好景橙黄。龙山上，西风树响，吹老鬓毛霜。

【注释】

①满庭芳：中吕宫曲牌。又可入仙吕宫，又名满庭霜。定格句式是四四七、七四、七七（有时作六六）、三四五，共十句十韵。②客中：寄寓他乡之中。③乾坤：天地。俯仰：瞬息。④剑花：比喻蜡烛的余烬结成剑的形状。寒：蜡焰不旺，烛光暗淡。古人以蜡芯火旺爆成花状为吉兆，是报喜的预兆。⑤壮：强烈、浓厚。

【译文】

瞬息天地间，贤士愚夫或醉或醒，从古到今几经兴亡。剑状的蜡烛花暗淡无光，此时思念故乡之情更加浓烈，可叹人却又在异乡。重阳佳节天气晴朗、美酒甜香，正是一年中的金色丰收时季。登上龙山，秋风把树叶吹得哗哗地响，也将两鬓头发吹得白如秋霜。

【评析】

"每逢佳节倍思亲"，作者客居他乡，恰逢重阳，思乡之情愈深，归乡之心愈切。全曲笔调深沉，情感真切，流露出一种感叹人生不得意的悲凉心情。

普天乐　秋怀

为谁忙，莫非命。西风驿马①，落月书灯。青天蜀道难，红叶吴江冷②。两字功名频看镜，不饶人白发星星。钓鱼子陵，思莼季鹰③，笑我飘零。

【注释】

①驿马：忙碌于驿站间往返奔波的马匹。②"红叶"句：化用唐代崔信明诗句"枫落吴江冷"（《新唐书·崔信明传》），形容寂寥凄清境况。③思莼季鹰：西晋张翰。字季鹰。"因见秋风起，乃思吴中菰菜、莼羹、鲈鱼脍，曰：'人生贵得适志，何能羁宦数千里以要名爵乎！'遂命驾而归。"（《晋书·张翰传》）后因以"思莼"、"思鲈"、"莼羹鲈脍"，喻指归隐或思乡。

【译文】

为什么奔波忙碌,难道这都是命中注定。秋风中奔驰的驿站大马,落月下书窗旁的灯火。攀登"蜀道"比上青天还要困难,枫叶把吴江搞得冷清凄惨。为了功名两字,在照镜时才发现岁月不饶人,早已满是白发点点。隐居垂钓的严子陵,思莼归乡的张季鹰,都会嘲笑我在宦海中漂泊。

【评析】

这支曲子悲秋叹老。作者一面心慕超越宦海的归隐生活,一面到处漂泊,对仕途仍抱有些许幻想。所以流露出依违两难、无所适从的彷徨情绪。

寨儿令 次韵

你见么,我愁他,青门几年不种瓜①。世味嚼蜡,尘事抟沙②,聚散树头鸦③。自休官清煞陶家,为调羹俗了梅花④。饮一杯金谷酒⑤,分七碗玉川茶⑥。嗏⑦,不强如坐三日县官衙。

【注释】

①青门种瓜:汉代长安城东门因门色青称青门。召平在此种瓜。②抟(tuán)沙:捏聚散沙。③聚散树头鸦:西汉翟公故事。他任廷尉时,宾客盈门;罢官后,客如鸦散,门可罗雀;复职后,昔日之客又欲登门,翟公在门上大笔写了几句话:"一死一生,乃知交情;一贫一富,乃知交态;一贵一贱,交情乃见。"④调羹:喻指宰相之职。此句含人一做官即失去梅花般的品格,成为俗人。⑤金谷酒:石崇常在所建的金谷园内宴请宾客,赋诗饮酒。⑥玉川茶:唐代卢仝,自号五川子。其《走笔谢孟谏议寄新茶》诗,有句云:"一碗喉吻润,两碗破孤闷,……六碗通神灵,七碗……惟觉两腋习习清风生。蓬莱山在何处?玉川子,乘此清风欲归去。"⑦嗏:元曲中常用词。惊诧的意思。

【译文】

你看见了么？我在惦记着他,青门外几年了都不再种瓜。世间的人情如同嚼蜡般无味,尘俗间的事好比捏聚散沙,聚来散去就像树上的乌鸦。自从陶渊明辞官归里清闲极了,一做大官就失掉了梅花的清香高雅。喝上一杯金谷酒,品品七碗玉川茶,嗏,还不强似他当几天县令,坐几天县衙。

【评析】

这支曲子连篇用典,内容丰富却不冗繁。上半部分先用"召平种瓜"和"聚散树头鸦"两个历史典故,引出"世味嚼蜡,尘事抟沙"的感慨,以此写出世间的世态炎凉,人情冷暖。下半部分通过陶渊明、梅花、金谷酒、玉川茶这些人和事,表达出作者企求挣脱功名羁绊,向往消闲自在的生活。

殿前欢　次酸斋韵二首

钓鱼台,十年不上野鸥猜①。白云来往青山在,对酒开怀。欠伊周济世才②,犯刘阮贪杯戒③,还李杜吟诗债。酸斋笑我,我笑酸斋。

唤归来,西湖山上野猿哀。二十年多少风流怪,花落花开。望云霄拜将台④。袖星斗安邦策⑤,破烟月迷魂寨。酸斋笑我,我笑酸斋。

【注释】

①鸥:水鸟。与鹤同为高洁的象征。②伊周:即伊尹、周公,均为古代的宰辅名臣。③刘阮:刘伶、阮籍。晋代"竹林七贤"中人,以嗜酒著名。④云霄拜将台:取东汉显宗时二十八个中兴名将图像绘画于云台事。⑤袖星斗:袖藏满天繁星。

【译文】

　　严子陵已十年不去钓鱼台，白鸥鸟对他产生了怀疑。白云飘忽不定青山长在，面对美酒开怀畅饮。虽少有伊尹、周公经国济世的才能，却超过了刘伶、阮籍贪杯的界限，偿还李白、杜甫那样的作诗债。贯云石嘲笑我，我嘲笑贯云石。

　　西湖孤山上的野猿不断的哀鸣，叫我回家。二十年来多少异常杰出的人物，也像花儿开了又落。遥望高耸入云天的拜将台。袖藏满天星斗，心怀安邦妙策，可以攻破烟花风月迷魂寨。贯云石讥笑我张可久，我张可久讥笑他贯云石。

【评析】

　　这两支曲子是作者和贯云石［殿前欢］"畅幽哉"一首而作。作者和贯云石均欲同盟白鸥，来往青山，故能相视而笑，莫逆于心。中间的鼎足对和结尾的连环句，完满地表达了他们的高尚情操和生活情趣，写法上的独到之处也使全曲在艺术上独具魅力，曲境更幽。

殿前欢　离思

　　月笼沙①，十年心事付琵琶。相思懒看帏屏画，人在天涯。春残豆蔻花②，情寄鸳鸯帕，香冷荼蘼架。旧游台榭，晓梦窗纱。

【注释】

　　①月笼沙：月光笼罩在沙滩上。借用杜牧《夜泊秦淮》中"烟笼寒水月笼沙，夜泊秦淮近酒家"之义。②豆蔻花：夏初开花的草本植物。杜牧《赠别》诗："娉娉袅袅十三余，豆蔻梢头二月初。"后谓十三、四岁的少女为"豆蔻年华"。曲中以豆蔻花喻未嫁的少女。

【译文】

坐在朦胧月光下的沙滩上，弹奏着琵琶，把十年的心事都倾吐出来。深切思念远在天涯的离人，懒得去欣赏帏屏上的图画。春末，豆蔻花儿开了，荼蘼花清香满架，缕缕的情思寄托在绣着鸳鸯的手帕上。昔日并肩共游的亭台楼榭，只能在梦中才会重现在窗前。

【评析】

这支曲子极写相思之苦，离愁之恨。词语简洁朴实，情意真切。含蓄地表现出痴情女子相思离人的深深惆怅和急切企盼的心情，在思而不得中流露出悲凉的况味。

殿前欢　客中

望长安，前程渺渺鬓斑斑。南来北往随征雁，行路艰难。青泥小剑关①，红叶溢江岸②，白草连云栈③。功名半纸，风雪千山。

【注释】

①青泥：指青泥岭，又名泥功山。在甘肃徽县南、陕西略阳县西北，古为甘、陕入蜀要道。悬崖万丈，上多云雨，泥泞路滑。杜甫诗云"朝行青泥上，暮在青泥中"（《泥功山》），即指此山。剑关：即今四川剑阁东北的剑门关，地势险要，去蜀必经之地。②溢（pén）：充溢、涌漫。③白草：我国西北的一种草名。长熟时为白色。唐代诗人岑参有"北风吹沙卷白草"、"北风卷地白草折"等诗句。曲中取其苦寒之意。云栈：极高峻的栈道。

【译文】

遥望京师，前途渺茫两鬓斑霜。同大雁一样南来北往，路途上多么艰难。青泥岭的泥泞接近剑关的奇险，深秋中的枫叶红遍了嘉陵江两岸，苦寒中的白草生长在高入云端的栈道边。为了半张纸的功名，冒着风雪翻越万水千山。

【评析】

这支曲子描述了仕途奔波的艰难、无奈和心酸。明知"前途渺渺",又不得不在"风雪千山"之间"南来北往",曲中用"青泥岭"、"剑关"、"云栈"等自然界中的奇险道路喻宦海奔波的困难,与[普天乐·秋怀]中的"青天蜀道难"一样,不仅描述了仕途奔波的艰辛,也倾诉了"沉郁下僚"的元代士子们人生境遇的尴尬和困顿。

清江引　春思

黄莺乱啼门外柳,雨细清明后①。能消几日春②,又是相思瘦。梨花小窗人病酒③。

【注释】

①雨细清明:化用杜牧《清明》诗:"清明时节雨纷纷,路上行人欲断魂"句意。②能消几日春,由辛弃疾[摸鱼儿]词句"更能消几番风雨,春又匆匆归去"浓缩点染而来。③病酒:嗜酒如病,酒瘾。

【译文】

清明时节细雨过后,黄鹂鸟在门外的柳树上鸣叫。还能有多少春光享受,相思却已使人消瘦。窗外白色的梨花开满枝头,小窗内的人酒瘾正浓。

【评析】

既是伤春更是伤情,交织着许多复杂的感情。巧用唐诗宋词妙句,曲短情深,言外之意无穷,充分体现了张可久寓诗词入散曲,体现散曲文人化的创作特征。

清江引　春晓

平安信来刚半纸,几对鸳鸯字①。花开望远行,玉减伤春事。东风草堂飞燕子②。

【注释】
①几（jī）对：尽都回答的是。鸳鸯字：祝福的文字。《诗·小雅·鸳鸯》有"君子万年，福禄宜之"、"宜其遐福"诸如此类的话。曲中取其祝福之义。②草堂：旧时文人谦称自己的住所为"草堂"。

【译文】
短短的报平安的书信满都是些祝福的文字。花开的季节里眺望远行的人儿，身体由于伤春渐渐消瘦。春风里，燕子双双又飞回草堂。

【评析】
全曲恼伤春、怨别离，凄凄切切，感情委婉、细腻、真实。首二句，由见信起兴，愁上添怨，点出相思的苦闷和被冷落的哀怨；四、五句直写分离的苦痛；结句触景伤怀，益显孤单。全曲笔墨极俭，而情味深远悠长。

小桃红　寄鉴湖诸友①

一城秋雨豆花凉，闲倚平山望。不似年时鉴湖上②，锦云香，采莲人语荷花荡。西风雁行，清溪渔唱，吹恨入沧浪③。

【注释】
①鉴湖：又称镜湖、长湖、庆湖，在浙江绍兴县西南。旧时又作绍兴别称。②年时：去年。③沧浪：青绿色。

【译文】
秋雨过后满城的豆花都已衰落，悠闲地凭靠在远山眺望。已不像是去年鉴湖那样，花儿像美丽的云霞，采莲人欢歌笑语飘荡在荷花池上。秋风中向南飞去的大雁，清彻溪流上的渔歌，将满腹的遗憾都冲进了碧波。

【评析】

这支寄友曲，一方面回忆昔日与诸友欢聚的盛况，寄托对友人的怀念；另一方面又流露出作者对浪迹他乡的厌倦、向往隐逸林泉的情怀。全曲以清丽、蕴蓄、超逸的特点，给人以特殊的美感享受。

朝天子　山中杂书

醉余，草书，李愿盘谷序①。青山一片范宽图②，怪我来何暮。鹤骨清癯③，蜗壳蓬庐④，得安闲心自足。蹇驴⑤，酒壶，风雪梅花路。

【注释】

①李愿盘谷序：韩愈作《送李愿归盘谷序》，赞美盘谷"泉甘而土肥"、"采于山，美可茹；钓于水，鲜于食"。是"隐者盘旋"的好处所。②范宽：字中立，陕西人。北宋著名画家。模山范水，描绘逼真。观其画，使人有"身在范宽图画"的美妙享受。③清癯（qú）：消瘦。④蓬庐：客舍。⑤蹇（jiǎn）驴：跛驴或劣马。相传唐代孟浩然、贾岛、李贺等诗人都有策蹇驴、踏风雪、寻诗材的故事。

【译文】

喝罢美酒，临案挥笔用草体书写《送李愿归盘谷序》。身好像在范宽水墨山水画的一片青山绿水中，可惜为什么来的这么晚。人清瘦得像鹤骨，蜗牛壳般的斗室简陋，只要有个安定清闲也就心满意足。骑着跛驴，提着酒壶，行吟在风雪交加落满梅花的路途上。

【评析】

回归大自然的那种清新、超脱、安然自乐、纵情山水的闲适心情，正是作者归隐田园思想直接、具体的表现。

朝天子[①]　　湖上

罂杯[②],玉醅[③],梦冷芦花被。风清月白总相宜,乐在其中矣!寿过颜回[④],饱似伯夷[⑤],闲如越范蠡。问谁,是非,且向西湖醉。

【注释】

①朝天子:中吕宫曲牌。又名[谒金门]、[朝天曲]。定格句式是二二五、七五、四四五、二二五,共十一句十一韵。②罂(yǐng)杯:楠树根制成的酒杯子。③玉醅(pēi):美酒。④颜回(前521—前490):字子渊。孔子的弟子。安贫乐道,被尊为"复圣",三十一岁逝去。⑤伯夷:商末孤竹君之子。武王灭商后,与弟叔齐逃到首阳山,不食周粟,采集野菜为生。

【译文】

用楠树根雕成的罂杯盛满美酒,夜里芦花被子也很冰凉。清风明月总那么和谐、宁静,快乐就在这里呀!比颜回寿命长,比伯夷吃得饱。闲适也胜过越国的范蠡大夫。对与错,问哪个?只管纵情醉酒在西湖畔。

【评析】

这首曲子以自我调侃的口吻,表达出作者野逸简朴的隐居乐趣,不问尘事是非的人生旨趣。全曲通过颜回、伯夷、范蠡三个历史人物的不同命运,反衬出作者不以物质、钱财为念,一心追求闲适隐居生活的思想感情。

朝天子　　闺情

与谁,画眉[①],猜破风流谜。铜驼巷里玉骢嘶[②]。夜半归来醉，小意收拾，怪胆禁持③，不识羞谁似你。自知理亏，灯下和衣睡。

【注释】
①画眉：借用汉代京兆尹张敞为其妻描眉典故。这里以闺中少妇口吻讥讽她的丈夫与别的女子相爱调情。②铜驼巷：为汉代洛阳的一条街巷，是五陵少年子弟经常游玩的地方。③怪胆：乖意悖情。禁（jīn）持：摆布。

【译文】
给谁去描眉，猜透你的风流谜底。听到铜驼巷里玉骢马的嘶叫，你又是喝醉了半夜才回来。小心翼翼地整理收拾，悖情乖意地摆布，还有谁像你这样不识羞耻？自己也知道亏理，只好在灯下独自不脱衣服就睡。

【评析】
这支曲子像个喜剧小品，风趣传神，令人哑然失笑。女主人公的娇嗔、狡黠、敏感、多疑，丈夫的装模作样，前硬后软，神态毕肖，呼之欲出。虽是从唐无名氏《醉公子》一词脱胎而来，但把他们爱情生活的"风流谜"写得更加细腻、曲折，如嗔如喜，如怨如诉，真境实感，令人咀嚼不尽。

红绣鞋　春日湖上

绿树当门酒肆，红妆映水鬟儿①，眼底殷勤座间诗。尘埃三五字。杨柳万千丝，记年时曾到此。

【注释】
①鬟儿：环形发髻。

【译文】

门口有绿树成荫，一座小小酒店，水中倒映着有环形发髻的盛妆女子。座间目光中流露出的动人神态，多么富有诗意。昔日为她题写的诗句已被尘土覆盖。低垂的千万条杨花柳絮还记得去年我曾经到过这里。

【评析】

湖上春游，睹物生情，勾起对美好往事的回忆。那熟悉的小酒店，那对自己眉目传情梳着环形发髻的红衣女子，昔日题写的诗句，无不流露出对岁月流逝的无奈叹惜。清秀婉约，耐人寻味。

红绣鞋　湖上

无是无非心事，不寒不暖花时，妆点西湖似西施。控青丝玉面马，歌《金缕》粉团儿[①]，信人生行乐耳！

【注释】

①金缕：曲牌名，又名"金缕衣"、"金缕曲"，亦名"贺新郎"。五代前蜀韦縠所编的唐诗集《才调集》佚名的《杂词》诗："劝君莫惜金缕衣，劝君须惜少年时。"歌《金缕》，含有及时行乐之意。粉团儿：花名，夏初开花。雌雄花蕊丛集成球状。元张昱《闲居春尽》诗："几日春残不在家，阶前开遍粉团花。"曲中含有惜春，行乐的意思。

【译文】

没有是是非非的烦心事，在不寒不暖的花开时节，西湖的景色像西施一样美丽。骑着黑毛白面马，唱着描写粉团花的《金缕》曲，确信人生真是应该及时行乐啊！

【评析】

作者春游西湖，面对有如西施般美丽的景色，忘却世间烦心事,纵情山水,倡导人生应当及时行乐。全曲简洁明了,"华而不艳",直抒胸臆。

红绣鞋　天台瀑布寺①

绝顶峰攒雪剑,悬崖水挂冰帘,倚树哀猿弄云尖。血华啼杜宇②,阴洞吼飞廉③。比人心山未险!

【注释】
①天台:指天台山。在浙江天台县北。②杜宇:指杜鹃鸟。③飞廉:风神,又称风伯。

【译文】
陡峭的山峰聚集在一起,像闪着寒光的宝剑,悬崖上的水流凝结成冰好像挂了一幅门帘,依偎在树丛中的哀猿叫声响彻云尖。杜鹃鸟口边的血形成了血花,冷风怒吼在飘动的帘里。比起世间险恶的人心,山势并不显得那么奇险!

【评析】
前五句写景,一句一幅奇丽峭拔的图像。末句陡转笔锋,连类取譬,巧妙讽世,画龙点睛,将自然界的奇险与世间人心险恶进行针锋相对的比较。把针砭的笔锋直指向世态人情,措词巧妙。立意高远,使这支写景小令获得了特殊的哲理性内涵。

沉醉东风　秋夜旅思

二十五点秋更鼓声①,千三百里水馆邮程②。青山去路长,红树西风冷。百年人半纸虚名。得似璩源阁上僧③,午睡足梅窗日影。

161

【注释】

①二十五点秋更鼓声：扣曲题"秋夜"。古时夜间以更漏计时，每夜五更。二十五点，五个夜晚。又，旧时以"更"作为航程的计算单位，"每更约水程六十里。"（清·陈伦炯《海国闻见录·南洋记》）②水馆：船上房舍。邮：本指传递文件书信的驿站，转义为传递信件。③璩（qú）源阁：未详。阁，指寺观中供奉神像的地方。

【译文】

五个夜晚伴着二十五点更鼓之声，坐船已走了一千三百里的路程。青山尚远，还要走的路途还很长，枫叶已红，秋风寒冷。人的一生漂泊奔波只为那半纸功名，什么时候能像璩源阁的和尚，午睡醒来窗外太阳下梅树的影子已斜。

【评析】

在萧瑟的秋风中，孤舟远行，更鼓相伴，寂寞凄冷，备觉为"虚名"奔波的无奈，顿生"公人"不如僧人的念头。流露出作者厌倦官场的疲惫和奔波。

天净沙　鲁卿庵中①

青苔古木萧萧，苍云秋水迢迢，红叶山斋小小。有谁曾到？探梅人过溪桥。

【注释】

①鲁卿：作者隐居山林的友人。庵（ān）：草舍，或书斋。

【译文】

青青的苔痕旁高大的古树幽静而清凉，苍茫的云海下一湾秋水深远悠长，红叶深处一间小小的山间书房。有谁会到这里来呢？探寻梅花的高士已过了溪上的小桥。

【评析】

宛如一幅远静幽雅的山水画，笔墨浅淡，风神高远。曲中所蕴含的隐逸山林的思想境界更是这首小令赢人之处。

庆东原　次马致远先辈韵①

诗情放，剑气豪，英雄不把穷通较②。江中斩蛟，云间射雕，席上挥毫。他得志笑闲人③，他失脚闲人笑④。

【注释】

①曲题《全元散曲》作《次马致远先辈韵九篇》，此曲为第五篇。先辈：已故的前辈。②穷通：指人生际遇的困厄与显达。③闲人：宋代灌圃耐得翁《都城纪胜》解释"闲人"曰："本食客也。"即所谓帮闲食客。④失脚：走错路。

【译文】

诗情奔放，剑气豪爽，英雄豪杰从不把困顿与通达来计较。在大江中斩杀蛟龙，向云间射下大雕，席座间挥笔出华章。他成功时嘲笑闲人，他失意时闲人笑他。

【评析】

全曲简短几笔，勾勒出一位文武兼备、豁达豪放的大英雄——马致远的高大形象。气势雄壮，笔力刚健，颇有气魄。显示出作者钦羡先贤、蔑视世俗的志向。全曲文字精炼，含意深远。具有"骚雅"与"蕴藉"的特点，不失清丽。

醉太平　叹世

人皆嫌命窘①，谁不见钱亲。水晶环入麦糊盆②，才沾粘便滚。文章糊了盛钱囤③，门庭改作迷魂阵④，清廉贬入睡馄饨⑤。

胡芦提倒稳⑥！

【注释】

①命窘（jiǒng）：命运困迫。②水晶环：比喻精明、乖巧的人。麦糊（hù）盆："麦"一作"面"，比喻污浊、龌龊的环境。③囤：用竹篾、荆条、稻草编成的或用席箔等围成的盛粮食的器具。④迷魂阵：元代常指妓院。这里泛指坑害人的场所。⑤睡馄饨：比喻昏聩之人。⑥胡芦提：糊里糊涂。

【译文】

人们都叹自己命运不济，谁看到金钱会不感到亲切？水晶手镯掉进了糨糊盆里，刚刚沾粘了浆糊又滚到另一边。文章稿纸糊成了装钱的袋子，宅院也成了青楼妓院，清正廉洁被打入昏聩之中，真正的糊里糊涂倒是最稳当！

【评析】

这支曲子全用俗语方言，尖辛泼辣，嬉笑怒骂，对元代污浊的社会风气、腐败的官场政治，进行了尖锐的讽刺，充满了浓郁辛辣的蒜酪味。与其清丽的风格有着明显的区别，这是小山乐府的别调，也是小山乐府的珍品。

迎仙客① 括山道中②

云冉冉③，草纤纤，谁家隐居山半崦④。水烟寒，溪路险。半幅青帘⑤，五里桃花店。

【注释】

①迎仙客：中吕宫曲牌。又可入正宫。定格句式是三三七、三三、四五，共七句六韵。②括山：括苍山，在浙江省东南部。③冉冉：柔软下垂的样子。④崦（yān）：隐蔽、偏僻的地方。⑤青帘：酒帘。古时酒店挂的幌子。

【译文】

轻柔的白云,细小的青草,是谁居住在半山中如此隐蔽的地方。水面寒烟缭绕,河道崎岖陡峭,半幅青色的酒旗,指示着五里外桃花村的酒店。

【评析】

这是一支咏山乡的小令。作者选像细致、考究,文字典雅、清秀,短短几句就勾勒出一幅浓淡相宜、意境幽雅的山水挂图,似一处桃源佳境。恬静淡远,意寓深长。

凭栏人 暮春即事

小玉栏杆月半掐①,嫩绿池塘春几家。鸟啼芳树丫,燕衔黄柳花。

【注释】

①半掐:指甲所掐的一半,半圆形。

【译文】

玉栏杆前悬挂着如眉的明月,嫩绿的池塘边有几户人家。鸟儿在芬芳的枝头上啼叫,燕子衔着黄色的柳花儿飞翔。

【评析】

充满了大自然的幽静和谐美。四句两对,律严对工,语言清丽,意味深长。

凭栏人 江夜

江水澄澄江月明,江上何人挡玉筝①?隔江和泪听,满江长叹声。

【注释】

①挢（chōu）：不戴义甲弹奏。玉筝：对古筝的美称。

【译文】

江水清彻澄明，江上的月亮洁净晶莹，是谁在江上弹奏秦筝？隔着江水含泪倾听，满江都是长吁短叹的声音。

【评析】

以江景的明澄引出江上筝声的无端，无端的筝声又带出听者无端的哀怨。全曲将情与景，弹者与听者，融合为一个整体，意境清隽幽远，笔调忧郁哀怨，在当时极受艺人钟爱。《太和正音谱》说："金陵蒋康之癸未（1343）春，渡南康，夜泊彭蠡之南。其夜将半，江风吞波，山月衔岫，四无人语，水声淙淙。康之和弦而歌'江水澄澄江月明'之词，湖上之民，莫不拥衾而听；推窗出户是听者，杂合于岸。少焉，满江如有长叹之声。自以此声誉益远矣！"

落梅风　春晓①

东风景，西子湖。湿冥冥柳烟花雾。黄莺乱啼胡蝶舞。几秋千打将春去。

【注释】

①春晓：一作"春晚"。

【译文】

西子湖上春天的景致。湿濛濛的水汽中柳丝如烟繁花如雾，到处黄鹂儿歌唱，遍地蝴蝶儿飞舞，春天就在像秋千一样的荡来荡去中，离开人间。

【评析】

春满西湖,柳烟花雾,莺啼蝶舞,秋千荡漾,风情万种,好一幅西湖晚春图。更可贵处,在曲子结句的意味无穷:是惜春归?叹春残?伤春暮?还是由东风好景到"几秋千打将春去"而引起人生哲理的思考?审美妙趣也在其中。

一半儿　秋日宫词①

花边娇月静妆楼,叶底沧波冷翠沟,池上好风闲御舟。可怜秋,一半儿芙蓉一半儿柳。

【注释】

①宫词:以宫廷生活为题材而作的诗词。

【译文】

娇柔的月光下美丽的鲜花旁围楼寂静,树叶笼罩下翠沟清波冷清,池塘上刮起了张帆的风,皇宫的船却没有划动。可惜已是秋天,芙蓉枯了一半儿,柳叶败了半边。

【评析】

妆楼静、翠沟冷、御舟闲、荷花枯、柳叶败,一派残秋景象。居住在此间的宫女,情境就可想而知了!

梧叶儿①　感旧

肘后黄金印②,樽前白玉卮③,跃马少年时。巧手穿杨叶④,新声付柳枝,信笔和梅诗。谁换却何郎鬓丝⑤?

【注释】

①梧叶儿:商调常用曲牌。又名碧梧叶、知秋令。定格句式是:

三三五、三三、三七，共七句五韵。②肘（zhǒu）后黄金印：比喻官位显赫。典出《晋书·周顗传》："今年杀诸贼奴，取金印如斗大系肘。"故又称"斗大黄金印"。③卮（zhī）：古代的一种大盛酒器，容量四升。④穿杨：即百步穿杨，能在百步之外射穿选定的某一片叶子。形容射箭技术高超。⑤何郎：即何逊（？—约518），南朝梁诗人，其诗以写景与炼字见长。

【译文】

手下有斗大的黄金印，眼前有白玉做的大酒杯，正是青春年少跃马飞奔的时候。箭术高超可以百步穿杨，重新谱写曲子《杨柳枝》，信手写下唱和的咏梅诗。又咋能改变傅粉何逊两鬓的银丝？

【评析】

作品回忆少年时的非凡才华，得志时的人生辉煌，末句以何逊两鬓如霜曲题转为叹老伤怀。着墨不多而情调浓烈。曲中二、五、六句，对仗极佳。

小梁州① 失题②

篷窗风急雨丝丝，笑捻吟髭③。淮阳西望路何之④？鳞鸿至，把酒问篙师。[么]迎头便说兵戈事。风流再莫追思：塌了酒楼，焚了茶肆；柳营花市⑤，更呼甚燕子莺儿⑥！

【注释】

①小梁州：正官调曲牌。又名小凉州。两片，定格句式是上片七四、七三四；下片七六、三三四五，共十一句九韵。②失题：古代诗词曲中，"失题"、"无题"通常都是不便言明，故隐其题。③髭（zī）：短胡须。④淮阳：今河南省东部。⑤柳莺花市：指青楼妓院。⑥燕子莺儿：指妓女或艺妓的名字。

【译文】

篷窗外风声急切雨细如丝，含笑捻着胡须吟诗度曲。捎书信的鱼雁到了，拿着酒杯询问撑篙的船家，西望淮阳路程该如何走？一见面就谈起陈兵打仗的事，当年那风花雪月的风流事实在不敢再想：酒楼倒塌了，茶馆火烧了，青楼歌馆，哪里还能呼唤出歌女艺妓！

【评析】

战争打破了人们往日平静的生活。作者在这里一方面能谈笑面对世间的这些变化，一方面也流露出对繁华易逝、人生易老的感叹。

金字经　感兴

野唱敲牛角①，大功悬虎头②，一剑能成万户侯。愁，黄沙白骷髅。成名后，五湖寻钓舟。

【注释】

①野唱敲牛角：典出《琴操》，春秋时，宁戚在牛东下喂牛，敲打牛角悲伤地唱着歌。齐桓公听到后，提拔他担任相国。后称以言语投合人主之意而为显官要职者。②虎头：虎头金牌。皇帝授予大臣方便行事的金牌，比喻大权在握。

【译文】

在野外敲打着牛角悲伤地唱着歌，有大功才能腰间挂虎头金牌，凭手中的一把利剑就可以做个万户侯。担忧的是：黄土尘沙下白骨累累，功成名就以后就该放舟五湖勇退激流！

【评析】

曲中既称赞大丈夫应该"大功悬虎头"，用真正的本领报效国家求取功名，又极力推崇功成身退"放舟五湖"。但由于他不屑与"野唱敲牛角"者为伍，也不愿看到"黄沙白骷髅"。所以，表现出相当繁杂的心理状态和一种矛盾的人生追求。

金字经 乐闲

百年浑似醉,满怀都是春,高卧东山一片云①。嗔②,是非拂面尘。消磨尽,古今无限人。

【注释】

①高卧东山:东晋孝武帝时宰相谢安,入朝前隐居会稽。后以"高卧东山"喻隐居或隐士行径。②嗔(chēn):恼怒,怪怨。

【译文】

人生一世就像喝醉了酒,心里想的全是春天般的美好,有如高卧东山上的浮云一片。嗔,是是非非像尘土抹满面。为仕途消磨完从古至今多少人。

【评析】

元代知识分子"沉郁下潦",在现实生活中看不到希望,无法实现自己的人生价值。深感现实生活中无是非可言,何必还卷入是非的漩涡中,消磨今生?作者在这里提倡逃避是非求得安闲。但这个决定本身又饱含着多少的无奈和痛苦,隐藏着许多人一生的遗憾和悲凉。

塞鸿秋 春情

疏星淡月秋千院,愁云恨雨芙蓉面。伤情燕足留红线①,恼人鸾影闲团扇②。兽炉沉水烟③,翠沼残花片。一行写入相思传。

【注释】

①燕足留红线:典出《丽情集·燕女坟》:宋末,姚玉京嫁后夫

亡，玉京守志奉养公婆。常有双燕筑巢梁上，一日，其一被鸷鸟抓去，另一孤飞悲鸣，至秋飞玉京臂上，如与之告别。玉京以线系其足，说"新春一定要来给我做伴"。次年，孤燕果然飞来。自此秋去春来，前后六、七年。后玉京病逝，次年，孤燕再来，至玉京坟头，也死去。后以"燕足红线"比喻失偶的悲哀。曲中借以形容夫妻离别后的孤单寂寞。②团扇：化用《团扇歌》典故，一作《团扇郎》。《古今乐录》释此歌缘起，晋中书令王珉喜持白团扇，与其嫂的婢女有情。后嫂痛打婢女，婢女唱到"白团扇，辛苦五流连，是郎眼所见"。曲中取其孤寂时以团扇为伴，可是团扇亦被阻隔，愁上添苦之意。③兽炉：兽形香炉。

【译文】

稀疏的星星暗淡的月光照着架有秋千的整个院子，美如荷花的面孔上却充满了忧愁和恼恨。惹人伤心的是燕子脚上系着的红线，引人烦恼的是遮闲了的团扇。兽形香炉里的香柱火冷烟灭，绿色的池沼里只有残损的花瓣一片一片，花瓣上行行都把相思的故事写满。

【评析】

张可久创造性地将诗词的声律、词藻、句法摄入散曲，使曲有了诗词的意境和韵味。这支曲子以意境取胜，有诗之言，词之境。曲调婉转、细腻，风格清丽、脱俗。

庆宣和① 毛氏池亭

云影天光乍有无，老树扶疏②。万柄高荷小西湖。听雨，听雨。

【注释】

①庆宣和：双调曲牌。定格句式是七四、七二二，共五句五韵。②扶疏：树木枝叶繁茂披撒的样子。

【译文】

白云穿过阳光日影若有若无,古老的树木枝繁叶茂,万枝荷花亭亭玉立,装点着小西湖。细听雨声,细听雨声。

【评析】

这是一幅写意风景画。流云疾速,翻腾变幻,忽明忽暗,光线摇曳,又对雨之将至埋下伏笔。树老而"扶疏",郁郁葱葱;碧池万荷,美似西湖。曲末巧妙利用曲牌的二字重叠,似倾诉,似心喜,令人遐想无穷。

卖花声 怀古

美人自刎乌江岸[①],战火曾烧赤壁山[②],将军空老玉门关[③]。伤心秦汉,生民涂炭[④],读书人一声长叹!

【注释】

①"美人"句:指楚汉战争,项羽兵败,垓下被围,兵少食尽,四面楚歌,夜饮帐中,对美人虞姬慷慨悲歌。相传虞姬当项羽歌毕,曾和诗,唱罢自刎。项羽连夜突围,至乌江(今安徽和县东北),因自觉无颜见江东父老,自刎而亡。②"战火"句:指汉末曹操与东吴、蜀汉在赤壁(今湖北境内)交战,周瑜用火攻之策大败曹军。③"将军空老"句:据《史记·大宛传》载,汉武帝太初元年,汉军攻大宛,不利,请求罢兵。武帝大怒,派人遮断玉门关,下令,"军有敢入者辄斩之"。迫使将士白白送死或困死在玉门关外。④涂炭:泥沼和炭火,比喻困苦。

【译文】

虞姬自刎在乌江岸边,战火也曾在赤壁烧起,将军只能白白困死在玉门关。感伤秦汉以来的连年征战,老百姓如生活在泥沼和炭火之中,书生们面对这些,只能长吁短叹!

【评析】

这首"怀古"曲,很动情感地对秦汉间一连串战争,发表了自己的感叹。"读书人一声长叹",有"大江东去,浪淘尽千古风流人物"的叹惋;有"兴,百姓苦;亡,百姓苦"的责难;有"争弱争强,天丧天亡,都一枕黄粱"的感伤。如此丰富的感情,都浓缩在这寥寥七字之中,足见其凝练、含蓄,意在言外,情馀意中。

卖花声 客况①

十年落魄江滨客,几度雷轰荐福碑②,男儿未遇暗伤怀。忆淮阴年少③,灭楚为帅,气昂昂汉坛三拜。

【注释】

①客况:仕途奔波,作客他乡的凄凉处境和心情。②雷轰荐福碑:相传宋时范仲淹守鄱阳(今属江西)时,穷书生张镐来投。荐福寺有唐代书法家欧阳询所写的荐福寺碑文,其拓价值千钱。范仲淹拟拓印千本相赠,作为张镐赴京赶考的盘缠。不料一夜之间,碑为雷击碎。后人常以此比喻命运乖舛。马致远有杂剧《半夜雷轰荐福碑》。③"忆淮阴年少"三句:用韩信拜将事抒发欲干一番大事业的志向。据《史记·淮阴侯列传》,韩信少时家贫,曾到处寄食,受过胯下之辱。后被刘邦登坛拜为大将,辅佐刘邦灭楚兴汉。

【译文】

十年来落魄无为只能做江边的徜徉之客,又几次雷电击碎了荐福碑,男子汉怀才不遇暗自伤心。回想淮阴侯韩信少年的时候,做元帅战败了西楚霸王,气势昂昂地接受刘邦的将台三拜。

【评析】

作者处处以其"十年落魄"与韩信少年得志相比,宣泄生不逢时、志不能伸的满腹悲凉,同时又含蓄地表达出隐伏在心灵深处的建功立业、兼济天下的壮志豪情。曲中对比的运用,酣畅而不失含

173

蓄，曲折而不失豪爽，表现出小山乐府曲风变化而又不失本色的特点。

汉东山[①] 述感

红妆间翠娥，罗绮列笙歌，重重金玉多。受用也末哥[②]！二鬼无常上门呵[③]，怎地躲？索共他，见阎罗。

【注释】

①汉东山：正宫调曲牌。又名撼动山，定格句式是五五五、二、七三三三，共八句八韵。②也末哥：也作"也么哥"，表语气的衬字词组，在散曲中使用于某些定格句式中。③二鬼无常：即黑、白二无常，是迷信中人死时勾摄生魂的使者。

【译文】

红衣翠裙盛妆下的美女、乐工罗列笙箫乐舞欢歌，堆堆金银垒垒珠玉，任情地享受，等黑白无常二鬼找上门来时，哪里去躲？只好跟着他，去见阎王。

【评析】

那些富豪显贵们，尽管美姬成群，乐班纵横，金玉垛叠如山，但是到头来仍逃不了去"见阎罗"！作者在此一泄对他们的鄙视与不满。

任 昱 一首

任昱，生卒不详。字则明，四明（今浙江省宁波市）人。与张可久、曹明善等同时。青年时代常出入歌楼妓馆，为歌妓们写过不少作品；晚年锐志读书，学习作诗，七言诗成就较高。散曲现存小令五十九首，套数一套。

红绣鞋　春情

暗朱箔雨寒风峭①，试罗衣玉减香销②。落花时节怨良宵。银台灯影淡③，绣枕泪痕交。团圆春梦少。

【注释】
①朱箔：红色的竹帘子。峭：尖厉、严厉。②玉减：莹洁润泽的身体消瘦了。③银台：银制的灯台。

【译文】
严寒的雨，尖厉的风，使朱红色的竹帘阴沉昏暗，试穿新制的丝罗衣服又那样的不合体，因为人瘦了，香气也消失了。埋怨美好的夜晚也正是人埋怨花落的时候。银制的灯台的灯花已经暗淡，绣花枕头上的泪痕新的压着旧的。想在梦中同亲人团圆是那样的难！

【评析】
春暖花开的时候，也正是离人相思的时候，春天所引发的春情，更萦绕离人，无法消除。这支小令通过一系列具有特征的事件，尤其是那风雨交加的暮春夜晚的尽情渲染，把离人的相念，写得活灵活现，悱恻缠绵。

张子坚　一首

张子坚，生卒不详。明人朱权《太和正音谱》称他是"真词林之英杰也"。大约与曹明善、张可久同时。张可久有［清江引·张子坚运判席上］三首，可知他曾做过判官一类的官，晚年寓居杭州。散曲现仅存小令一首。

得胜令①

宴罢恰初更,摆列着玉娉婷②。锦衣搭白马,纱笼照道行③。齐声,唱的《阿纳忽》时行令④。酒且休斟,待俺银鞍马上听。

【注释】
①得胜令:双调常用曲牌。又名凯旋回、阵阵赢。既可单独使用,又可同雁儿落合成带过曲。定格句式是五五、五五、二五、二五,共八句七韵。②娉(pīng)婷:美女。③纱笼:轻纱制成的灯笼。④阿纳忽:散曲小令曲牌,属双调。全曲只四句,定格句式是四四、六四,四韵。又名阿忽令。时行:当时盛行。

【译文】
丰盛的筵席旁边摆列着许多亭亭玉立的美女,宴席一完,天也就黑了。华团锦簇的公子哥儿,个个跨上高头大马,奴仆们提着轻纱制作的灯笼,在旁边照明引路。他们齐声唱的是当时最流行的小令[阿纳忽]。不要再给我倒酒了,我要脚踩银镫,在马上听那迷人的[阿忽令]。

【评析】
这支曲子把那些花花公子的饮酒作乐,骄奢淫侈,写得惟妙惟肖。

钱　霖　二首

钱霖,生卒不详。字子云。松江(今属上海市)人。后弃俗为道士,更名抱素,道号泰窝道人。晚年寓居嘉兴。擅长词曲,著《江湖清思集》、《醉边余兴》,"词语极工巧"(《录鬼簿》)。散曲现存小令四首,套数一套。

清江引 二首

梦回昼长帘半卷，门掩荼蘼院。蛛丝挂柳绵，燕嘴粘花片，啼莺一声春去远。

恩情已随纨扇歇①，攒到愁时节②。梧桐一叶秋，砧杵千家月③，多的是几声儿檐外铁。

【注释】
①纨扇：用细丝绢制作成的团扇，古代女子常用。秋天弃之不用。②攒同攥（zuàn）：握。③砧杵：捣衣石头和棒槌。

【译文】
梦醒以后就是很长的白天，挂起窗帘，闭上用荼蘼枝编织的篱笆院门。蜘蛛吐出的丝网在柳树枝上，小燕子嘴角上还粘着觅食时衔着的花片片，黄莺儿啼鸣，春天已经过去很长时间。

恩爱的情感，已经随着丝绢团扇的丢弃不用，完全断绝了；我却手中紧紧攥着扇把，一直把它握到叫人发愁的晚秋时候。梧桐树落下一片叶子，就知道秋天来了，在明静清冷的月光下，多少人家都响起了准备为远人做寒衣的捣衣声，此时崖檐上的风铃叮咚作响，又勾起人多少对往事的追忆、思念。

【评析】
钱霖有四首[清江引]，这里所选是第一和第四首。第一首是写景的，一股清新淡雅的气息，扑鼻而来。燕莺蛛丝的联用，掩门的幽居，在在现出春去夏来情况。第二首写一女子的幽思，淡墨俏笔，却也传神。那不忍抛却的团扇紧紧攥在手，那令人怀旧情思的铁马声，选择精巧，匠心独具。女子的愁思自在眼前。词语的工巧也不言自明。

徐再思 十三首

徐再思，生卒不详。字德可，号甜斋。嘉兴（今属浙江省）人，曾为嘉兴路吏。后旅居江湖数十年（《坚瓠壬集》卷四）。与张可久、贯云石同时。元后期著名散曲作家，作品多写江南自然景物与闺情，以清丽著称，风格近于乔吉、张可久。朱权《太和正音谱》评其曲"如桂林秋月"。吴梅称"为一时之冠"（《顾曲尘谈》）。散曲现存小令一百零三首。

折桂令 春情

平生不会相思，才会相思，便害相思。身似浮云，心如飞絮，气若游丝①。空一缕余香在此，盼千金游子何之②。证候来时③，正是何时？灯半昏时，月半明时。

【注释】
①气若游丝：见乔吉[折桂令·寄远]注②。②千金：极言珍贵。何之：之何，到哪里去了？③证候：同症候，即症状。

【译文】
长这么大不懂得相思，刚刚懂得相思，就染上了相思病。身子好似飘浮的白云，心思如同乱飞的柳絮，气息就像游动的细丝。白白地留下一丝怀念在这里，急切地盼着漂流远方的游子。症状发作的时候，是什么时候呢？灯光昏暗的时候，月光朦胧的时候。

【评析】
这是一支代少女写"春情"的小令，它细致入微地刻画出一个伤春怀远少女的复杂心态。全曲四层，第一层三句写相思之怨，第二层三句形成鼎足对，写相思之苦，第三层两句工对，写相思之烈，第四层四句写相思之哀。情景相协，妥帖如熨；思绪流转，自然天成；爱恨怨怜，百感交集，尽在独守孤灯的不言中。写情若此，"得相思三昧者与！"（《坚瓠壬集》卷三）。

殿前欢　观音山眠松①

老苍龙，避乖高卧此山中②。岁寒心不肯为梁栋③，翠蜿蜒俯仰相从④。秦皇旧日封⑤，靖节何年种⑥，丁固当时梦⑦。半溪明月，一枕清风。

【注释】

①眠松：睡松。②乖：乖迕，不合。③岁寒心：语出《论语》"岁寒然后知松柏之后凋也"，心是心志，意思是能持守节操，不为外界环境所扰。④翠蜿蜒：绿色的藤萝。⑤秦皇旧日封：指秦始皇泰山封松之事。《史记·秦始皇本纪》载："二十八年（前219），乃上泰山，立石封祠祀。下，风雨暴至，休于树下，因封其树为五大夫。"⑥靖节：陶渊明卒后被友朋私下谥赠"靖节"之号。⑦丁固：三国时吴人，曾梦到松树生其腹上，对人说"松字十八公也，后十八岁，吾其为公乎！"后果然官至三公之一的大司徒。

【译文】

一棵苍老如虬龙的松树，避开尘世，睡在高高的观音山上。寒冬时仍然郁郁葱葱，不愿做他人的雕梁画栋，青藤翠蔓攀沿缠绕，相依相从。当年秦始皇封你为"五大夫"，陶渊明某年亲手种，丁固当时也有那神奇梦。身旁皓月下清水一泓，枕下徐风。

【评析】

写观音山眠松，赞坚守节操，是这首小令的中心意旨。借松喻人，托物言志，把高卧山中、岁寒不凋之心与不肯为梁栋之志融而为一，松人一体，互相映衬，互相生发、活画出一位威武不能屈、富贵不能淫、贫贱不能移，视尘世所鹜如敝屣的山中隐士形象，

179

其所言之志与所托之物，达到了高度的融合，堪称字字"景语皆情语"。

水仙子　夜雨

一声梧叶一声秋[1]，一点芭蕉一点愁[2]，三更归梦三更后。落灯花棋未收[3]，叹新丰孤馆人留[4]。枕上十年事，江南二老忧[5]，都到心头。

【注释】

[1]一声梧叶一声秋：化用晚唐温庭筠《更漏子》词"一叶叶，一声声，空阶滴到明"句意。[2]芭蕉：阔叶植物，又叫巴蕉，多年生草本，叶长大，椭圆形。[3]落灯花棋未收：化用宋代赵师秀《约客》诗"约客不来过夜半，闲敲棋子落灯花"句意。灯花：灯芯燃烧时结成的花朵形状。[4]新丰：今陕西省临潼县新丰镇。唐初文士马周，年轻时孤贫，曾游宿新丰的驿馆中，店主人看他贫穷，供应其他客商饭食，惟独不理睬他，备受冷遇（《新唐书·马周传》）。[5]二老：父母双亲。

【译文】

梧桐叶上的每一滴雨声，声声告诉人们秋天的来临；芭蕉叶上的每一滴雨水，滴滴都给人增添愁绪。半夜三受的梦一直延续到天明，灯花脱落，同客人下棋的兴倒还没完没了，慨叹当年羁留在新丰驿舍中的马周。十多年宦海的奔波像做梦一样的，江南家乡父母双亲的忧虑，一齐涌上了心头。

【评析】

这是徐再思的名作，也是元曲小令中的精品。曲子题名"夜雨"，具体写客中遇雨，游子的羁旅之愁。起首三句鼎足对，对仗工整而造语尖新，白描素写却入木三分。堪称神来之笔，亦足以见出徐再思的锻字炼句之功。王世贞《艺苑卮言》评此三句是"情中紧语也",《雨村曲话》称其"皆人不能道也"。全曲分别从听、看、想三方面写旅愁,结构谨严,时空立体感强。

水仙子　红指甲

落花飞上笋牙尖①,官叶犹将冰箸粘②,抵牙关越显得樱唇艳。怕伤春不卷帘,捧菱花香印妆奁③。雪藕丝霞十缕,镂枣斑血半点④,掐刘郎春在纤纤⑤。

【注释】
①笋牙:竹笋的嫩芽,色纯白。②官叶:指甲壳,用"红叶题诗"的典故。冰箸(zhù):即冰柱,玉指。③菱花:指镜子,古镜常为菱花形。妆奁:本意为梳妆用的镜匣,后引申为女性的嫁妆,此处用本意。④镂枣:镂刻的枣子。⑤刘郎:情郎。

【译文】
像鲜艳的落花飘飞到白嫩的笋芽顶端,红色的叶子紧紧粘在冰肌玉柱上,手托腮帮更显得红唇的艳鲜。害怕春天归去,不敢把竹帘卷起,捧着菱花镜子,芳香就留在了梳妆匣上。雪白如藕的手臂放射出十缕彩霞,点点血痕有如镂刻的红枣,掐一下情郎,那爱意全都集中在纤纤玉指上。

【评析】
在这支小令中,作者处心积虑,逞使才情,极尽描形摹态之能事。连用五个比喻,由指甲而手指,由手指而人,由人而心,由心而爱,层比推移,点滴不漏。尤其是"怕伤春不卷帘"、"掐刘郎春在纤纤"两句,顿显生气。从而把一篇内容上几近狎冶的游戏文字变成了言为心声的代言曲子。立意上高人一筹。吴梅《顾曲尘谈》说,此曲"语语俊,字字艳,直可压倒群英,奚止为一时之冠"。

水仙子　马嵬坡①

翠华香冷梦初醒②,黄壤春深草自青③。羽林兵拱听将军令④,拥銮舆蜀道行⑤。妾虽亡天子还京⑥。昭阳殿梨花月色⑦,建章宫梧桐雨声⑧,马嵬坡尘土虚名。

【注释】

①马嵬(wéi)坡:地名,见前注。②翠华:以翠羽为装饰的旗,是皇帝所用仪仗,诗文中多借指皇帝。③黄壤:黄土,这里指杨贵妃死葬之地。④羽林兵:皇帝的亲兵卫队。这一句是指安史之乱时,唐明皇幸蜀,兵至马嵬坡,三军不发,要求处死杨玉环之事。⑤銮舆:皇帝的车驾,代指皇帝。⑥妾:扬玉环的自称。天子还京:唐肃宗乾元二年(757)十月,郭子仪军收复长安,肃宗派太子太师韦见素迎玄宗于蜀郡,同年十二月,玄宗还京。⑦昭阳殿:汉皇宫殿名,赵飞燕姊妹所居,这里借指杨玉环生前的居所。⑧建章宫:汉宫名,这里指玄宗返京后的居所。

【译文】

深春时节,黄土地上碧草茂盛,在簇拥明皇去蜀的道路上,羽林兵哪里敢不恭听将军的命令。三郎恩断情绝,这时我才大梦刚醒,我虽然死了,皇帝终究还是重返京城。"昭阳殿"中依旧是美女和月相映,"建章宫"里却雨打梧桐悲愁孤零。马嵬坡上的一抔黄土掩埋了半世恩爱的虚名。

【评析】

曲子以杨玉环自述的口吻,表达出一种无可奈何的清醒。生前与死后,沉溺与醒悟,皇帝与宠妃不同的命运构成鲜明的对比,反衬出命丧马嵬坡的不公与无奈。以"梦初醒"起笔。经过"妾虽亡天子还京"的沉痛,最后走向"尘土虚名"的大彻大悟。这里有对杨玉环的同情,也表现出作者清醒远世的思想倾向,读来发人深省。

清江引 相思

相思有如少债的[①]，每日相催逼。常挑着一担愁，准不了三分利[②]。这本钱见他时才算得。

【注释】
①少债的：欠债的。②准：抵算。利：利钱，利息。

【译文】
"相思"有时就如同欠了他人高利贷的人，天天催着逼着叫还。肩膀上就像挑着一副装满忧愁的担子，也抵偿不了它三分的利息。这分债的本钱只有见到他的时候才能算得清，还得完。

【评析】
相思是诗、词、曲中的"重头戏"，甜斋这首曲，独辟蹊径，以"少债"喻相思，自然贴切，生动传神。又变本加厉，以高利贷喻相思之苦的加重，精警形象。笔法疏宕，明白如话，诚如"桂林秋月"，清澈简静。

凭栏人 春情

鬓拥春云松玉钗，眉淡秋山羞镜台。海棠开未开？粉郎来未来[①]？

【注释】
①粉郎：语出《世说新语·容也》，说何晏貌美面白，如同敷粉，后常以"傅粉何郎"代称美男子。此处指美貌的情郎。

【译文】

玉钗松斜,春云般的头发蓬松扑散得满头,眉毛如同秋天的远山淡薄不显,竟不敢去照一照镜子。海棠花开了没有开?心上人来了没有来?

【评析】

这首曲子写闺中人的春情。前两句写因思念心上人而懒于梳妆,百无聊赖;后两句写强烈地渴望情郎来到身边而生怕春早到花早开。前两句是摹态,后两句是写心;前者实写,后者虚写,角度多变,思绪开阔。结束连用两个问句,语势急促,一扫起句慵懒的氛围,转而为闺中人妇急切难耐的渴盼,使全曲气韵流转,跌宕生姿;曲词亦随口唾出,真切浅显,堪称本色妙语。

阳春曲　赠海棠

玉环梦断风流事[①],银烛歌成富贵词。东风一树玉胭脂,双燕子,曾见正开时。

【注释】

①玉环:指杨玉环,《太真外传》载,玄宗曾召见贵妃杨玉环,时玉环酒醉未醒,被侍者挽扶上殿,玄宗见其醉态,笑语曰:"岂是妃子醉,真海棠睡未足耳。"后世遂以贵妃、海棠互喻。此处是以杨玉环喻海棠。

【译文】

杨玉环从风流往事的美梦中刚醒,蜡烛在台上已经谱写了一曲富丽堂皇的颂歌。春风吹过,开出红艳艳的花朵,成双成对的燕子,见没见过海棠花盛开的时候。

【评析】

这支"赠海棠"的曲子,把海棠花和如睡海棠的美人同写。时写人,时写花,花人混一,韵味无穷。

朝天子　西湖

　　里湖，外湖①，无处是无春处。真山真水真画图，一片玲珑玉②。宜酒宜诗，宜晴宜雨，销金锅锦绣窟③。老苏，老逋，杨柳堤梅花墓④。

【注释】
　　①里湖，外湖：宋代诗人苏轼曾两度出任杭州知州，在任其间，疏浚西湖，灌溉田地千余顷，并用疏浚出的淤泥构筑长堤。后人念其造福黎民，因称此堤为"苏堤"。又因堤旁遍植杨柳，故又称杨柳堤。苏堤长二点八公里，南起南屏山，北到岳庙，堤分西湖成两部分，堤西为里湖，堤东为外湖。②玲珑：玲珑剔透。③销金锅：宋周密辑《武林旧事》卷三"西湖游幸"条记载，游西湖之人"日靡金钱，靡有纪极，故杭谚有销金锅儿之号"。销金锅，字面意思为挥霍金钱的地方。锦绣窟：与销金锅对举，意为西湖是花天酒地的所在。④老苏：指宋代诗人苏轼。老逋：指宋代处士林逋。扬柳堤：参见本曲注①。梅花墓：即林逋墓。林逋曾"结庐西湖之孤山，二十年足不及城市"，惟倾心于养鹤植梅，有"梅妻鹤子"之誉。

【译文】
　　里湖，外湖，没有一个地方不是没有春天的地方。真的山、真的水如同一幅真正的图画，就像一块玲珑剔透无瑕的美玉。适宜饮酒，适宜赋诗，适宜晴观，适宜雨览，是挥金如土的富贵地，是铺锦叠绣的温柔乡。苏东坡，林逋仙，杨柳夹岸的苏公堤，梅花相伴的和靖墓。

【评析】
　　此曲咏赞西湖。前三句写景，极言西湖人物阜盛，景色迷人，结句抒怀，隐隐现出作者的人生志向：要么为官一任，福民一方；要么梅妻鹤子，逍遥隐逸。作者在概写西湖佳景的"春"、"真"、

"宜"之后，又以特写的笔法推出了"杨柳堤梅花墓"，暗含对"销金锅锦绣窟"的否定以及对"老苏，老逋"生活方式的崇尚。

梧叶儿　钓台

龙虎昭阳殿，冰霜函谷关①，风月富春山②。不受千钟禄③，重归七里滩，赢得一身闲。高似他云台将坛④。

【注释】

①函谷关：关名，在今河南灵宝南，是长安的东大门，深险如函，故称。函谷关是历代兵家必争之地。②富春山：又名严陵山，位于今浙江桐庐西，是严子陵隐居之地，山下有七里滩。③千钟禄：很高的俸禄，意同"万钟"。见张鸣善《水仙子·讥时》注②。④云台：汉代台名，永平年间，汉明帝追念前世功臣，因命人画邓禹等二十八位大将的图像，张挂与此，台高千丈，故称云台。

【译文】

龙潭虎穴般的昭阳殿，冰寒霜冷的函谷关，风轻月淡的富春山。不接受高官厚禄，重新回到可以自在垂钓的七里滩，获得了全身心的恬适悠闲。这比追求云台挂像、筑坛拜将还要高明。

【评析】

此曲咏赞归隐，鄙薄功名仕途。作者把文臣伴君的如履薄冰，武将征战的顶风冒霜，同严子陵归隐的云淡风轻作对比，得出了"一身闲""高似他云台将坛"的结论。全曲七句，连用两组鼎足对，结构清晰整肃，寓意鲜明。

梧叶儿　革步①

山色投西去，羁情望北游②，湍水向东流③。鸡犬三家店，陂塘五月秋④,风雨一帆舟。聚车马关津渡口⑤。

【注释】
①革步:变更旅行的方向、路线。②羁情:羁旅思归之情。③湍(tuān)水:湍急的流水。④陂(bēi)塘:池塘。⑤关津:陆关水津,指交通要道,交通枢纽所在。津:渡口。

【译文】
山的身影投向西面,羁旅思归的心情一直注视着北面,湍急的江水却滚滚东向。三两家鸡犬之声相闻的山村茅店,五月的池塘已经是一片秋天,一条小船,把风风雨雨装满。水陆要道才是车马相聚的地方。

【评析】
这支曲子写天涯漂泊的苦愁。前三句中三个方位词体现出身不由己的内心苦衷,接下来三句是多年漫漫旅途的回首,最后一句因"聚车马"而略感安慰,因相聚在"关津渡口",不久又要天各一方而哀思绵绵。人生不断的改革行程(革步),数语写尽;曲词明白如话,曲意发人深思。

梧叶儿 春思二首①

芳草思南浦②,行云梦楚阳③,流水恨潇湘。花底春莺燕,钗头金凤凰,被面绣鸳鸯:是几等儿眠思梦想④!

鸦鬓春云軃⑤,象梳秋月敧⑥,鸾镜晓妆迟⑦。香渍青螺黛,盒开红水犀,钗点紫玻璃:只等待风流画眉⑧。

【注释】
①此为组曲,共三首,选的是第一首和第二首。②南浦:地

名,指分别或分别之处。③楚阳:楚地的阳台,用楚王与神女之事,后泛指男女欢会之所。④几等儿:多么的。⑤鸦鬓:黑色的鬓发。鬌(duǒ):下垂的样子。⑥攲:歪斜。⑦鸾镜:刻着鸾鸟图案的镜子。⑧画眉:用张敞画眉的典故。张敞,汉代人,字子高,曾为妻描眉。后世常以喻夫妻恩爱。

【译文】

看到青青春草就想起了南浦分别的地方,望见楚天流云就梦到了阳台的欢会,听到东流之水就怨恨潇湘制造了生离死别。春天里的在花下双飞双翔的莺燕,金打的钗头上相守相依的雌凤雄凰,被面上绣下的交颈而眠的鸳鸯:这一切,叫人睡觉时做梦时多么的思念回想!

春云般的乌发垂到了鬓角,弯月样的象牙梳子松斜,迟迟才对着鸾镜准备晨妆。把香料融入青螺黛里,打开红木犀制的梳妆匣,摆放好装饰着紫色水晶的发钗:只等待着风流情郎来给我描眉梳妆。

【评析】

这组曲子写闺中人春天的情思。第一支曲子,刻画人物的内心世界,细致真切,第二支曲子写一位少妇等待"风流画眉",情态毕肖。

张鸣善 一首

张鸣善,生卒不详。名择,号顽老子。原籍平阳(今山西省临汾市),后迁居湖南,流寓扬州,曾官宣慰司令史。有《英华集》及杂剧三种,俱佚。《太和正音谱》评其曲作"藻思富赡,烂若春葩","诚一代之作手"。散曲现存小令十三首,套数二套。

水仙子　讥时

铺眉苫眼早三公①，裸袖揎拳享万钟②，胡言乱语成时用，大纲来都是哄③。说英雄谁是英雄？五眼鸡岐山鸣凤④，两头蛇南阳卧龙⑤，三脚猫渭水非熊⑥。

【注释】

①铺眉苫（shān）眼：即舒眉展眼，此处指摆架子、装模作样。三公：封建朝廷最高的职官，名称历代各异，这里泛指高官。②裸袖揎（xuān）拳：捋起袖子露出拳头，意为准备打架。万钟：六斛四斗为一钟，一斛等于十斗，极言俸禄之厚。③大纲来：总而言之。④五眼鸡：和后面两句中的两头蛇、三脚猫一样，皆为怪异之物，实际上并不存在；比喻豺狼当道，不正直的人受到重用。岐山鸣凤：周朝将兴，有凤鸣于岐山；比喻兴世的贤才。⑤南阳卧龙：指诸葛亮。三国时诸葛亮隐居南阳，号卧龙。⑥渭水非熊：指姜太公吕尚。周文王将出猎，先占卜，卜辞曰："非龙非骊，非熊非罴，所获霸王之辅。"后来果然在渭水之阳遇见垂钓的姜尚，辅佐他平定了天下。"非熊"常误为"飞熊"。

【译文】

装模作样的早已位至三公，能争会抢的安享着万钟薪俸，胡说八道的被现时重用，总的来说，一切都是骗人。说到英雄，谁是真正的英雄呢？怪异的五眼鸡被看成是鸣叫岐山的凤凰，异陋的两头蛇被当作隐居南阳的诸葛卧龙，狡诈的三脚猫竟成了渭水边的"非熊"姜太公。

【评析】

作者犀利的笔触直刺元代黑白颠倒、贤愚不辨的时政；漫画式的夸张、铺排博喻的运用，收到了"嬉笑之骂怒于裂眦"的效果。入木三分，痛快淋漓；结束三句融传说俗语和胸中激愤为一炉，构成工整的鼎足对，把元代政治的腐败、官场的龌龊、英雄沉下僚的

189

现实尽收笔端,是为人称道的传世警句。

孙周卿　三首

孙周卿,生卒不详。古邠(即今陕西省彬县)人。曾流寓湖南。其女孙蕙兰能词曲,有《绿窗遗稿》。《太和正音谱》称其"真词林之英杰也"。散曲今存小令二十三首。

沉醉东风　宫词二首

双拂黛停分翠羽①,一窝云半吐犀梳②。宝靥香,罗襦素,海棠娇睡起谁扶。肠断春风倦绣图,生怕见纱窗唾缕③。

花月下温柔醉人,锦堂中笑语生春。眼底情,心间恨,到多如楚云巫云。门掩黄昏月半痕,手抵着牙儿自哂④。

【注释】

①拂黛:用画眉毛的螺黛颜色掠拂头发。停分:均分、等分。②犀梳:犀牛角做成的梳子。③唾缕:纱窗破烂后露出的纱丝。④哂(shěn):微笑。

【译文】

用画眉的螺黛把满头头发均整地分掰成两块,然后再用犀牛角梳子梳理梳理,让它不要蓬松似云。香喷喷的点上笑窝,穿上轻柔的短衣,谁能搀扶起像杨贵妃那样娇态无力的身体。春色恼人,肝肠寸断,懒得刺凤描龙,最害怕的是纱窗破了后伸出的纱头。

花前月下多么温馨陶醉,闺房里欢歌笑语多么暖人。满眼的情爱，满心的愁怨，这些倒比巫山神女的云雨要多得多。天黑了，半闭的门儿透出月亮的一半身影，手扶衬着下巴独自讥笑。

【评析】

这两首宫词，写宫女生活的幽怨忧伤，凄凄切切。她们精心打扮，却"无人扶起"；一旦的失宠，使她们犹如惊弓之鸟，见到纱窗的"唾缕"，也会心慌意乱，以至失态。"眼底情"是盼望幸会的心切；"心间恨"是失望常常伴随着她们。

水仙子　山居自乐

朝吟暮醉两相宜，花落花开总不知①，虚名嚼破无滋味。比闲人惹是非②，淡家私付与山妻③。水碓里舂米④，山庄上饯了鸡⑤，事事休提。

【注释】
①总：全。②闲人：好非议朝政、时政的人。③水碓：利用水力推动石碓舂米的工具。④淡家私：不紧要的家业。⑤饯：送。

【译文】

早晨起来吟诗填词，晚上喝醉酒，这两件事情是适宜的；花开也罢，花落也罢，全不知晓；功名、富贵等虚名嚼透了，就觉得毫无滋味。靠近那些好非议时政的人会惹出是非的，一些不重要的家产交给自己的老婆。吃的是水碓里舂下来的大米，山村人家送给我的鸡肉，一切事情都不必操心。

【评析】

真正把功名看透了，也就会活得轻松自在些。曲子尽写山居的自乐，当然是"虚名嚼破"的结果。说起来也觉自然、亲切。

顾德润 一首

顾德润，生卒不详。字君泽，一作均泽，道号九山。松江（今上海市）人。曾以杭州路吏迁平江令。自刊《九山乐府》、《诗隐》二集，售于市肆。《太和正音谱》评其词"如雪中乔木"。散曲现存小令八首，套数二套。

醉高歌带过摊破喜春来① 旅中

长江远映青山，回前难穷望眼。扁舟来往蒹葭岸，烟锁云林又晚。篱边黄菊经霜暗，囊底青蚨逐日悭②。破清思晚砧鸣③，断愁肠檐马韵④，惊客梦晓钟寒。归去难！修一缄⑤，回两字寄平安。

【注释】

①醉高歌带过摊破喜春来：中吕带过曲。醉高歌又名最高楼，定格句式是六六、七六，四句四韵；摊破喜春来定格句式是七七、六六六、三五，共八句六韵。②青蚨：钱。悭：短缺。③晚砧（zhēn）鸣：夜间捣衣声。④檐马：铁马。⑤修一缄：写一封信。缄（jiān）：封闭。此指书信。

【译文】

远处的青山倒映在长江水中，回过头来，已经很难望到尽头。小船在长满芦苇的岸边，来回往返，江上烟雾笼罩着远处的丛林，天色慢慢暗了起来。竹篱笆旁的黄菊，经霜打后，开始衰败，口袋里的铜钱一天天的减少。入夜的捣衣声，打破人的思绪；檐前铁马的响声，引起人极度的伤心；早晨清冷的钟声，惊醒了游人甜蜜的梦。回故乡多么艰难！写一封信，写两个字报报平安，寄回家中。

【评析】

写江上旅程的愁苦,精思巧构。青山、扁舟、烟林、晚砧、檐马、晓钟,共同构成了一个发人深思的境界。动静结合,声色和谐。确有着"谑浪笑傲,睨世而不废啸歌"(《顾君泽赞》)的"风流逸才"(钱惟善《送顾君泽移平江》)。

曹　德　三首

曹德,生卒不详,字明善,约仁宗至顺初年在世,做过衢州路吏。甘于自适,性情耿直。尝作《清江引·长门柳》二首,讽刺伯颜专权,横遭缉捕,避祸吴中。与薛昂夫、任昱皆有唱和,内容以描写自然景物、咏赞村居之乐为多,风格清秀圆润,字句凝练,对仗工整。《录鬼簿》评其曲作"华丽自然,不在小山(张可久)之下"。又言其《长门柳》曲"夺去文章第一等"、"万人内,占了鳌头",想见其当时出类拔萃之势。散曲现存小令十八首。

喜春来　和则明韵二首[①]

春云恰似山翁帽[②],古柳横为独木桥。风微尘软落红飘,沙岸好,草色上罗袍[③]。

春来南国花如绣,雨过西湖水似油。小瀛洲外小红楼[④],人病酒,料自下帘钩。

【注释】

①这是一组曲子,共三首,选的是第二首和第三首。则明:任昱,字则明,详见曲选作者介绍。这是一首唱和的曲子,但原作已佚。②山翁帽:山简的帽子。山简:"竹林七贤"之一山涛的幼子,字季伦,因常倒戴白头巾,故云。③罗袍:绫罗做的袍子。④瀛洲:传说中的三仙山之一,与蓬莱、方丈并称。红楼:歌妓舞女的居所。

【译文】

春天的白云就像山简老人佩戴的白头巾,小河上面横生的老柳树正好成了独木桥。落花随着轻风飘飞在松软的土路上,景色确实好看,碧绿的野草,长的几乎齐人腰,染绿了人身上的罗袍。

南方的春天花团锦簇,下过细雨后的西湖,碧澄得就像油。小仙岛外面的歌楼上,佳人酒瘾发作,想来已经放下窗帘,进入梦乡。

【评析】

第一支曲子,作者撷取乡野常见的春云古柳、微风小径、沙岸草色入曲,清新自然。读来顿觉春色满眼,春意盎然。"草色上罗袍"句,不是草色上罗袍,而是春色撩人心,由景到人,草蛇灰线,转换尤妙。第二支曲子独写西湖风流,曲词浅显,音韵和谐。结句一个"料"字,由实入虚,留下袅袅余音,令人神往。

三棒鼓声频[①] 题渊明醉归图

先生醉也,童子扶者。有诗便写,无酒重赊[②],山声野调欲唱些[③],俗事休说。问青天借得松间月,陪伴今夜。长安此时春梦热,多少豪杰,明朝镜中头似雪,乌帽难遮[④]。星般大县儿难弃舍,晚入庐山社[⑤]。比及眉未攒。腰已折[⑥]。迟了也去官陶靖节!

【注释】

①三棒鼓声频:元时行乞小调,宫调已不可知。定格句式是四四四,四七四(一棒鼓),八四七,四七四(二棒鼓),八五,五三八(三棒鼓),共十七句十五韵,现存只有曹氏这一曲。②赊(shē):买时欠账。③山声野调:山歌民谣。④乌帽:乌纱帽,官帽。⑤庐山社:指慧远法师等在庐山结成的白莲社。⑥攒(cuán)眉:眉毛紧蹙。据晋代《莲社离贤传·不入庄诸贤传》载,慧远法师结庐山社时,曾以书招渊明,渊明"遂造(到)焉,忽攒眉而去"。

【译文】

小书童搀扶着喝醉酒的老先生,诗兴一发就写诗,想喝酒时就去赊欠,想唱时就吼几句不牵涉功名利禄的山歌民谣,想睡时就借青山松林与明月为伴。这个时候,京城里的人都正做着美梦。可是,又有多少英雄豪杰,一夜之间发白如雪,就是官帽也没法遮盖。小小的县官都难抛弃,还想加入什么庐山的"白莲社"。还没有等到双眉紧蹙,就已经折腰为官。想学陶渊明辞官那是太晚太晚了!

【评析】

这支曲子以陶渊明不为五斗米折腰、断然弃官归隐为本事,表达了作者的思想感情。全曲分三层。第一层扣渊明醉归图写归隐的恬适逍遥。第二层写俗尘滚滚。第三层借"迟了也去官陶靖节"之叹,劝人早回田园,保全晚节,重获自由。全曲借题发挥,直抒胸臆,结构清晰,衔接紧密。衬字的运用也加强了感情力度,有一波三折、一唱三叹之妙。

高克礼 二首

高克礼,生卒不详。字敬德,一作敬臣,号秋泉。河间(今属河北省)人。荫官庆元路理官。为官清净为务,生活淡泊。与乔吉交谊甚深。《太和正音谱》列入"词林英杰"。《录鬼簿》评其"小曲、乐府,极为工巧,人所不及。"散曲现存小令四首,全为带过曲。

雁儿落带过得胜令

寻致争不致争①,既言定先言定。论至诚俺至诚,你薄幸谁薄幸②?岂不闻"举头三尺有神明",忘义多应当罪名!海神庙见有他为证③,似王魁负桂英,碜可可海誓山盟。绣带里难逃命,裙刀上便自刑④,活取了个年少书生。

【注释】

①致争：尽量争辩。②薄幸：薄情，负心。③海神庙：宋元戏曲中有《王魁负桂英》的南戏和杂剧。大意是说落第士子王魁，贫病交加，无以为生，幸得名妓殷桂英的热忱帮助，供其生活，伴其读书。后王魁二次进京，桂英为其筹措盘缠。行前，二人同往海神庙山盟海誓。王魁发誓说："吾与桂英誓不相负，若生离异，神当击之"。后王魁中状元，悔却前盟，休桂英另娶。桂英得休书后，再去海神庙打神告庙，并自缢庙内。④自刑：自尽。

【译文】

存心寻找人争辩就不和你争辩，既然要说定就先说定。说到最诚挚我是最挚诚，你薄情负心还有哪个薄情负心？难道就没听说过"抬头三尺都是会有神灵明察的"，忘恩负义的人就应当承担罪名！海神庙现有着他当年的海誓山盟，像王魁负心于殷桂英，确确实实有过向海神发过大誓言说过永不变心。锦绣腰带里面难得逃脱性命，罗裙更成了她自尽的刑具，鬼魂活活地索去了那个少年书生王魁的生命。

【评析】

这是一支别开生面的带过曲。它以一个痴情女子的口吻，通过人们极熟悉的王魁负桂英故事，对负心汉进行教育。有指责，有鞭笞，有警告，也有喝斥，更有质询。痛快酣畅，事理连珠，穷形尽相，声口毕现。对方根本无法"致争"。这支曲子是为"痴情女子"写心的。抒情性的散曲与代言叙事性的剧曲在艺术上的巧妙结合，使该曲具有极强的艺术魅力和难得的审美情趣。

黄蔷薇带过庆元贞① 天宝遗事②

又不曾看生见长，便这般割肚牵肠。唤奶奶酪子里赐赏③，撮醋醋孩儿也弄璋④。断送他潇潇鞍马出咸阳⑤，只因他重重恩爱在昭阳,引惹得纷纷戈戟闹渔阳⑥。哎,三郎⑦!睡海棠,都只为一曲舞《霓裳》⑧。

【注释】

①黄蔷薇带过庆元贞:越调带过曲。定格句式是五五、六六;七七七、五五,共十句十韵。最后倒数第二句的五,又可为二、三。②天宝遗事:天宝年间李隆基与贵妃娘娘杨玉环的故事。天宝,是唐玄宗年号(742—756)。唐宋间此类作品达十多种,而以五代王仁裕《开元天宝遗事》影响最大。③酩子里:酒葫芦里,暗地里。唤奶奶:杨贵妃曾收安禄山为义子。④弄璋:抚弄玉器以示自己的德性。后称生男孩子为弄璋;生女孩子为弄瓦。⑤咸阳:秦国都,在今陕西咸阳市。这里借指京城长安。⑥渔阳:唐代郡名,治所在今河北省蓟县。安禄山曾从此起兵叛唐。⑦三郎:李隆基,行三,故称。⑧《霓裳》:即《霓裳羽衣曲》。

【译文】

也没有看着他生看着他成长,就如此钟爱得牵肠挂肚,难舍难分。口上叫娘,暗地里却重赏广赐他,干着酸溜溜的事竟还称自己有玉一样的品德。摧残得他在急风秋雨中骑马逃离出长安,这些又都是他们在后宫欢乐太得铺张,太得奢侈才引发出安禄山在渔阳大肆动起刀和枪。哎,李三郎!杨玉环,都只是为了取宠于你,才醉心于《霓裳羽衣》曲舞的上面。

【评析】

全曲囊括了开元天宝遗事全部内容,但却重点突出的指出安史之乱的爆发,都是由杨贵妃所"引惹"。这也是当时的普遍看法,即"女人祸水"思想的翻案。比起白朴的《秋夜梧桐雨》就稍逊一筹。曲中连绵字的多次选用,无疑增强了作品的伤感意识和艺术魅力。

吕止庵 一首

吕止庵，生卒不详。又名吕止轩。元刊本《阳春白雪》和《太平乐府》都收录有他的作品。《太和正音谱》评其词"如晴霞结绮"。散曲现存小令三十三首，套数四套。

醉扶归[①]

频去教人讲，不去自家忙。若得相思海上方[②]，不道得害这些闲魔障[③]。你笑我眠思梦想，只不打到你头直上[④]。

【注释】
①醉扶归：仙吕宫曲牌。又可入双调或越调。定格句式是五五、七五、七五，共六句六韵。②海上方：晋张华《博物志》有乘木船渡海上天的故事。后人常以此喻进京求取功名。③魔障：魔王设置的障碍，如伤人性命，阻人行善事。④打到：轮到。

【译文】
急切地叫人说话，不到你那里去的时候，你自己心中就发毛，着忙不安。假如你苦苦地想着上京应试，求取功名，我也说不定会害起意外的病症。你笑话我睡觉时想、做梦时想，只是这样的事，还没有轮到你的头上。

【评析】
作者通过一个女子的口吻，惟妙惟肖地表现出自己相思的缘由。有着"以己之心忖他人心"的情趣。比喻幽默，语言平实，情感真切，动作传神。

景元启 一首

景元启,生卒不详。《太和正音谱》列为"词林英杰"。散曲现存小令十五首,套数一套。

殿前欢 梅花

月如牙,早庭前疏影印窗纱。逃禅老笔应难画①,别样清佳。据胡床再看咱②。山妻骂,为甚情牵挂?大都来梅花是我③,我是梅花。

【注释】
①逃禅老笔:南宋画家杨无咎(1097—1169)号"逃禅老人",以善画梅著称。②胡床:绳床。可以随意折叠。③大都来:只不过。

【译文】
如牙的新月,早早地把梅花的倩影投射在窗纱上面。画梅名家杨无咎也无法把它那别具风情的样子画出来。我坐在绳子结成的床上,默默地凝视着它。结婚荆妻骂:是什么东西把你的钟情牵扯记挂?梅花只不过是我景元启,我景元启就是梅花。

【评析】
梅花在中国古代作家的笔下,就是高洁纯真的象征。历代咏梅诗词曲,多不胜举。这首咏梅小令,尖新浓情,花我两忘。"山妻骂"确是神来之笔。不仅为作品增添了诸多的家庭生活情趣,也为梅花的传神写照烘云托月。给人一种全新的意境。

查德卿 十首

查德卿，生卒不详。《太和正音谱》认为"其词势非笔舌可能拟，真词林之英杰也"。散曲现存小令二十二首。

寄生草 感世

姜太公贱卖了磻溪岸①，韩元帅命博得拜将坛②。羡傅说守定岩前版③，叹灵辄吃了桑间饭④，劝豫让吐出喉中炭⑤。如今凌烟阁一层一个鬼门关⑥，长安道一步一个连云栈⑦！

【注释】

①姜太公：即吕尚。名望，字子牙。殷末隐居磻溪（今陕西省宝鸡西南渭水岸边），后周文王访贤，邀他辅佐灭殷兴周，后为周官太师，有太公之称。②韩元帅：即韩信，汉初曾任大元帅。后被刘邦杀戮于未央宫。③傅说（yuè）：殷代贤相。曾在傅岩做奴隶，并筑城墙。后被举为相。④灵辄：春秋晋灵公时人，家甚贫，靠打猎为生。一天猎于桑间，遇大夫赵宣子赐饭给他和母亲吃。后灵公派他刺杀赵宣子，灵辄为报桑间一饭之恩，放走赵宣子。元杂剧有《赵氏孤儿》。⑤豫让：战国时晋人。曾深得智伯信任，后智伯被赵襄子消灭，他为了报仇，以漆涂身，并吞炭装哑，以便为智伯刺杀赵襄子。元人杂剧有《豫让吞炭》。⑥凌烟阁：古代朝廷为表彰功臣所建造的高阁，上绘有功大臣的图像。⑦连云栈：接云天的栈道。

【译文】

姜子牙把磻溪河便宜的卖了，韩信将军拿性命取得了拜将做了元帅。羡慕傅说安心在傅岩筑墙生活，感叹灵辄吃了赵宣子桑间赐饭而知恩当报，奉劝豫让应该把吞入的木炭吐了出来。现世的那功臣榜实际上一层就是一个鬼门关，功名路也一步就是一个极险恶的栈道。

【评析】

这里一连选用了五个历史典故,从一个新的角度对他们进行重新评价,并一反传统习见。曲中认为吕尚、韩信、傅说、灵辄、豫让这些人不该出仕,并对他们表示惋惜。遣词造句也很讲究。卖、命、羡、叹、劝五字特点突出,切合人物事件,愤世之情,也自然流露出来。最后两个长达十字的对仗句子,"感世"之思想得到进一步发挥,情感的宣泄也相当痛快。李调元认为此曲"他人不能道也"(《雨村曲话》)。

寄生草　间别[①]

姻缘簿剪做鞋样[②],比翼鸟搏了翅翰[③]。火烧残连理枝成炭[④],针签瞎比目鱼儿眼[⑤],手揉碎并头莲花瓣。掷金钗撅断凤凰头[⑥],绕池塘挼碎鸳鸯弹[⑦]。

【注释】

①间别:间阻而分别。②姻缘簿:结婚的文书、证明。③比翼鸟:两只一眼一翅的鸟挨着飞行。比,排列,并拢的意思。翅翰:翅膀羽毛。④连理枝:两棵树上的枝条连长在一起。⑤比目鱼:两条一只目的鱼并比才可以游动。⑥撅:摔、砸。⑦挼(róu):搓,揉。

【译文】

结婚的证明文书剪成了鞋样子,绣刺的比翼鸟折断了翅膀的羽毛。用火把连理枝烧成了炭灰,用针扎瞎了比目鱼的眼睛,双手揉搓碎并蒂莲花的花瓣。扔金钗时摔坏了钗的凤凰头,围绕着池塘搓烂了鸳鸯弹团。

【评析】

曲写一个女子因与丈夫产生某种矛盾而分手的心绪。七句连用七个"行动",层层深入揭示出她心中的苦恼与烦躁。剪、搏、烧、签、揉、撷、按的选取，精当巧妙，七组喻夫妻恩爱的意象排比得体。构思独特，手法简明，语言生动，人物心理刻画了了在目，尤其是充溢全曲的戏曲动作，不仅使人物心理外化，诉诸于读者目前，也使全曲洋溢着浓郁的生活情趣。爱之甚，恨之深；句句写恨，句句写爱，爱恨胶合，难解难分。

一半儿　拟美人八咏

春　梦

梨花云绕锦花亭，胡蝶春融软玉屏。花外鸟啼三四声。梦初惊，一半儿昏迷一半儿醒。

春　困

琐窗人静日初曛①，宝鼎香消火尚温。斜倚绣床深闭门。眼昏昏，一半儿微开一半儿盹②。

春　妆

自将杨柳品题人③，笑捻花枝比较春。输与海棠三四分。再偷匀④，一半儿胭脂一半儿粉。

春　愁

厌听野雀语雕檐，怕见杨花扑绣帘。拈起绣针还倒拈。两眉尖，一半儿微舒一半儿敛。

春　醉

海棠红晕润初妍⑤，杨柳纤腰舞自偏。笑倚玉奴娇欲眠⑥。粉郎前⑦，一半儿支吾一半儿软⑧。

春　绣

绿窗时有唾茸粘⑨，银甲频将彩线挦。绣到凤凰心自嫌⑩。

按春纤,一半儿端相一半儿掩⑪。

春　夜

柳绵扑槛晚风轻,花影横窗淡月明。翠被麝兰熏梦醒。最关情⑫,一半儿温馨一半儿冷。

春　情

自调花露染霜毫,一种春心无处托。欲写又停三四遭。絮叨叨,一半儿连真一半儿草⑬。

【注释】

①琐窗:雕刻有连锁图案的窗棂。曛(xūn):黄昏,日落。②眬:眼睛半闭。③品题:品论人物,定其高低品位。品戏曲者为剧品,品曲者为曲品,品诗者为诗品,品词者为词品,品画者为画品。④匀:涂抹。⑤妍:美丽。⑥玉奴:杨贵妃名玉环,人称其为"玉奴"。⑦粉郎:情郎。⑧支吾:含含糊糊。⑨唾茸:刺绣时用牙滤线,用嘴咬线咬断的线头。⑩自嫌:自怨自艾。⑪端相:端详。仔细观看。⑫关情:牵动情怀。⑬连真:正楷书写。

【译文】

像云一样的梨花缭绕着锦香亭,玉洁的蝴蝶把春色融化在软玉屏。花墙外三两声莺燕的鸣叫声。刚从美梦中醒来,一半昏昏迷迷一半清醒。

太阳落时人儿睡在雕花窗下,精致的香炉香柱灭了炉子却还温暖。把门紧紧关上歪斜地靠在绣被床上。眼睛模模糊糊的,一半稍稍睁开一半却还闭着。

自个拿来杨柳枝仔细品评那些人,笑着抚摸那花枝儿还一一把它和春色加以比较。比起美人杨玉环咱与她只差那两三分。赶快再梳妆打扮一下:这儿再涂些胭脂,那边再抹些银粉。

最厌恶早晨屋檐下那野麻雀的喳喳叫声，又不愿看见那杨花柳絮扑飞在绣花门帘上。捉起绣花针却倒着拿上。两弯柳眉梢上：一半刚刚舒展一半却还紧锁。

脸蛋儿就像那刚开放的海棠花那样红喷喷地湿润，腰姿又像凤摆杨柳柔枝那样舞动难以自主。美人儿含指微笑，娇滴滴地想去睡一觉。在情郎跟前：一边支支吾吾一边却百依百顺。

绿色的纱窗上经常有咬断的丝线头儿粘在上面，雪白的指甲不停地扯撼着丝线。刺绣无比恩爱的凤凰鸟时总会自怨自艾。按捺住如葱根的纤纤玉指，一边仔细端详一边又把凤凰捂盖住。

夜来的风儿把如绵的柳絮轻轻吹进栏杆，淡淡的月光又把花儿的倩影不经心地投映在纱窗上。玻璃翠被子里的麝香兰香把人的春梦熏醒。最牵动情怀：一半儿温暖馨郁一半儿冷凉清寒。

白笔醮上自己用花儿上的霜露调和的墨水，一股荡动不安伤春之心又不知寄托在哪里。想写信又停了三四次笔。啰里啰索：一半儿写的正楷一半儿却是大草。

【评析】

这组曲，从八个不同的方面咏赞了美人。写得细致深切，人物心理活动描摹入微，情态毕肖。《春梦》中"梦初惊"，《春困》中的"眼昏昏"，《春妆》里的"再偷匀"，《春愁》里的"两眉尖"，《春绣》里的"按春纤"，《春情》中的"絮叨叨"，都自有情趣；捕捉的每个日常生活细节，也历历在目。有情有态，情使态娇嗔，态给情以魔力。情中显态，态中具情。情态可掬，耐人寻味。

吴西逸 四首

吴西逸，生卒不详。元后期的散曲作家，与贯云石、阿里西瑛都有交往。《太和正音谱》评其曲"如空谷流泉"。散曲现存小令四十七首。

殿前欢 二首[①]

懒云巢[②]，碧天无际雁行高。玉箫鹤背青松道，乐笑逍遥。溪翁解冷淡嘲[③]，山鬼放揶揄笑[④]，村妇唱糊涂调。风涛险我[⑤]，我险风涛。

懒云凹，按行松菊讯桑麻。声名不在渊明下，冷淡生涯。味偏长凤髓茶，梦已随胡蝶化，身不入麒麟画[⑥]。莺花厌我，我厌莺花。

【注释】
①这是作者和阿里西瑛〔殿前欢·懒云窝自述〕六首中的第三首和第六首。②巢：即窝。③溪翁：打鱼的人。④揶揄：戏弄。⑤险：远避。⑥麒麟画：麒麟阁上的功臣图像。阁为西汉时武帝所建，上绘当时对朝廷有功劳、建树的臣子的图像。后以此指功臣榜。

【译文】
懒云窝，在无边的大雁高飞的青云里面。有骑鹤背吹玉箫人行走的青松苍翠的大路，歌笑欢欣，自由自在。打鱼的人懂得幽寂吟咏，砍柴的人发出蔑世的狂笑，农村妇女们唱着没有固定宫调的歌。世间的风雨波涛远离着我，我也远离世间的风雨波涛。

懒云窝，巡视青松黄菊讯问植桑种麻。名气和陶渊明不相上下，

205

清贫淡泊的生活。最喜欢喝凤髓名茶。梦中随着蝴蝶幻化,图像不进那麒麟阁的功名图画。莺啼花开不喜欢我,我不喜欢莺啼花开。

【评析】

作者通过这两支和曲,表达了自己的一种人生追求情趣和对现实社会的愤懑。两组鼎足对酣畅淋漓,颇有曲境的特点。和曲与原曲关系并不直接相关,而有借题发挥的味道。

雁儿落带过得胜令

春花闻杜鹃,秋月看归燕。人情薄似云,风景疾如箭。留下买花钱①,趱入种桑园。茅盖三间厦,秧肥数顷田。床边,放一册冷淡渊明传;窗前,抄几首清新杜甫篇。

【注释】

①买花钱:古代城市中的豪富经常买花,有时竟"一束深色花,十户中人赋"。这句的"留下买花钱",是说舍弃繁华生活。

【译文】

春天的花儿听到了杜鹃鸟"不如归去"的鸣叫声,秋天的浩月看到了向南飞归的燕子。世间人情像浮云那么淡薄,风物景致像飞箭那样转眼就过。舍弃万贯家产,赶快到桑园种桑养蚕。用茅草盖三间的厦房,种植好几百亩丰产田。床头放上一本不起眼的《陶渊明传》;抄录几首杜甫清新的诗篇。

【评析】

前两首是借题发挥,希望归居田园;这首却直摅胸臆,表达自己归隐的决心。先写其因由,"人情薄似云,风景疾如箭";再写此志难改,最后四句直写归隐的乐趣。全曲屡用对仗,精心专注;用语平朴,本色自然;音律和谐,朗朗上口,音韵感很强。

梧叶儿 春情

香随梦①，肌褪雪，锦字记离别②。春去情难再，更长愁易结。花外月儿斜，淹粉泪微微睡些。

【注释】

①香：此处借指男女间声色之美。②锦字：前秦时期，秦州刺史窦滔因罪被流放边地。其妻苏蕙精心织锦回文诗《回文璇玑图》赠夫，表达了自己凄婉切念的情愫。后以"锦字"代指妻子给丈夫的书信。

【译文】

夫妻间如胶似漆的美满生活，随着一梦醒来烟消云散；玉洁的肌肤，也慢慢由白变黑，只有把别离的情怀都写成书信。春天过去了，春情也无法继续下去，更夜越长，愁怨也自然容易形成。每晚的月亮升起又落下，泪水冲淹了脸上的粉脂，只好眨眼睡一会儿。

【评析】

恩爱夫妻，一旦分别，此情此境，令人心碎。这支曲子不假雕凿，白描地写其少妇思夫的凄苦，句句伤情，笔笔凄切。人物形象也跃然纸上。

赵显宏 四首

赵显宏，生卒不详。号学村。《太和正音谱》列为"词林英杰"。散曲现存二十一首，套数二套。

昼夜乐① 冬②

　　风送梅花过小桥,飘飘。飘飘地乱舞琼瑶,水面上流将去了。觑绝似落英无消耗③,似那人水远山遥,怎不焦?今日明朝,今日明朝,又不见他来到!(幺)佳人,佳人多命薄!今遭,难逃。难逃他粉碎烟憔,直恁般鱼沉雁杳!谁承望拆散了鸾凤交,空教人梦断魂劳。心痒难揉,心痒难揉。盼不得鸡儿叫。

【注释】

　　①昼夜乐:黄钟宫曲牌,定格句式是七二、七七、七七、三四四六;(幺)七二二、七七、七七、四四六,共二十句二十韵。②作者此曲共四首,分别写春夏秋冬。这是第四首。③消耗:消息。

【译文】

　　梅花随着风儿飞过河上小木桥,飘呀飘呀。雪花飘呀飘呀地在空中狂舞狂跳,一直朝着小河的水面顺流东去了。看它们都像落花随流水,一去无消息,就像那个人一样走得远远的,这叫我怎么能不焦急烦恼?今天明天,明天今天,也不见他回到我的身边!美人,美人命多么苦!今天这一回,同样逃脱不了。逃脱不了他,叫我困顿萎靡、精神不振,就像书信往来完全断绝!那个人希望美满的婚姻破灭,白白地教人死了心断了念。心中那难熬惶僕的滋味实在无法安慰,心中那难熬的滋味实在无法平静。哪还能等到鸡叫天亮。

【评析】

　　严冬难熬,思妇的严冬更难熬。这支曲子写冬日思妇的怀远,凄凄切切,"心痒难揉",细腻真切。开头的风搅雪,雪搅落梅、落梅搅风,写景抒情全在其中。意象的清晰明朗,时空的辽阔流动,使思妇触景生情,触景伤情,梦萦魂劳的苦思,在风搅雪中更加沉重,梦断魂裂,难以明状。后段主情,与前段写景同样以思妇的口吻，款款写来，亲切自然；身临其境，情意缠绵。加上曲格的要求，叠词重句的应用，无疑也增加了曲子的艺术感染力。

殿前欢　闲居二首①

去来兮！东林春尽蕨芽肥②。回头那顾名和利，付与希夷③。下长生不死棋，养三寸元阳气④，落一觉浑沦睡⑤。莺花过眼，鸥鹭忘机。

去来兮！桃花流水鳜鱼肥⑥。山蔬野菜偏滋味⑦，旋泼新醅。胡寻些东与西，拼了个醒与醉，不管他天和地。盆干瓮竭，方许逃席。

【注释】

①作者有[殿前欢·闲居]共四首。这是第一首和第二首。②蕨(jué)：蕨菜。嫩叶可食。③希夷：陈抟的字。宋太宗赐其号为希夷先生。详见前注。④三寸：指人脐下三寸许的丹田穴。道家练内功的主要穴位。元阳气：即道家所说人的精神、生命的本原。⑤浑沦：即囫囵，随意地、漫不经心的。⑥鳜鱼：即鲫鱼。⑦偏：多。

【译文】

回去吧！春末东边树林里的蕨菜枝叶正胖乎乎的。回过头来，哪里还顾得上什么功名利禄，把自己全交给希夷先生：下它一个没完没了的棋；养护那丹田穴中的精、气、神本原，落得一个安安稳稳的酣睡。莺花像过眼烟云，像鸥鹭那样泯灭机诈之心，过宁静的日子。

回去吧！春天桃花开时河里的鲫鱼正是肥的时候。山村荒野的蔬菜更多美味，再倒上几杯新酒。随便找些东西吃，喝它个醺醺大醉，管他什么天地。盆瓮里的酒都喝干了，才能够离席。

【评析】

元代曲家有过多少篇"闲居",尽管写的很清闲、超脱;但总给人一种不那么轻松的感觉。他们在对功名利禄、繁华富贵的"否定"中,也总有一种"沉重感"。这两支曲子,写了归居田园的无拘无束、自由自在;但,"盆干瓮竭,方许逃席"的规定,却给人一种新羁绊。可见真正的"闲居",同样是一种像功名对知识分子来说那样难得实现。尤其在那个元代社会里,更是这样。

殿前欢　题歌者楚云[①]

楚云闲[②],任他孤雁叫苍寒[③]。去留舒卷无心惯[④],聚散之间。趁西风出远山,随急水流深涧,为暮雨迷霄汉。阳台事已,秦岭飞还[⑤]。

【注释】

[①]楚云:元末歌妓。[②]楚云:楚地天空的流云。这句一语双关,既指歌者楚云,又指楚天流云。[③]苍寒:凄凉。[④]惯:习惯。引申为长远、永久。[⑤]秦岭:横贯陕西中南部,绵延数千里。此处不是实指,而借秦、楚喻其天各一方。

【译文】

楚天的流云多么悠闲自在,哪里还顾得上失群孤雁的凄凉叫唤。是来是去,是冷淡还是关怀,都没有长久的思考、打算,在欢聚和离别之间都是这样。干脆趁着秋风的力量去到遥远的山间,随着飞快的流水滴入万丈深渊,变成黄昏时的大雨迷糊遮盖住九天。男女幽会的事情是没有希望的,很快地走得远远的,就像秦岭那么遥远。

【评析】

元代歌女的生活是十分悲惨的。漂泊演出,沿街卖艺、表面的自在却难以遮盖她们非人的身份和地位。什么"唤官身"呀,"侑酒"呀,不得与"良人"婚配呀,条条绳索拴得她们实难像"楚云闲"。作者在这支曲子中,客观地记述了她们的生活,也语重心长地指出"聚散之间","去留舒卷无心惯",希望楚云能"飞还"秦岭。曲中的鼎足三句对,比兴、象征手法共用,苦口婆心。"阳台事已"与乔吉的"谁敢想那些儿"（[小桃红、赠朱阿娇]）有同样的命意。

李致远 三首

李致远,生卒不详。江右（今属江西省）人,约元惠宗至正前后在世。曾客居溧阳（今属江苏省）,与诗人仇远（1247—1326）相交甚契。为人不事功名,闲淡如"孤云野鹤",有如仇远诗所说"平生意气隘九州,直欲濯足万里流。谁期功名坐蹭蹬,不意岁月成缪悠"（《和李致远秀才》）。《太和正音谱》赞其曲作"如玉匣昆吾"。散曲现存小令二十六首,套数四套。

红绣鞋 晚秋

梦断陈王罗袜①,情伤学士琵琶②。又见西风换年华。数杯添泪酒,几点送秋花。行人天一涯。

【注释】

①陈王:指曹植。曹植封地在陈郡（今河南淮阳）,谥号"思",故后世称为陈王或陈思王。罗袜:曹植曾作《洛神赋》,中有"凌波微步,罗袜生尘"的句子,以喻洛水女神的轻盈步态。②学士:指白居易,白居易曾官翰林学士,贬官江州（今江西九江）时作长诗《琵琶行》。

【译文】

刚刚从曹植与洛水神女欢会的梦中惊醒,又为白居易与琵琶女的知遇伤情。又是一年的秋天,几杯和着泪水的酒,几朵送别秋天的花。远行的人就要天各一方了。

【评析】

这支曲子是写秋景中最令人黯然神伤的一幕:送别。前两句用了陈思王和白居易的典故,比拟自己的情怀。接着由西风送秋,联想到时光飞逝,人生易老,且又要花酒相别,天涯漂泊了,哀伤之情溢于言表。"行人天一涯"句,意境开阔,风情无限。全曲属对工整,文辞浅易,韵脚缜密和谐,读来朗朗上口。

天净沙 春闺

画楼徒倚栏杆,粉云吹做修鬟①,璧月低悬玉弯②。落花懒慢,罗衣特地春寒。

【注释】

①修鬟:美丽的环状发髻。②璧月:月轮皎洁如玉。璧,玉的一种,圆形。

【译文】

无可奈何地靠着闺楼的栏杆,满头青丝一下子被粉云漂白,圆圆的月亮就挂在我的胳膊上。眼前花儿散漫地飘落,绫罗衣服敏感地感受到一股春天的清寒。

【评析】

这首闺中伤春曲,色调淡雅,气度雍容,写出了一种无言的哀伤。作者以静衬动,在静态描写中透出了伤春人的心绪。前三句鼎足对,为闺中人夜不能寐、妆楼徘徊写照。待"罗衣特地春寒"句出，寒意悄悄入骨。妙极！

小桃红　碧桃①

秾华不喜污天真②，玉瘦东风困。汉阙佳人足风韵。唾成痕③，翠裙剪剪琼肌嫩。高情厌春，玉容含恨，不赚武陵人④。

【注释】

①碧桃：桃的一种，又名千叶桃，花重瓣，不结实。②秾（nóng）：茂盛的样子。③唾成痕：桃树树干处分泌出的胶汁，如唾痕。④武陵人：用陶渊明《桃花源记》典。《桃花源记》记一武陵渔人终于找到了桃源仙境，此处指见碧桃花仙姿如入仙境，没有辜负武陵渔人的苦寻。

【译文】

繁盛华丽并没有损伤天然的本性，春天去了，花儿衰败，仍有着汉代宫中美人那样的风度韵致。它渗出的桃胶，就像香唾留下的瘢痕，如裙子般的绿叶，整整齐齐地衬托着枝干的晶莹。深情地陶醉在春天里，冰清玉洁的面容有一种说不出的怨恨，你没有欺骗寻找世外桃源的武陵渔人。

【评析】

这是一支咏物曲。作者调动自己的想象，咏物写人。赞赏它的"秾华不喜污天真"的本性，颂扬它的"高情厌春"、"玉容含恨"的心绪。巧妙的用典也为曲子增添了艺术魅力和思想深度。

李伯瞻　一首

李伯瞻，生卒不详。名屺，字伯瞻，号熙怡。泰定年间任翰林直学士，阶中仪大夫，顺帝时曾任兵部侍郎。善书画，能词曲。其曲多写对

213

仕途的厌倦和归隐山水田园的逍遥，意境阔远，有豪门高官之风。《太和正音谱》称他是"词林英杰"。散曲现存小令七首。

殿前欢　省悟①

去来兮！黄鸡啄黍正秋肥。寻常老瓦盆边醉，不记东西。教山童替说知：权休罪②，老弟兄行都申意。今朝溷扰③，来日回席。

【注释】
①这是一组曲子，共七首，这是第二首。②权：暂且。③溷（hùn）扰：打扰，叨扰。

【译文】
回去吧！啄食谷黍的小鸡，秋天正是肥胖的时候，醉倒在自己家的酒盆旁，连东西南北都忘记了。打发小童子替我去说与他们知道：暂且不要怪罪，咱们老弟兄们都彼此了解。今天打扰了，改天再设席回请。

【评析】
这支曲子写作者对世事的"省悟"，宛如一首脉络清晰的叙事小诗。"黄鸡啄黍"、"寻常老瓦盆"等景物点缀在字里行间，使全曲弥漫着浓郁的乡土气息。表现出作者红尘归来后对这种去来天地宽、壶中日月长的田园生活的赞颂。

李德载　二首

李德载，又名李乘。生卒不详。元代后期散曲作家。《太和正音谱》称之为"词林英杰"。散曲现存小令十首。

喜春来　赠茶肆二首①

茶烟一缕轻轻飏②,搅动兰膏四座香③,烹煎妙手赛维扬④。非是谎,下马试来尝。

金樽满劝羊羔酒⑤,不似灵芽泛玉瓯⑥,声名喧满岳阳楼⑦。夸妙手,博士更风流⑧。

【注释】
①作者有十首同曲同题的小令,这是第一、九首。茶肆:叫卖茶水和茶叶的商店。即南方的茶馆。这十首曲好像是关于茶馆的宣传广告。②飏:轻扬。③兰膏:一种泽兰草中提取的有香气的油脂。④维扬:扬州的旧称。⑤羊羔酒:古代用羊羔肉、麦面和糯米酿造成的酒,浓香可口。⑥灵芽:茶的美称。瓯:瓦罐。酒器。⑦岳阳楼:古代四大名楼之一。在今湖南省岳阳市滨洞庭湖河畔上,历来为骚人墨客饮宴抒怀的场所。有洞庭名茶。⑧博士:宋元时对茶店酒坊送茶的堂倌的称呼。又称茶博士。

【译文】
一缕缕的茶烟轻飘飘地飞上天空,搅动了满店喝茶的客人。高级烹茶师的烹煎蒸煮远远超过扬州的名师。这并不是乱说,不信,你下马来亲自品尝品尝。

精制的酒杯中盛满浓香可口的羊羔酒,还不如灵芽茶满满地盛在杯中。整个的岳阳楼都知道这里的茶既香且美,人们夸奖着好手艺,那送茶递杯的伙计们更风流了!

【评析】
元代散曲家对市井生活的热衷赞美,是与时代同步的,也是很真诚的。他们称颂青楼,歌咏梨园,表彰路岐,赞美茶肆、酒楼,并非逃遁现实,而是对生活的拥抱。李德载的一组《赠茶肆》,竭力鼓吹香茶的胜过美酒，茶博士的风流，正是具体表现。难道读者读过他们此类散曲，不也想亲自去品尝品尝，享受一下生活的乐趣？

杨朝英 三首

杨朝英，生卒不详。号澹斋，青城（今山东省高青）人。曾编有两种元代散曲集：《乐府新编阳春白雪》、《朝野新声太平乐府》。人称"杨氏二选"。从而保存了元代许多散曲作品。与贯云石有较深交往。他的散曲《太和正音谱》评其"如碧海珊瑚"。散曲现存小令二十七首。

水仙子 自足

杏花村里旧生涯①，瘦竹疏梅处士家②，深耕浅种收成罢。酒新篘鱼旋打③，有鸡豚竹笋藤花④。客到家常饭⑤，僧来谷雨茶⑥，闲时节自炼丹砂⑦。

【注释】
①杏花村：杏花酒的出产地。具体说法不一。今山西省有杏花酒村，出产汾酒。唐杜牧诗"借问酒家何处有？牧童遥指杏花村"。后诗词曲中多以"杏花村"喻酒。②处士：有德才而不仕者。③篘（chōu）：过滤酒。④豚（tún）：小猪。⑤谷雨茶：谷雨节前采摘的新茶。⑥家常饭：便饭。⑦炼丹砂：古代道教的一种"黄白术"。即炼制丹砂使人长寿。这又叫外功。内功则是自身通过丹田炼精、气、神。

【译文】
过着整天杏花村里喝酒的生活；住在有青竹数竿梅花几枝的隐士居住的地方，春天深耕播种秋天及时收获完庄稼。喝着刚滤过的新酒，吃的是现打的鲜鱼虾，还有鸡肉、烤乳猪、竹笋和紫藤花做成的菜。客人来了吃的是便饭，和尚来了喝的是谷雨节前采的新茶，空闲时间里我自个就开丹炉炼朱砂。

【评析】

多么宁静舒适的村居生活，当然会自足的。这种理想式的田园生活，很多曲家都写过，也都竭力追求过，还把它写成曲。如果表现出对自己所处时代现实的厌恶，弘扬人的生命价值，肯定人的自身觉醒，自有其历史价值；但，在当时是否真的能实现，又有几个人实现了。却叫我们这些后来人，尤其是元后六七百年的今天的读者，总难完全信服。

清江引

秋深最好是枫树叶，染透猩猩血①。风酿楚天秋，霜浸吴江月②。明日落红多去也！

【注释】

①猩猩血：深红、鲜红。②吴江：吴淞江。

【译文】

深秋时节最好的东西是那枫树的叶子，（猩猩血染透）里里外外都红得有如鲜血。西风慢慢把整个南方都变成秋天，严霜也把江南的月亮浸染成银白色。一到明天，枫叶纷纷衰落不见了！

【评析】

"霜叶红似二月花"。深秋的枫叶的确会给江南的山川增加无限的美色。这支曲子前四句尽写枫叶的"秋深最好"，意境弘阔，语言本色。最后一句却表现出对"落红"的无限愁绪。爱的越深，自然不忍离去了！

梧叶儿　客中闻雨

檐头溜，窗外声。直响到天明。滴得人心碎，聒得人梦怎成①? 夜雨好无情，不道我愁人怕听②！

【注释】
①聒（guō）：喧闹嘈杂。②不道：不管，不顾。

【译文】
房檐头上一个劲的溜水，窗子外面不停的嘀嗒声音。它们一直响到第二天早晨。这雨滴声把人的心都打碎了，这雨声吵得人连梦都做不成。这晚上的雨多么没有情意，不管我这个客居在外、漂泊异乡的人最害怕听的就是这夜雨声！

【评析】
一支曲子只三十四个字，就是这三十四个字，却把客居他乡异地人的愁绪，写得酣畅淋漓。写雨，几不提雨；写闻雨，紧扣由"闻"所引发的心绪。状物抒怀，颇多筹思；物由情染，情透物间；不是夜雨无情，而是游子心里思归的情太浓太深罢了！

周德清 二首

周德清，生卒不详。字挺斋，高安（今属江西省）人。元后期著名散曲作家、理论家。泰定元年（1324）著《中原音韵》两卷，成为北曲创作和理论的系统总结，"不惟江南，实当时之独步"（挺斋非复初《中原音韵序》）。《太和正音谱》评其曲"如玉笛横秋"。贾仲明《续录鬼簿》称他的曲"长篇短章，悉可为人作词之定格"。散曲现存小令三十一首，套数三套。

喜春来 春晚

鞿挑斜月明金鞴①，花压春风短帽檐。谁家帘影玉纤纤②？粘翠靥③，消息露眉尖。

【注释】

①鐙：同镫。马镫。韂（chán）：同鞯。鞍鞯。②纤纤：细嫩的样子。③靥：面上笑窝。古代女子常用颜料涂饰。

【译文】

明月的清光洒满晃动的马镫和金色的鞍鞯上面，插满鲜花的帽子，在春风摇曳中显得那么不起眼。竹帘里面窈窕美丽的女子，是哪一家的？她脸上的笑窝用青翠色装点，她的心思全从眉梢透露了出来。

【评析】

散曲通过一个风流倜傥少年的眼光，记述了初春时少女的家内梳妆打扮，含蓄地道出了她的心思。动静参合，勾画了了，有意境。

喜春来　别情

月儿初上鹅黄柳①，燕子先归翡翠楼②，梅魂休暖凤香篝③。人去后，鸳被冷堆愁。

【注释】

①鹅黄：淡黄色。②翡翠楼：翠绿色的高楼，即青楼。古代贵族妇女的居处，宋元以后，则指歌妓的住处。③篝：竹、藤编织的笼子。凤香篝是凤形香笼。

【译文】

月牙儿刚刚爬上淡黄色的柳树梢头，成双成对的燕子早已经飞回到那翠绿色的高楼，凤凰形状的熏香笼已经不再保存有梅花一样的清香。他人走后，鸳鸯被里的温暖就被堆满的冷凉和愁苦所代替。

【评析】

初春的傍晚，成双成对的燕子，早早飞回窝里，享受美满幸福

219

的家庭、爱情生活，少妇也精心地用凤形香篝保存那梅花的清香。曲前三句工整的鼎足对，层次显明地通过初春的新月，双燕和人，极写不分离的美满幸福，"人去后"的孤单、冷愁。构思绝妙，韵味无穷。

钟嗣成 二首

钟嗣成，生卒不详。字继先，号丑斋。大梁（今河南省开封市）人。屡试不第。后，久居杭州。至顺年间（1330—1332）著有《录鬼簿》两卷，保存了元代杂剧作家、作品的许多珍贵资料。作杂剧七种，均不存。贾仲明《录鬼簿续编》认为他的曲"脍炙人口"，朱权《太和正音谱》则评其词"如腾空宝气"。散曲现存小令五十九首，套数一套。

骂玉郎带过感皇恩采茶歌① 恨别

风流得遇鸾凤配②，恰比翼便分飞③，彩云易散琉璃脆④。没揣地钗股折⑤，厮琅地宝镜亏⑥，扑通地银瓶坠⑦。　香冷金猊⑧，烛暗罗帏。支刺地搅断离肠⑨，扑速地淹残眼泪，吃答地锁定愁眉⑩。天高雁杳，月皎乌飞⑪。"暂别离，且宁耐⑫，好将息！"　你心知，我诚实，有情谁怕隔年期⑬！去后须凭灯报喜⑭，来时长听马频嘶。

【注释】

①这个带过曲属南吕宫。由三支曲子组成。定格句式是：骂玉郎为七六七、三三三；感皇恩为四四、三三三、四四、三三；采茶歌为三三七、七七。共二十一句十六韵。骂玉郎又名瑶华令；采茶歌又名楚江秋。②鸾凤配：鸾鸟与凤鸟相偶配。比喻美满幸福的夫妻。③比翼：比翼鸟。相传这种鸟一目一翼，两只在一起比目比翼，才能飞翔。后常以喻夫妻。④脆：破碎。⑤没揣：无意间。⑥厮琅和下面的扑通、

支刺、扑速、吃答，都是形声词。⑦银瓶坠：借白居易"井底引银瓶"故事。⑧金猊（ní）：金制的猊狻（suān）状香炉。⑨支刺：很快地。⑩锁定：锁住、锁紧。⑪乌飞：太阳落了。传说中说太阳里有三足金乌。后有以金乌代指太阳。⑫宁耐：忍耐。⑬隔年期：很长时间。⑭灯报喜：灯花报喜。相传人要是有喜事，夜里的灯芯就会烧燎开花。

【译文】
英俊超逸的青年结识了一个美丽的佳人，正要比翼双飞时却不得不分手各奔东西，就像那彩云的容易消失、琉璃的容易破碎。霎时间金钗把儿断了，宝镜斯琅珰的损坏，汲水的银瓶扑通地一下子掉在井里。狻猊形状的金香炉里烟尽香冷，闺房里丝罗帏帐中的蜡烛也暗淡无色。这些一下子都搅断了别离人的愁肠，迅速地掉下了最后的几滴眼泪，马上又紧紧的锁住了愁苦的双眉。辽阔的天空，传讯的鸿雁不见了。太阳落山了，皎洁的月亮慢慢地升起。想："这只是暂时的分别，应该忍耐，应该好好的保养生息！"你心里清楚，我说话也算数，只要真情在，还怕什么长时期的分离？走了以后，应该麻烦灯花报喜，我回来时，你一定会听到长鸣的马儿，叫声迭起。

【评析】
曲贵创新。同样写别恨，这支带过曲就不落俗套。它抓住情人们分离前夕那段极为珍贵的机会，互吐情愫，喋喋不休。一方诉恨，一方安慰；一方山盟海誓，一方忧心忡忡。象声词语的排比连用，大大加强了人物的感情色彩，也袒露出他们内心的秘密。本色当行的语言，使本已情真意浓的感情，更加扣人心弦。周德清《中原音韵》把它定为"定格"，并说："音律、对偶、平仄俱好。"

凌波仙[①] 吊陈以仁[②]

钱塘人物尽飘零[③]，赖有斯人尚老成[④]。为朝元恐负虚皇命[⑤]。

凤箫寒⑥，鹤梦惊，驾天风直上蓬、瀛⑦。芝堂静，蕙帐清⑧，照虚梁落月空明⑨。

【注释】
①凌波仙：又名凌波曲。双调曲牌。定格句式是七七七、六六、三三五。共八句六韵，前两句及三三句均应对仗。作者的《录鬼簿》曾有二十一位作家的吊词。这是其一。②陈以仁：元代曲家。《录鬼簿》："陈以仁（《说集》本和孟称舜本均作陈存甫，天一阁本则作陈存父）字存甫，杭州人。以家务雍容，不求闻达，日与南北士大夫交游，僮仆辈以茶汤酒果为厌，公未尝有难色。然其名是而愈重。能博古，善讴歌。其乐章间出一二，俱有骈丽之句。"有杂剧二本。③钱塘：元代县名。在今浙江省，属元杭州路杭州府。即今杭州旧名。历代这里曾涌现出许多名流学者和作家。④斯人：这个人。这里指陈以仁。⑤朝元：道教的礼拜神仙。虚皇：太虚至尊。道教神仙。即天神。⑥凤箫：即箫。因其声如凤鸣，所以称。这里当指陈的散曲。《太和正音谱》称其词"如湘江雪竹"。⑦蓬、瀛：传说中的东海二仙岛，蓬莱岛和瀛洲岛。⑧芝堂：神庙。⑨虚：太虚，天。

【译文】
钱塘的名流学者大都流落他乡异地，今天只有依赖先生你一个的年高有德仍能支撑着杭州。为了给你礼拜，又恐怕辜负了上天的旨意。先生的散曲如凤箫吹出清冷的仙音，它惊破了白鹤的美梦，高歌赞颂。他乘御着天风直飞蓬莱、瀛洲仙岛。你居家的宁静，帐帘的清香，已映照在上天的栋梁，哪里还须什么明月清光？

【评析】
钟嗣成在《录鬼簿》卷下中，曾对元代二十一位同他交识的名公才人写了吊词，满腔热情地肯定了他们在元曲上的功绩，品评了他们的人品风格，记陈了他们的生活经历。这篇小令凭吊杭州的陈以仁，借景抒情，寄以哀思。

孟昉 一首

孟昉，生卒不详。字天肺，西域人。流寓太原及大都。至正十二年（1352）为翰林待制，官至江南行台监察史。时人称他"学博而识广，气清而文奇，盖欲杰出一世"。与苏天爵、张昱都有题赠。散曲现存小令十三首。

天净沙　七月①

星依云渚溅溅②，露零玉液涓涓③，宝砌衰兰剪剪④。碧天如练，光摇北斗阑干⑤。

【注释】
①这是作者[越调·天净沙·十二月乐词]十三首的第七首。②云渚：云边。渚：水边。③露零：露水降落。④剪剪：整齐的样子。⑤北斗：北斗星。

【译文】
星星儿紧靠云边很快的流动，透明的露水珠缓慢地滚动，玉石砌堆的墙边开败了的兰草，像剪刀剪的那么整齐。如深蓝色绸子一样的天空，闪动的星光纵横排列在北斗星旁。

【评析】
写七月，抓住碧空星夜动静结合的描写，令人心旷神怡。有如水墨画，韵味无穷。

倪 瓒 三首

倪瓒（1301—1374），初名珽，字元镇，号林子、幻霞子、荆蛮民等，无锡（今江苏省无锡市）人。家庭甚富，又懒于生产，自称"懒瓒"，亦号"倪迂"。元末著名水墨山水画家，与黄公望、吴镇、王蒙合称"元四大家"。好读书，善琴，亦工书法，藏书数千卷。诗文集有《清閟阁集》。散曲现存小令十二首。

人月圆

伤心莫问前朝事①，重上越王台②，鹧鸪啼处③，东风草绿，残照花开。怅然孤啸④，青山故国，乔木苍苔。当时明月⑤，依依素影⑥？何处飞来？

【注释】
①前朝：上一个朝代。这里具体指宋代。②越王台：春秋时越王勾践所筑的点兵台。越王在此卧薪尝胆，矢志雪耻。故址在今浙江省绍兴市西南的越王山上。③鹧鸪啼：鹧鸪鸟啼叫的声音好像是说"行不得也哥哥！"声音凄切。古代尝用此鸟的啼声表达悲怆之情。④怅然：失意的样子。⑤当时：当年。⑥依依：轻柔的样子。

【译文】
我再次登上越王台，难过的就不想再问那前一个朝代的故事。这儿是鹧鸪鸟悲叫的地方，东风吹绿了满地的青草，落霞照耀着已开的鲜花。我失意的仰天撮口发出激扬清脆的啸声，赞叹祖国的绿水青山和山上高大的乔木，地上深绿色的苔藓。上一个朝代皎洁的月光，轻柔而洁净，不知道它是从什么地方飞到这里来的？

【评析】

春秋时,越王勾践立志复国,遂有卧薪尝胆,"十年生聚",最后终于一举消灭吴国,报了仇,雪了耻。作者早次登上越王台,这些历史油然而现。但宋亡已有很多年代,复国无望,不禁"怅然""孤啸"。最后三句,犹如水墨山水画,以静反衬内心的激烈,而有不尽的意味。

凭栏人 赠吴国良[①]

客有吴郎吹洞箫[②],明月沉江春雾晓。湘灵不可招[③],水云中环佩摇[④]。

【注释】

①吴国良:宜兴荆溪(今江苏省)人。与倪瓒为好友。画家,亦善吹箫。有《荆溪清远图》,题有题记。②洞箫:即直吹的箫。吴国良善箫,吴郎即吴国良。③湘灵:湘水女神。指舜的二妃:湘君湘夫人。即娥皇、女英姊妹。她们善鼓瑟。④环佩:女子身上所戴妆饰物。

【译文】

外乡的朋友吴国良在月夜里吹起洞箫,月亮听了他的箫声也羞的不敢升上天空。可不要再招引得湘君湘夫人鼓瑟合鸣,还有其他女神们也闻声而至,环佩摇曳,叮当作响。

【评析】

这支曲子极力称颂吴国良高超绝伦的洞箫吹奏艺术。前两句箫声有"羞花闭月"的效果,后两句进一步通过神女们高超的鼓瑟,反衬出吴国良技艺的非凡。读之,有如月夜临莅亲自聆听其奏技。令人神往,令人心旷神怡。也可达到视听共享、时空并备的审美情趣。

折桂令　拟张鸣善①

草茫茫秦汉陵阙②，世代兴亡。却便似月影圆缺。山人家堆案图书③，当窗松桂，满地薇蕨④。侯门深何须刺谒⑤，白云自可怡悦。到如今世事难说。天地间不见一个英雄，不见一个豪杰。

【注释】

①拟：模仿。张鸣善：元代曲家。详见作者简介。张鸣善原曲今已佚。②陵阙：陵墓前的双柱形建筑。后泛指皇帝陵墓。③山人：作者自指。山林隐士的意思。④薇蕨：两种野生低等植物，可食。⑤侯门：王侯权贵之家。刺：即今名片。谒：拜见。

【译文】

秦汉时代的帝王陵墓，都已经是野草丛生，荒芜不堪。朝代的兴盛与灭亡，就像月亮的影子一样有圆有缺。我自己居住的地方，窗前有几棵桂花树，满地又有薇和蕨那样的野草，房子里面却满案都堆放着各样图书。王侯权贵的深宅大院，为什么要去拿上名片去拜访？大自然完全可陶冶性情，令人欣慰。直到今天，人世间的许多事情都很难去评说的。人世间如今已经再看不到一个英雄，也见不到一个豪杰。

【评析】

作者生活于元末这样一个大动乱的年代里，也经历了人间世的许多折磨。这首叹世抒怀的曲子，从历代的兴亡谈起，重点表叙了自己对当时社会现实的看法。"到如今世事难说"，语俗理透。正因为这样，他深感：英雄不见，豪杰没有，更不愿持刺谒侯门。只好安于那"山人"的生活。其实，曲中所表现的并不是那样。不过，意在言外罢了！

刘庭信 七首

刘庭信，生卒不详。原名廷五，行五，身体高大而黑，人称"黑刘五"。益都（今属山东省）人。散曲大都描写闺情闺怨，风花雪月。语极俊丽。与其人的"风流蕴藉"一致。元人杨维桢说他"纵于园，恣情之过"（《东维子集》）。散曲今存小令三十九首，套数七套。

醉太平 忆归

泥金小简①，白玉连环，牵恨惹恨两三番。好光阴等闲。景阑珊绣帘风软杨花散②，泪阑干绿窗雨洒梨花绽，锦烂斑香闺春老杏花残。奈薄情未还③。

【注释】
①泥金小简：用金粉绘制的短简。②阑珊：衰残，残败。③奈：无奈。

【译文】
用金粉精心绘制的短简帖儿，洁白的像玉石一样的一个接一个的寄来，牵惹起人一连串怨恨。那最好的时刻是不能轻而易举的放过。绣花帘子被风吹的摇摆不定，就连那烟花柳絮也散漫无边；泪水纵横落下，有如梨花开的时候的细雨洒向绿窗外面，又像闺房里鲜艳多彩的杏花已经开败。一切都那么衰落残败，多么无奈，那薄情的人儿他还没有回来。

【评析】
一件昔日绘制的简帖，勾起出无尽的情怀。睹物思人，心烦意乱。匠心独具的是作者把它写得酣畅淋漓。这主要是作者充分利用了散曲衬词衬句的特点。在三句鼎足对中,更把此中的情由和盘托出。

塞鸿秋　悔悟

苏卿写下金山恨①,双生得个风流信。亚仙不是夫人分②,元和终受十年困。冯魁到底村③,双渐从来嫩,思量惟有王魁俊④。

【注释】

①苏卿:庐州妓女苏小卿;双生:书生双渐。二人相爱。后双渐上京求官,长期未回,小卿被盐商冯魁买去做妾。冯魁拟带小卿到杭州去。临行前,小卿写情书留镇江金山寺内,盼望日后双渐返回后获知。双渐中状元后,返回寻找小卿。追至金山寺,只见到小卿的书信,读后,星夜赶赴杭州,追回小卿,结为夫妻。金山恨、风流信就是指苏卿遗留在金山寺内的信。这个故事在宋元间广泛流传,宋金元杂剧有许多就是写这一故事的。②李亚仙郑元和的恋爱故事。始见于唐人白行简的传奇小说《李娃传》。是说荥阳贵公子郑元和进京应试,宿长安北里妓院,与名妓李亚仙相爱。郑元和父亲坚决反对,将元和鞭打几死,弃之街头。为人哭丧送葬。后被李亚仙救助,终成夫妻。夫人分:做夫人的缘分。③冯魁:即苏卿双渐故事中的盐商。村:宋元俗语,蠢的意思,粗野的意思。④王魁:宋元戏曲小说人物。先甚贫寒,得妓女殷桂英救助,并结为夫妻。后王魁中了状元,将桂英休弃。桂英拿到休书,含恨自缢。南戏有《王魁负桂英》。

【译文】

苏小卿写下了金山寺的遗恨,双渐书生却得到了寄情的风流信;李亚仙没有做夫人的缘分,郑元和终于受了十年的磨难、困惑。茶商冯魁说到头来还是太愚蠢,双渐从来还不成熟,显得有些嫩。想起来只有王魁美俊。

【评析】

宋元时期出现了一批妓女爱情戏曲,大都描写妓女的痴情。如双渐与苏小卿、郑元和与李亚仙、王魁与殷桂英。在这支小令中,作者排比式的连用这三个故事,通过她们不同的遭遇,道出了获得真正爱情的不易。"悔悟"写一个初乍步入青楼妓女的从前辈姐妹中悟出的一点耐人寻味的道理。最后一句"思量起惟有王魁俊",耐人寻味。

折桂令[①] 忆别

想人生最苦别离。三个字细细分开,凄凄凉凉无了无歇。"别"字儿半晌痴呆,"离"字儿一时拆散,"苦"字儿两下里堆叠[②]。他那里鞍儿马儿身子儿劣怯[③],我这里眉儿眼儿脸脑儿乜斜[④]。侧着叫一声"行者"[⑤],搁着泪说一句听者:"得官时先报期程,丢丢抹抹远远地迎接[⑥]。"

【注释】

①作者〔双调·折桂令·忆别〕组曲共十二篇,能结合当时特定环境对妇女的痛苦心情,表达得细致妥帖。这里所选三首,分别是其中的第二、四、九首。②两下里:两处,两个地方。③劣怯:脚步不稳。同趔趄。④乜斜:侧迷双眼。⑤行者:离开的人。⑥丢丢抹抹:收拾打扮的意思。

【译文】

想起来:人一生中最难过的是离别。"苦离别"三字细致的分开来说,那是没完没了的凄凉。"别"字是很长时间的痴痴呆呆,"离"字是一时间的拆开,"苦"字是上下两个地方堆叠了起来。他那边骑的马,马上的鞍子和人都在打趔趄,我这边却是眉眼儿、脸、头都不敢正面对着他。只好侧斜着喊了一下"要走的人儿",立即热泪盈眶地说了一句叫他听的话:"得到官的时期就早早给我报个回来的日子,那时我将收拾打扮到很远很远的地方去迎你接你。"

【评析】

这首"忆别",以女子的口吻,匠心独具的把"苦别离"三个字细致的加以写述,而且巧妙的发挥了衬词的作用,突出"别离"那一刻的怨苦,清新自然,真切感人。

折桂令　忆别

想人生最苦别离,雁杳鱼沉,信断音绝。娇模样其实丢抹①,好时光谁曾受用,穷家活逐日绷曳②。才过了一百五日上坟的日月③,早来到二十四夜祭灶的时节④。笃笃寞寞终岁巴结⑤,孤孤另另彻夜咨嗟。欢欢喜喜盼的他回来,凄凄凉凉老了人也!

【注释】

①丢抹:屈辱、羞辱的意思。②绷曳:勉强支撑的意思。③上坟的日月:指寒食节。从冬至到寒食节共一百零五天。④祭灶:祭祀灶神是旧历每年的腊月二十四日。⑤巴结:奉承的意思。

【译文】

想起来,人一生最难过的是别离。传递书信的鸿雁和鲤鱼,一个不见影儿,一个深沉海底,从此信音全部断绝。当年那如胶样似漆样的大好时光再没法享受,穷贫困难的日子只好勉强支撑着,漂亮的脸蛋上蒙上羞辱,晦色无光。刚过了一百零五天就是寒食祭祖上坟的日子,眨眼间却又到腊月祭灶的二十四日晚。诚诚恳恳的一年四季对神灵那么虔诚供奉祭祀,孤孤零零地整夜唉声噢气,高高兴兴、欢欢喜喜地盼望着他能回来;到头来盼到的却是苍凉凄苦的人老珠黄!

【评析】

写别离相思之苦，几乎全用对仗和重叠连绵词，从而使情横溢字里行间，使"思"悱恻缠绵。那种孤身独处、饱受生活摧残的内心活动，时时刻刻思念丈夫的少妇情由，都活脱出来，生活气息浓烈，生活情趣浓厚，感情色彩可掬。对仗也工整讲究，造词炼句也精心。真是："恣情之过"。

折桂令 忆别

想人生最苦别离。不甫能喜喜欢欢①，翻做了哭哭啼啼。事到今朝，休言去后，且问归期。看时节勤勤的饮食，沿路上好好的将息。娇滴滴一捻儿年纪②，碜磕磕两下里分飞③。急煎煎盼不见雕鞍，呆答孩软弱自己④。

【注释】
①不甫：正好。②一捻儿：很小。③碜磕磕：艰难极了。④呆答孩：傻孩子。

【译文】

思想起来，人一生最难过的是别离。正能够欢欢乐乐相处的时候，却变成了戚戚哀哀的日子。事情已经到了今天这种地步，就不要再去说分别后要如何如何。先问你什么时候回来。出门在外，应该根据节令好好安排生活，吃好喝好。在路途上，也要好好保养身体。那么年轻娇嫩的人儿，硬是你走东来我去西。急呼呼地盼不到你骑马回来，把我这痴呆的人儿熬煎的气弱神亏。

【评析】

这一首别开生面，写别离后殷勤的惦记和"急煎煎盼归期"。两句体贴入微、推心置腹的叮咛，亲昵热血，牵肠挂肚，难能可贵。盼归的急切、专注，魂失魄落。三曲开头都用"想人生最苦别离",一唱三叹;接着,又不假景物,直摅胸臆。"持一情字,摸索洗发,挦扒不尽,写之不穷,淋漓浸渺,余有余力。"(明王骥德《曲律》)

寨儿令　戒嫖荡二首①

　　没算当,不斟量,舒着乐心钻套项②。今日东墙,明日西厢,着你当不过连珠箭急三枪。鼻凹里抹上些砂糖,舌尖尖上送与些丁香③。假若你便铜脊梁,者莫你是铁肩膀④,也擦磨成风月担儿疮⑤。

　　搭扶定,推磨杆,寻思了两三番。把郎君几曾是人也似看?只争不背上驮鞍,口内衔环,脖项上把套头拴。咫尺的月缺花残,滴溜着枕冷衾寒⑥。早回头寻个破绽⑦,没忽的得些空闲,荒撇下风月担儿趱⑧。

【注释】

　　①作者[寨儿令·戒嫖荡]共十五首,苦口婆心地讲劝青年戒嫖荡。这是第一、五两首。②套项:又名套头、项头。牲畜脖子上带的环形器具,用棉絮或草充实其内。③丁香:一种香料。古代常用以代指相思。④者莫:又作遮没,尽管的意思。⑤风月担儿疮:性病。⑥滴溜:形声词,立刻,迅速意思。⑦破绽:空隙,机会。⑧趱(shàn):走开,离去。

【译文】

　　不会精打细算,也不认真思考,竟心甘情愿去钻那牲口的项头,扑在风月行里。今天逛东家女,明天嫖西家娼,没完没了地弄的你抵挡不住那风花雪月场。鼻眼凹里抹的一点白砂糖,舌头尖上说的是肉麻话:整天把你想。如果你就是铜铸的脊梁骨,尽管你也是铁打的硬肩膀,也会被折磨得害下梅毒疮。

她把你迷惑住,就叫你给她推磨子。她经常是这样地想。把你这么个男子汉什么时候当人着看待?只不是如今你的脊背上还没有套上鞍鞯,嘴里勒上马衔,脖项上把套头套上。眨眼间花也败了,只剩下你一个;很快被窝凉了,枕边无人。还是趁早些打个借口,回心转意。就说你没有一点空闲时间。撒个谎,把那婊子撇开,离开那风月场、妓女院。

【评析】
娼妓是古代社会的一种畸形产物。作为妓女,自然有其各自的处境与艰难,但她们都曾使不少人倾家荡产,人伦堕落。这两支曲子以极其通俗的俚俗口语,揭示出妓女的虚情假意,口是心非,抨击了嫖娼的严重后果;苦口婆心地劝嫖荡者悬崖勒马、回头是岸。曲中似乎也有着作者的一段切身体会和深刻感受。

汪元亨　七首

汪元亨,生卒不详。元末人。字协贞,号云林,别号临川遗老。饶州(今江西省)人。后徙居常熟(今江苏省)。曾做过浙江省掾。散曲集有《小隐余录》与《云林清赏》各一卷。作杂剧三种,均佚。散曲现存小令一百首。套数一套。

醉太平　归隐①二首

辞龙楼凤阙,纳象简乌靴②。栋梁材取次尽摧残③,况竹头木屑。结知心朋友着疼热④,遇忘怀诗酒追欢悦⑤,见伤情光景敌痴呆。老先生醉也!

憎苍蝇竞血⑥,恶黑蚁争穴。急流中勇退是豪杰,不因循苟且。叹乌衣一旦非王谢⑦,怕青山两岸分吴越,厌红尘万丈混龙蛇。老先生去也！

【注释】

①汪元亨［正官·醉太平·归隐］共二十首。题又作《惊世》。②象简：象牙笏板。③取次：随便，按次序的意思。④着：关怀、体贴。⑤忘怀：不介意。这里指忘年交、莫逆交朋友。⑥竞血：争着吮血。⑦乌衣：乌衣巷。东晋时建康（今南京）的一条巷子。当时的豪门巨富王导、谢安都居住这里。王谢，即王导、谢安家族。

【译文】

交回那象牙笏板，脱掉那长筒黑靴，干脆告别龙楼凤阙的朝廷。如今这世道，有用的可以做梁做柱的材料，一个一个都被毁坏，更何况那些派不上用场的竹头木屑。还是结交一些能够知寒问暖的朋友，找几个情投意合、无所违忌的一块喝酒吟诗，寻求快活，看到伤心难受的场面只好装傻做呆。老汉我已经醉了！

讨厌那苍蝇们争抢着吮血，憎恶那黑蚂蚁们争夺洞穴。能在最得势的时候勇敢的退下来，才真正是人中的英杰，不要按着老样子得过且过。感叹那乌衣巷有一天终于不再是王导谢安家族所有，伤心的是青山绿水把一个国家分成两国，讨厌的是人世间贤愚难辨，黑白混淆。老汉我走了！

【评析】

这两支曲子从不同的侧面表述了作者归隐的原因。第一支里的"栋梁材尽摧折"是为曲"眼"，第二支的"急流中勇退是豪杰"又是点睛之笔。两首中的鼎足对，即前者的"结"、"遇"、"见"；后者的"叹"、"怕"、"厌"，不仅对仗工稳，而且意蕴深沉。历史的概括和现实的梳理，国家的命运与个人的得失，思想的认识和行动的感受，都那么自然融于笔端。寓庄于谐的结句，也自现作者性情。

醉太平 归隐二首

源流头俊杰①,骨髓里骄奢②。折垂杨几度赠离别,少年心未歇。吞绣鞋撑的咽喉裂,掷金钱踅的身躯趄③,骗粉墙掂的腿脡折④。老先生害也⑤!

度流光电掣⑥,转浮世风车⑦。不归来到大是痴呆,添镜中白雪。天时凉捻指天时热⑧,花枝开回首花枝谢,日头高眨眼日头斜⑨。老先生悟也!

【注释】
①源流头:即源头,水的发源处。②骄奢:即骄奢淫佚。③踅(xué):来回走转身的意思。趄:即趔趄,不稳、倾斜。④掂同踮(diàn):提起脚跟站立。腿脡:腿小腹部的肌肉。⑤害:祸害。⑥流光:光阴。⑦浮世:人间。⑧捻:两只指头相互搓揉。刹那间的意思。⑨日头:太阳。

【译文】
追根问底、溯水求源来看那些"英俊的豪杰"们,他们哪一个不是骨子里都是骄奢淫佚的家伙。多少次攀折杨柳枝送别,他那少年时的恶习仍然难改:寻花问柳口吞妓女绣花鞋撕破了咽喉;挥金如土东奔西走,身子也东倒西歪;偷香窃玉越墙穿户踮得腿的肌转骨折。这是老先生自招祸害!

那时光像闪电那样很快过去,人世又像风车那样旋转不息。不归居田园到头来就是个傻瓜,镜里的白头发越来越多。天气刚凉爽下来,转眼间又热了起来;花儿刚开,转过头去又都落了;正午的太阳眨眨眼的时间却又偏西。老汉我这下才省悟了!

【评析】

前曲对恶少的本性难移作了讽刺，刨根寻底。后曲揭示人生的规律，语重心长。一正一反，劝人归隐。但，仍不难发现作者愤世嫉俗的思想性格。也自有其时代的批判精神。

折桂令　归隐①

二十年尘土征衫②，铁马金戈，火鼠冰蚕③。心不狂谋，言无妄发，事已多谙④。黑似漆前途黯黯，白如霜衰鬓斑斑。气化相参⑤，谲诈难甘⑥。冷笑渊明，高访图南⑦。

【注释】

①作者有〔双调·折桂令·归隐〕二十首。这是最后一首。②征衫：即征衣。长期漂流在外人的衣服。③火鼠冰蚕：我国古代传说中的两种奇异小动物。苏轼诗说："冰蚕不知寒，火鼠不知暑。"④谙：熟悉。⑤气化：生与死。⑥甘：甘心。⑦图南：陈抟的字。最后两句《雍熙乐府》又作"笑取琴书，去访图南。"

【译文】

二十年漂流在外，灰尘满身，经历了人间许多事情，也经过不少个暑去寒来。心中不胡思乱想，口里不胡说八道，世间事大都经历过。前途黑暗，什么也看不见；两鬓头发，白雪一般。验证了生和死，不甘心坑蒙拐骗。看不起陶渊明，羡慕高隐陈抟。

【评析】

"二十年尘土征衫"的漂泊生涯，再加上社会的大动荡，对一个正直的知识分子来说，的确难以应付。有如作者在〔沉醉东风·归田〕中所说："二十载江湖落魄，三千程途路奔波。虎狼丛辨是非，风波海分人我。"正因为这样，曲中充满着对世道的愤怨，决心"高访图南"。

朝天子　归隐①

荣华梦一场，功名纸半张，是非海波千丈，马蹄踏碎禁街霜②，听几度头鸡唱③。尘土衣冠，江湖心量④。出皇家凤网⑤，慕夷齐首阳⑥，叹彭韩未央⑦。早纳纸风魔状⑧。

【注释】

①作者〔中吕·朝天子·归隐〕也有二十首。这是第五首。②禁街：皇宫里的街道。③头鸡唱：第一只鸡叫鸣。即鸡叫头遍。④心量：气量、胸怀。⑤皇家凤网：朝廷像罗网样的规章制度。凤网又叫麟凤网。⑥夷齐首阳：周灭商后，商朝遗民伯夷和叔齐，决心不作周官，不食周粟，隐居首阳山中，以薇蕨为食，最后饿死山中。首阳山，一名雷首山，在今山西省永济县县南。⑦彭韩未央：汉初韩信与彭越为刘邦建立汉王朝树立了不朽功勋，被封为诸侯王。后刘邦与萧何合谋将他们杀死在未央宫。未央宫，汉宫廷主要宫殿，是朝见的主要场所。故址在今陕西省西安市北郊汉城东南。⑧风魔：即疯魔。汉初蒯彻为避刘邦杀害，佯狂装疯。

【译文】

荣华富贵是一场梦，功名也不过字纸半张。是与非却像大海的风波，不时卷起骇浪惊涛。做官的经常是鸡叫头遍起床，满地青霜的时候，他骑的马已留下脚印。官儿像尘土一样，心儿却有五湖那样宽广，早日挣脱"麟凤网"。羡慕的是伯夷、叔齐隐居首阳山，感叹那韩信、彭越被杀死在未央宫大殿上，自己还是早些学蒯彻装疯做傻，递上辞呈，告老还乡！

【评析】

"出皇家麟凤网"的大胆唱出，表明作者的归隐，完全出自愤世嫉俗。这也是一种不平之鸣。

沉醉东风　归田①

籴陈稻新春细米②，采生蔬熟作酸齑③。凤栖杀凰莫飞，龙卧死虎休起。不为官那场伶俐④，槿树花攒绣短篱⑤，到胜似门排画戟⑥。

【注释】
①作者有[双调·沉醉东风·归田]二十首。这是第六首。②籴(dí)：买。③酸齑(jī)：酸腌菜。即浆水菜。④伶俐：干净。⑤槿：木槿花。⑥画戟：经过彩绘油漆的戟，大官或皇帝外出巡游时仪仗队所用。

【译文】
用买来的陈稻谷刚春出的细米，采摘下新鲜的菜蔬腌制成浆水菜。凤鸟归巢时凰鸟不必飞出，苍龙死睡时老虎不能爬起来。不做官时一切都很干净自在，把木槿花的细枝编成矮篱笆，远远超过那彩绘油漆的画戟。

【评析】
汪元亨共写有五曲百题归隐曲，总称《归田录》，"一时见重于人"。一题洋洋洒洒竟百首，可见思想的深沉。从全曲来看，鲜明的愤世嫉俗和对现实社会的批判精神，贯彻始终。这首曲是他"经数场大会垓"，"算百年人过半"，"刚跳出愁山闷海"归故山后所写。充满了欢乐舒畅之情，充满了自由解脱之感。从数量上到内容上，汪元亨的"归隐"自有天地，自有其情。在文学史上难能可贵。

卫立中　一首

卫立中，生卒不详。名德辰，字立中，后以字行。华亭（今上海市松江县）人。《太和正音谱》称他是"词林英杰"。亦善书法。散曲现存小令二首。

殿前欢

碧云深,碧云深处路难寻。数椽茅屋和云赁①,云在松阴。挂云和八尺琴②,卧苔石将云根枕,折梅蕊把云梢沁③。云心无我,云我无心④。

【注释】
①赁:租。②云和:琴名。即云和琴。因琴首有云状装饰,故名。为唐人创造。后又有云和筝、云和琵琶。③梅蕊:未开放的梅花骨头。沁,浸。④无我:真我。佛教语汇。无心,真心,佛教称人解脱无杂念的真心。

【译文】
青绿色的云,是那么遥远;去那里是很难寻找出一条路来的。想租赁那儿的茅草房,就必须同那儿的云一起租赁下来。云儿挂在茂密的松林处。在这里,我把自己经常弹的八尺长的云和琴挂了起来,不再弹奏;我又把云的根当做枕头,枕在头下,睡在长满苍苔的石头上,把那含苞待放的梅花折下来浸润那云端。云儿的心是真心,我和云的心都是真心。无心自安。

【评析】
句句写云,句句不离"云"字,不显雕凿,不见斧痕;我即是云,云就是我,云我一体,境界浑成。曲中的茅屋、松阴、云琴、苔石、梅蕊,词精意隽,撮合巧妙。

刘燕歌 一首

刘燕歌,生卒不详。元代歌妓,亦能词曲。夏庭芝《青楼集》有小传,称其"善歌舞"。散曲仅存小令一首。

太常引[1]

故人别我出阳关[2]，无计锁雕鞍[3]。今古别离时，蹙捐了蛾眉远山。一尊别酒，一声杜宇[4]，寂寞又春残。明月小楼间，第一夜相思泪弹。

【注释】

①太常引：仙吕宫曲牌。由词牌演化而成。两片。定格句式是（上片）七五、五七，（下片）四四五、五七。共九句七韵。②故人：此处指齐参议。阳关：地名，故址在今甘肃省敦煌县西部。③锁雕鞍：拴住马，不让马走。④杜宇：杜鹃鸟。

【译文】

老朋友离开我要到很远的地方去，我竟然想不出办法把他的马拴住，古往今来，别离是十分难过的：眉头紧蹙，使远山一样的眉毛，残捐不堪。敬上一杯又一杯送行的酒，就如同那杜鹃鸟声声哀鸣，血流不止。本来孤单的我，这下子更残破难完。洁白的月亮照进我的小楼，你走了以后，我头一个夜晚，就想念得泪湿衾被，久久不平。

【评析】

这是刘燕歌送别齐参议回山东时的一曲饯行曲。深情地表达了作者对情人的无限眷恋。用语简练，准确，悱恻缠绵。元人夏庭芝称之为"脍炙人口"（《青楼集》）。

兰楚芳 一首

兰楚芳，生卒不详。西域人。曾任江西元帅。《录鬼簿续编》称他"丰神秀英，才思敏捷"。《太和正音谱》评其曲"如秋风桂子"。与刘庭信同时。散曲现存小令九首,套数三套。

四块玉　风情

我事事村,他般般丑。丑则丑村则村意相投。则为他丑心儿真,博得我村情儿厚。似这般丑眷属,村配偶,只除天上有。

【译文】
我件件都粗鄙、愚蠢,他样样都丑陋、难看。丑陋就丑陋,愚蠢就愚蠢,可我俩却情投意合,就是因为他人丑心却实在才取得了我这个愚蠢人情真意厚。像我们这样愚蠢的夫妻,丑陋的家眷,世上难寻,天上少有。

【评析】
"意相投"的婚姻,是最美满的。这支曲子语言质朴地道出了人生这一追求。感情真切,思想高尚。对古代婚姻制度也是一种批判。

无名氏　四十首

水仙子　遣怀

百年三万六千场,风雨忧愁一半妨①。眼儿里觑,心儿上想。教我鬓边丝怎地当,把流年仔细推详②。一日一个浅斟低唱,一夜一个花烛洞房,能有得多少时光?

【注释】
①妨:伤害,损失。②流年:过去的年月。推详:仔细推算。

【译文】

人活一百年,也只有三万六千日;那中间的折磨熬煎就占了一半。眼睛中看的,心里思考的,都教我没法承受,难以抵挡。仔仔细细地掐着指头一算:天天喝酒听曲,夜夜宿娼放荡,还能够有多少正经时光?

【评析】

对人生价值的严肃思考,是元曲中的普遍主题之一。这支曲子是从一个侧面,表述出一种悲观绝望的思想。这就是与其终日履冰,倒不如"一日一个浅斟低唱,一夜一个花烛洞房"。这既是对人生的一种解脱,也是一种无可奈何的反抗。

寄生草　闲评

问甚么虚名利,管甚么闲是非。想着他击珊瑚列锦帐石崇势①,只不如卸罗襕纳象简张良退②,学取他枕清风铺明月陈抟睡③。看了那吴山青似越山青④,不如今朝醉了明朝醉。

【注释】

①石崇:西晋时的门阀贵族,豪华奢侈之极。一次,晋武帝的舅舅王恺把武帝赐给他高达二尺的珊瑚树,拿在他面前显耀,石崇见了立即用铁如意将珊瑚树打碎;然后从自己家里拿出五六个高达三、四尺的珊瑚树,给王恺看。又一次,王恺用紫丝布制成了一长达四十里的步障,石崇为了显示自己的富豪,竟用锦缎做成了一长达五十里的步障,压倒王恺。事分别见《世说新语》与《晋书》。②张良:西汉初的开国重臣,后激流勇退,求仙隐居,日以赤松子为食。③陈抟:见前注。④宋高士林逋有《长相思》词,说:"吴山青,越山青,两岸青山相送迎。"意思是游尽名山大川,踏遍青山。吴山、越山都在浙江钱塘江上。

【译文】

不要过问那些虚名空利,也不要去管那些闲是闲非。想到那西晋石崇铁如意击破珊瑚树,摆列五十里步障的威吓气势,还不胜学汉初张良脱下官服交回笏板访仙求道隐居山林,也学学宋初华山老道陈抟头枕清风身铺明月高卧不起。踏遍吴山、越山那样的青山绿水,也胜不过天天饮酒,醉了又醉。

【评析】

这篇"闲评"人生的小令,语言奔激,风格本色。开头两句,直赋其情;中间三句鼎足对,铺陈典故,宛如明珠走盘。一贬二扬,贬扬中表达出一种"势"不如"退","退"不如"睡"的人生哲学;末尾两个排句,更加渲染了曲的意旨:"不如今朝醉了明朝醉。"在艺术上确有着乔梦符所说"凤头、猪肚、豹尾"的特点。

梧叶儿

秋来到,渐渐凉,寒雁儿往南翔。梧桐树,叶又黄。好凄凉,绣被儿空闲了半张。

【译文】

秋天一来,天气慢慢转凉,此时,鸿雁也向南方飞去。梧桐树的叶子也开始变黄。多么寂寞悲伤:绣花被子一半无人,冰凉。

【评析】

这是一支民歌色彩浓郁的"闺怨曲"。前面一连五句,通过一组秋日的意象,渲染了凄凉的气氛,寄寓了真挚的情感。后二句切入正题,"好凄凉"的叹惋,燎人心肺。语言明快自如,又不浅露。真是"言愈浅,意愈深,余味悠远"。

喜春来 二首

窄裁衫褃安排瘦①，淡扫蛾眉准备愁②，思君一度一登楼。凝望久，雁过楚天秋。

江山不老天如醉，桃李无言春又归，"人生七十古来稀"。图甚的，尊有酒且开怀。

【注释】
①衫褃（kèn）：衣服腋下缝线的地方。②淡扫：轻描。

【译文】
裁衣服时把腋下裁窄小些，准备着瘦了穿，轻轻地描画眉毛，等待着承受忧愁。想念你一次，就上一次楼，久久的呆望着，无边的天空飞过的大雁，告诉我，这已经是秋天。

山水长青而老天却像把酒喝醉；桃花李花不声不响的落了，春天再一次离去，人活七十岁从来都是不多见的。还企求什么，只要杯里有好酒就开怀畅饮。

【评析】
第一支小令写闺怨，别出心机。"安排瘦"，"准备愁"，"一度十登楼"，多么心切，多么透骨；"凝望久"又多么专注。情切切，意绵绵，无限的愁和怨，犹如秋水长天，给人留下了多么辽阔深邃的空间。第二首悲叹人生，前喻后譬，右兴左比，自然、人世并提。"尊有酒且开怀"的无奈，全由现实所逼迫。言尽而意不尽。

叨叨令

溪边小径舟横渡,门前流水清如玉。青山隔断红尘路,白云满地无寻处。说与你寻不得也么哥,寻不得也么哥,却原来侬家鹦鹉洲边住①。

【注释】
①侬:我。鹦鹉洲:在今湖北省汉阳县西南的长江中。元曲中多借以做渔翁隐居的地方。

【译文】
房屋门前有一条小河,河水清彻透明得像玉石一样,沿着河边的一路,就可以到达横舟摆渡的渡口。这里四周的青山,把它和外界隔绝;满到处低矮擦地的白云,使你找不到它的真正地址。告诉你,这是没法寻找的呀!没法寻找的呀!我的家原来住在江中的鹦鹉洲上。

【评析】
这是一首不知道作者真实姓名的小令,蹊径独辟地描写了一个人间仙境。七句中,六句都写得扑朔迷离,给人一种浮想翩跹、安谧恬静、深远辽阔的意境。由"迷离"而迷人。最后一句"得其环中",全现曲境,既符合曲境的酣畅淋漓,又满足了读者的审美心理。在同类曲中,实属难能可贵。

叨叨令

黄尘万古长安路,折碑三尺邙山墓①;西风一叶乌江渡②,夕阳十里邯郸树③。老了人也么哥,老了人也么哥!英雄尽是伤心处。

【注释】

①邙山：即北邙山，在洛阳城北。汉魏以来的帝王多葬于此。②乌江：在今安徽省和县东北苏皖交界处的乌江镇一带。楚汉相争中，项羽兵败在此拔剑自刎。③邯郸树：《枕中记》中的大槐树。详见前注。

【译文】

千百年来，求取功名的书生，把个上京师去的大道，踩得尘土飞扬；埋葬历代帝王的北邙山坟荒碑断；西楚霸王项羽自刎乌江也只留下秋风落叶；大槐树下的荣华富贵梦淹没在十里的夕阳残照里。他们人都死了呀，人都死了呀！过去的英雄豪杰没有一个不令人难过。

【评析】

这是一首叹世伤怀的曲子。前四句连壁相对，次第分明。精心选择的四个词："长安路"、"邙山墓"、"乌江渡"和"邯郸树"，分别概括了古代四个不同的阶层和人生追求：功名、富贵、霸业、美梦。"美梦"安排在最后，可谓匠心独运，因为它一语双关，以虚概实。这里要做历史的审视，确有其低沉的一面，但又不全是。"英雄尽是伤心处"正补了前者之缺。低沉中有着反思。

叨叨令

绿杨堤畔长亭路，一樽酒罢青山暮。马儿离了车儿去，低头哭罢抬头觑。一步步远了也么哥！一步步远了也么哥！梦回酒醒人何处？

【译文】

去长亭饯别的路两旁杨柳翠绿，一杯酒喝完天就黑了。低下头哭完后又抬头看：骑马的人走了，坐车的人也回去了。一步一步的走远了呀! 一步一步的走远了呀! 等到再从酒醉的睡梦中醒来,他们又不知到了什么地方?

【评析】
元曲中赋别情、写饯别的曲子很多,但都自有特色,自有情趣。这首则抓住分手的刹那间,尽情铺排,写得穷形尽相。"低头哭罢抬头觑",给人一种动态的美。

红绣鞋

又不是天魔鬼祟①,又不是触犯神祇②,又不曾坐筵席伤酒共伤食。师婆每医的鬼祟③,大夫每治的沉疾,可教我羞答答说甚的?

【注释】
①天魔鬼祟:天降的妖魔鬼怪。②神祇(qí):天地神灵。祇,土地神。③师婆:女巫。

【译文】
也不是妖魔鬼怪作乱,也不是冒犯了天神土地,也不是宴会席上酒喝的多饭吃的过。女巫们干的是驱妖降魔,看病先生们医治的旧病大疾。我的病教我羞怯怯的怎么说得出口?

【评析】
正言反说是元曲的一大特色。这支曲子,七句用了七个否定句,道出了情窦初开少女相思的微妙心态。内心独白式的艺术手法,更为曲增添了诸多迷人色彩。语言的本色当行,口吻的喃喃毕肖,令人叫绝。

寨儿令

鸳帐里，梦初回；见狞神几尊恶象仪①：手执金锤，鬼使跟随，打着面独脚皂纛旗②。犯由牌写得精细③，劈先里拿下王魁④，省会了陈殿直⑤，李勉那厮也听者⑥：奉帝敕来斩你伙负心贼⑦！

【注释】
①狞神：狰狞凶恶的神。这里指小鬼判官。②皂纛：黑色大旗。③犯由牌：宣布犯人罪状及其缘由的告示牌。④劈先里：最先。王魁：宋元戏曲人物。见前注。⑤省会：告知、照会。陈殿直：宋元戏曲小说人物，名叔文，曾授职殿直。授职后，因缺资无法赴任。得妓女兰英的全力资助。后又瞒着发妻同兰英结婚。船行至中途，又将兰英推入水中，欲求另欢。兰英鬼魂痛陈叔文负心，竭力向陈索命报仇。事见宋人刘斧传奇小说《青琐高议》。⑥李勉：宋元戏曲人物。因与她人私通而背叛妻子韩氏，为其岳父发现并严加训斥。李怀恨在心，趁机将妻子鞭打至死。⑦帝敕：此指阴曹地府阎王的诏令。

【译文】
鸳鸯被子里刚刚睡着，就看见几个面目狰狞的，手里拿着金瓜锤，后面还跟着一些鬼当差，擎着一面缺一只脚的黑色大旗。宣判犯人罪状的告示牌上，清清楚楚的写着：头一个是捉拿王魁，又照会了陈叔文，叫李勉那家伙也听着：奉了阎王的圣旨来处斩你们这一伙忘恩负心、没有良心的贼子！

【评析】
宋元戏曲里出现了一批谴责"富贵易妻"的婚变戏。《王魁》、《陈叔文》、《李勉》都是。这些戏曲的家喻户晓，也才有"痴情女子负心汉"的谣诀。这支曲子借助梦境，表达女性对这些负心汉的最终审判，痛快淋漓，尖锐泼辣。虽然借助的是超自然的力量，但仍体现了她们共同的心愿。

普天乐

木犀风①，梧桐月；珠帘鹦鹉，绣枕蝴蝶。玉人娇一晌欢，碧酝酿十分悦②。断角疏钟淮南夜③，撼西风唤起离别。知他是团圆也梦也，欢娱也醉也，烦恼也醒也。

【注释】
①木犀：即桂花树，又叫月桂、九里香。②酝酿：指酒。③断角疏钟：齐整的号角疏稀的钟声。

【译文】
桂花随风飘洒出清香，梧桐树梢挂着月亮；精制的窗帘上镶嵌着能知人意的鹦鹉，绣花枕头上刺绣着的蝴蝶成对成双。和美人儿厮守片刻，喝绿酒，多么高兴，多么慰悦！规律的号角声，时断时续的钟声，划破淮南的夜空；强劲的西风，摇动醒人儿，催人分别。不知道这究竟是做梦还是真的团聚；是真的在调情还是醉酒中的行动，是糊里糊涂还是清清醒醒！

【评析】
这支曲子又题作《秋夜闺思》。它选取了最富秋夜特征的一组景物，为一对玉人的片刻欢会，作了极巧妙的铺垫，并把她们的沈醉相悦点染得浓而又浓。接着用了两句催别离的描写，又使曲情直转急下，从而造成她们极强烈的情感反差和心理落差；最后三句的"六也"，又使全曲出现"一波三折"，也使玉人复杂的心理状态，从跃然笔下到力透纸背。散曲的风神品格、曲词意境，在这里也得到很好的体现。

塞鸿秋　春怨

腕冰消松却黄金钏，粉脂残淡了芙蓉面。紫霜毫点遍端溪砚①，断肠词写在桃花扇。风轻柳絮天，月冷梨花院，恨鸳鸯不锁黄金殿。

【注释】

①紫霜毫：紫色兔毛制成的笔。端溪砚：即端砚，因产于今广东省肇庆市的端溪而得名。自唐至今，均为名砚。

【译文】

冰洁玉白的手腕一瘦，黄金手镯马上就松下来；胭脂璞粉脱落掉，像鲜荷一样的脸蛋也就暗淡了。紫兔毛笔不停地在端砚上醮墨，把无限悲伤的诗词写在桃花扇上，轻风拂动柳絮的春天，明月静静地照进梨花盛开的庭院，可惜金屋里没有交颈的鸳鸯双眠。

【评析】

曲一开始，就是四句连环对，接着又是"风月"对仗，精心描摹，尽情铺叙，有情有景，情景胶和。怨春怨人，春怨人怨，汇合成一"恨"字，乍爱乍怜。最后把这种"恨"集中在那交颈而栖的鸳鸯鸟身上，一语双关，情理亦自现。

雁儿落带过得胜令　指甲

宜将斗草寻①，宜将花枝浸，宜将绣线挦②，宜把金针纫。宜操七弦琴③，宜结两同心④，宜托腮边玉，宜圈鞋上金⑤。难禁，得一掐通身沁。知音，治相思十个针。

【注释】

①斗（dòu）草：竞争胜负用的草。古代有一种游戏叫斗百草，就是比赛草的性能或外观，以草做为比赛的对象。②挦（xián）：扯，拉。③七弦琴：即古琴。④同心结：用绵、绸带子打成的一种连环往复的结子，用作男女相爱的一种信物。⑤圈：卷缠的意思。

【译文】

适合把百草找寻，捉草相斗；适合提壶把花浇；适合把绣花丝线摅扯；适合给绣花针穿线；适合弹奏七弦古琴；适合编织同心结；适合手托脸旁金银手饰；适合给绣花鞋上卷缠缕金。又怎么能经受得起她用指甲掐一下，全身都会酥麻。它是医治情投意合人相思病的十苗针。

【评析】

这是一支巧体散曲，前八句，句句镶嵌一个"宜"字，从而使曲通贯、流畅。自然对曲中所写人事备感亲切。它通过女子指甲的描写，透露出对她的无比怜爱。"难禁，得一掐通身沁；知音，治相思十个针"两句，说明了"醉翁之意不在酒"。

雁儿落带过得胜令

一年老一年，一日没一日，一秋又一秋，一辈催一辈。一聚一离别，一喜一伤悲。一榻①一身卧，一生一梦里。寻一伙相识，他一会咱一会；都一般相知，吹一会唱一回。

【注释】
①榻：一种十分简陋的小床。

【译文】

一岁老似一岁，一天超过一天，一秋接着一秋，一代催促一代。有一次欢聚就有一次别离，有一回高兴也就会有一回难过。一张小床一个人睡,一生的日月就像做了一场梦。寻找一批相互认识的,他们相会一次咱也相会一次;大家都是一样的知心,吹拉弹唱一次引吭高歌一次。

【评析】

这又是一支嵌字曲。它通过数字上的"一"巧妙地贯串了作者对人生的认知。前四句从日月的流逝道出了年华的易逝;接着的两句,写了人生的悲欢无常、聚散无定;七八两句则流露出元曲中的一种普遍思想,这就是浮生如梦;最后四句两组工对,总括曲意,高唱自得其乐的旷达人生态度,不仅透露出人生辛酸的思想,也表明了作者对现实的一种不满。作为"巧体曲"在内容表述上的"巧妙"也在这里。

沉醉东风 维扬怀古[①]

锦帆落天涯那搭[②],玉箫寒江上谁家[③]?空楼月惨凄,古殿风潇洒。梦儿中一度繁华,满耳边声起暮笳[④],再不见看花驻马。

【注释】

①维扬:即古扬州,在今江苏省扬州市。②"锦帆落"句:晚唐诗人李商隐《隋宫》"玉玺不缘归日角,锦帆应是到天涯"。意思是说,隋炀帝游江南,如果皇权不是落李渊手中,他的锦帆游船一定会到达天的尽头。锦帆,豪华富丽的帆船。此句翻化李前诗而成。③"玉箫寒"句:晚唐诗人杜牧《寄扬州韩绰判官》:"二十四桥明月夜,玉人何处教吹箫。"曲中此句即翻化杜牧此诗而成。④笳:即胡笳。我国北方民族常用的一种吹奏乐器。汉魏时常用于军乐。

【译文】

豪华富丽的帆船停留在天边的那里,令人心寒的箫声是从江上哪一家传出?人已去,楼已空,月色惨凉凄清,古老的宫殿里只有萧瑟的秋风声。梦里面曾经一度繁华荣耀,充耳的却只有边地那日落的悲笳,哪里还有下马观花的情致!

【评析】

元代之前,扬州作为东南商贸集散地,曾有过一度的繁华兴盛;可是后来日趋萧条。这支怀古曲,通过扬州的古今对比,抒发了作者哀古叹今的情怀。选典精心,叙述动情。

沉醉东风

拂水面千条柳线,出墙头几朵花枝。醉看雨后山,醒入桥边肆。正江南燕子来时,到处亭台好赋诗,少几个知音在此。

【译文】

千万条柳丝在水面上轻轻摆动,几枝含苞待放的花朵悄悄露出墙头。喝醉时遥望雨后青山,酒醒后再到小桥边的酒店。这正是燕子从江南飞来的春天,不管什么地方的亭台楼阁,都是喝酒吟诗的场所,只是还缺少几个知心的朋友一同赏玩。

【评析】

柳拂水面,花出墙头,雨后空山,桥边酒肆,双双燕子,处处亭台。面对如许春色,本应饮酒赋诗,可惜少却了几个知己,从而产生了伤感惆怅。"新亭对泣",怆怀故国之情也扑面而来。句句写景,句句泄情。景语即情语也。

沉醉东风

垂柳外低低粉墙,烛花前小小牙床[①]。镇春寒翡翠屏[②],藏夜月芙蓉帐。几般儿不比寻常,回首桃源路渺茫,手抵住牙儿慢想。

【注释】

①牙床：精制的床。②镇：此处作"挡"解。

【译文】

倒垂柳丝的外边是矮矮的白墙，蜡烛火花跟前是精美的小床。青绿色的屏风挡住了早春的严寒，粉红色的床帐里包容了良夜的月光。手儿撑扶着下巴仔细思索，这里的享受很多都不是普通人能够有的，回头一想，距离那桃源仙境却很远很远。

【评析】

这是回首往事的一篇作品，尽写其甜蜜、温馨，心理刻画细腻准确，语言雅俗共赏。

折桂令

叹世间多少痴人，多少忙人，多少闲人。酒色迷人，财气昏人，缠定活人。钹儿鼓儿终日送人，车儿马儿常时迎人。精细的瞒人，本分的饶人。不识时人，枉只为人。

【译文】

感叹那人世间有多少傻子，他们大都是些奔波劳碌的人；只有少数才是无所事事的人。喝酒贪色迷惑人，聚财使气冲昏人，它们都死死的拴着人。整天敲锣打鼓送客人，经常用车马迎贵宾。精心细致的瞒哄人，安分守己的饶恕人；不认识时势的人，是不会做人的人。

【评析】

曲子劝人"识时"，既表现出对现实芥蒂，又反映出一种混世思想。但对酒、色、财、气的批判，却也有其应该肯定的地方。

清江引　牡丹

寂寞一枝三四花，弄色书窗下。为着沉香迷①。梦见马嵬怕，且潜身住在居士家②。

【注释】
①沉香：沉香亭。唐玄宗时宫中的一个小亭，周围广植牡丹花。一次，唐玄宗同宠妃杨玉环亭前赏花，令翰林学士李白依花填词赞颂。李白随即写成《清平乐三首》。词中把杨贵妃与牡丹花融为一体，倍加赞赏，并以"春风"喻唐玄宗。所以深受帝妃赞誉。事见《太真外传》。②居士：入佛、道教而不出家的人。后泛指在家修行的人。

【译文】
孤零零的一株牡丹上面开了三四朵花，它总想让书生把自己移植在他的书房窗户底下。为了像唐宫中沉香亭畔那样迷人，梦里却经受了杨贵妃自缢的惊吓，不得不隐藏在在家修行的居士家。

【评析】
拟人化的描写牡丹，又融入历史故事在内，从而使牡丹赋予了人的感情和思想，作者的处世哲学与人生观，也自然流露出来。

清江引　秋花

睡起不禁霜月苦，篱菊休相妒。恰与东风别，又被西风误，教他这粉蝶儿无去处。

【译文】
花开经受不住七月风霜的摧残。竹篱笆内的菊花也不要妒忌我开在你的前边。刚离开了春风的沐浴。却被秋风耽搁了我的花年，这教那小白蝴蝶到哪里去采花寻甜。

【评析】

秋天的花,的确多灾多难,它要经受秋风秋雨秋霜的折磨、摧残;人要是处在一个动乱不堪的时代,同样是命运难卜,生活难保。这支曲以花拟人,也以人比花,细嚼,韵味无穷。

清江引

春梦觉来心自惊,往事般般应①。爱煞陶渊明,笑煞胡安定②,下梢头大都来不见影③。

【注释】

①般般:桩桩、件件。②胡安定:晚唐诗人,名曾,字安定,邵阳(今湖南)人。有《安定集》一卷。热衷功名,屡试不第。③下梢头:结果,最后。

【译文】

从繁华富贵的梦中醒来。自己一下子领悟过来;过去的事情也一桩一桩的都应验了。令人最钟爱的是陶渊明,叫人最可笑的是胡安定,他们结果大半都落了空。

【评析】

一场春梦醒来,作者才大彻大悟。最后选择了归居田园的路。

山坡羊

渊明图醉,陈抟贪睡,此时人不解当时意。志相违,事难随,由他醉者由他睡。今朝世杰非昨日①。贤,也任你;愚,也任你。

【注释】

①世杰：当世的英雄豪杰。

【译文】

陶潜求取的是一醉方休，陈抟贪图的是长睡不起，这是当今人不明白他们当时的意图。志向不同，从事就无法随从，任他沉醉，任他酣睡。如今世上那些英雄豪杰和过去的不同。说谁贤良，都由着你；说谁愚傻，也由着你。

【评析】

历来对陶渊明的嗜酒、陈抟的贪睡自有其评说，见仁见智，很难公辨。这支曲子却以相当肯定的语言表述作者的看法。最后的两组曲词，入木三分的揭示出"今朝世杰"们以"我"之是非为是非的老底。有胆识，有眼光。

山坡羊

驰驱何甚，乖离忒恁①，风波犹自连头浸。自沉吟，莫追寻，田文近日多门禁②。炎凉本来一寸心。亲，也在您；疏，也在您。

【注释】

①乖离：抵触。忒（tuī）：过于。同太。②田文：即孟尝君。见前注。

【译文】

到处奔波是那样卖力，两相抵触也那么厉害，人世的风雨波浪仍然迎头泼来。独自沉思不要寻根问底，好招贤蓄士的孟尝君近来竟门卫森严。人心都有冷和热，对谁亲近，全在于您；对谁疏远，也在于您。

【评析】

"任人唯亲"的社会里,饱才多识的人,尽管竭诚心力,往往仍会落得一个悲惨的下场。这种残酷的现实,迫使不少人去"沉吟"。这首小令就是作者"沉吟"后的所得。尖锐,深刻;泼辣、大胆。在元代是很有现实意义的。

凭栏人　萤①

点破苍苔墙角萤,战退西风檐外铃②。画楼秋露清,玉栏桐叶零③。

【注释】

①萤:俗名萤火虫。腹部末端有发光器,闪烁发光。夏夜飞行活动,所以又称留萤。古代误认为它是由腐草变成的。②战退:畏惧的意思。檐外铃:古称铁马。即屋檐上所挂的风铃。③零:败落。

【译文】

墙角角的萤火虫是从腐败的湿潮的草中产生的。它最怕那秋风乍起摇动风铃。画梁高楼露水清冷,雕栏外梧桐树叶凋零。

【评析】

这支咏萤曲,突出了萤火虫惧秋的心态,反复渲染,多方描写,使人强烈地感受到弱小生命生存的艰难。但是,透过萤生命的苦短,不也可以领悟出强权对弱者的摧残吗?

红衲衣①

那老子彭泽县懒上衙②,倦将文卷押③,数十日不上马。柴门掩上咱④,篱下看黄花。爱的是绿水清山,见一个白衣人来报⑤,来报五柳庄幽静煞⑥。

【注释】

①红衲衣：又名红锦袍。黄钟宫曲牌。定格句式是六六六、五五、六六六，共八句六韵。②彭泽县：在江西省东北部。晋陶渊明曾在这里做过县令。上衙：到县署处理公文、案卷。③押：批阅公文案卷，并在上面签名。④咱：元曲常用词，无意思。⑤白衣人：仆人。⑥五柳庄：陶渊明隐居的地方。见前注。

【译文】

那个陶潜县令在彭泽县时，是不常升堂办事，也很少批阅公文案卷，有时，几十天都不骑马外出。他家的篱笆门老是闭着，在竹篱下观赏菊花。他钟爱的是青的山绿的水，看到一个仆人来向他报告，报告说，五柳庄环境幽雅清静极了。

【评析】

全曲调动笔墨，多方面的描写并赞扬了陶渊明的归园田居生活。真切自然，妙趣横生。作者自己的生活理想与追求也不言自明。

贺圣朝①

春夏间，遍郊原桃杏繁，用尽丹青图画难②。道童将驴鞴上鞍③，忍不住只恁般顽，将一个酒葫芦杨柳上拴。

【注释】

①贺圣朝：黄钟宫曲牌。定格句式是三六七、七六六，共六句六韵。②丹青：绘画用的颜料，红色和青色；有时代指图画、绘画。③鞴（bèi）：把鞍辔等套在马上。

【译文】

春夏之间，郊外的原野上遍地都是盛开的桃花和杏花，就是把所有的绘画颜料用完，也把这迷人的景色画不出。小道童给驴套好了鞍辔，不由自主的被春色吸引，任性玩赏，还把一个装酒的大葫

259

芦，拴挂在杨柳树枝上。

【评析】

通篇是写道童"忍不住只恁般顽"。写春色的迷人，别出心裁，生活情趣浓厚，人与大自然融为一体，给人以美的享受。春色盎然、童趣天真，语言流畅，感情真挚。

玉交枝[①]

休争闲气，都只是南柯梦里。想功名到底成何济[②]？总虚脾[③]，几人知？百般乖不如一就痴，十分醒争似三分醉[④]。只这的是人生落得[⑤]，不受用图个甚的！

【注释】

①玉交枝：又名玉娇枝。南吕官曲牌。又可入双调。定格句式是四四、七六七、七三七，共八句八韵。②何济：何益。③虚脾：虚假。④争似：怎么能超过。⑤这的是：这是。

【译文】

繁华富贵都只不过是一场幻梦，就不要为它生那不必要的气。想一想那功名终究有什么好处？全都是虚假的，这有几个人知道？绝顶的精明，还不胜一时的糊涂，十分清醒又怎么能胜过三分的醉眼朦胧，只有这才是人一生真正的满足，不享受又图的个什么！

【评析】

这支小令多么像一篇曾参透人生、老于世故的人，用闲谈的口气道出的警世通言。它表述了这样一种人生态度：既然人生梦一场。功名纸半张，一切都是假；为什么不装痴卖傻，在酣醉之中逃避清醒时的苦痛？表面上的疏放旷达，却饱含对人生的无奈和世事不平的抨击。

殿前欢①

谪仙醉眼何曾开②，春眠花市侧。伯伦笑口寻常开③，荷锸埋④。曾何碍？糟丘高垒葬残骸⑤。先生也快哉！

【注释】

①曲名《全元散曲》作［双调·殿前喜过播海令·大喜人心］，共三支曲子，这里只选了第一支曲子。②谪仙：指唐代诗人李白。③伯伦：即刘伶，字伯伦。见前注。④荷锸埋：扛着铁锹埋。《晋书·刘伶传》：伶"尝乘鹿车，携一酒壶，使人荷锸而随之，谓曰：'死，便埋我！'"⑤糟丘：酒糟堆积得像山一样。

【译文】

李太白从来没有睁开过自己朦胧的醉眼，长卧在花丛的跟前；刘伶经常张着那笑哈哈的嘴，让随从的人扛着铁锹，一死便埋掉！把身子葬埋在堆积如山的酒糟里，又有什么不应该？老先生们，大家都应该快快乐乐的生活！

【评析】

"借他人酒杯浇自己的块垒"，这是中国古典文学中的一种普遍现象。这支曲子借李白、刘伶的笑傲人生，放浪形骸，抒发了作者的情怀，宣泄了自己不平之气。快人快语，酣畅痛快。显示出元曲的特色。

驻马听

月小潮平，红蓼滩头秋水冷。天空云净，夕阳江上乱峰青。一簑全却子陵名①，五湖救了鸱夷命②。尘劳事不听③，龙蛇一任相吞并。

【注释】

①子陵：东汉富春江隐士严光，字子陵。全，成全。②五湖：太湖的别名。鸱夷：范蠡的别号。曾于功成后泛舟五湖。③尘劳事：尘俗的事情。

【译文】

月亮由圆到缺，海潮也平静了；长满红蓼草的河滩上，秋天的水也慢慢变得冰凉。天空中没有一丝云，江上落日余晖中，远处的峰峦座座青莹。一件蓑衣成全了严子陵雨中垂钓的名声；泛舟太湖挽救了范蠡的生命。不要听那些尘俗的闲杂事情，苍龙和蛇从来都是：不是你吞吃掉我。就是我吞吃掉你。

【评析】

从对秋色的赞颂自然过渡到历史上的著名事件，过渡到人世间的"龙蛇一任相吞"，作品的思想倾向也就自然流露出来。

醉太平

利名场事冗①，林泉下心冲②。小柴门画戟古城东，隔风波数重。华山云不到阳台梦③，磻溪水不接桃源洞④，洛阳城不到武夷峰⑤。老先生睡浓。

【注释】

①冗：繁复杂乱。②冲：淡泊、冲和。③华山云：相传南朝宋时，一士子从华山畿经过，遇一少女。遂产生爱慕之情，但又苦于没机会亲近，郁郁而死。后士子的葬车过华山至少女家门口时，牛不行，车不前。少女梳妆打扮而出。唱《华山畿》歌。此时棺木应声而开，少女入棺，合葬华山畿下。阳台梦：即高唐神女与楚王的故事。述巫山神女主动献身楚王，朝云暮雨，欢娱一时。④磻溪：在今陕西省宝鸡县西南的渭河畔上。相传殷周时周文王曾访姜尚（子牙）于此。姜子牙曾隐居于此。桃源洞：即刘晨、阮肇深山采药所见天台山神仙境界。⑤洛

阳：中国著名的古都之一。很多朝代在此建都。一度繁华兴盛。即今河南省洛阳市。武夷峰：即武夷山。在今福建省西北部。古代为"道阻未通，川雍未决"的荒凉地方。

【译文】

名利场上的事情冗杂繁复，山林河水旁的人心是冲和淡泊。用荆柴所做的小门就好像古老京城东门外摆列的"画戟"，隔断了人世间很多很多的风雨险恶。华山畿纯真少女的以死殉情，绝不会像巫山神女那样；姜子牙垂钓的磻溪河水也和桃源洞的神仙境界不相通，繁华兴盛的洛阳城也不会落到武夷山那样的与外界隔绝。老先生酣睡了。

【评析】

曲巧妙地通过一组鼎足对，从正反两个方面，称颂了"林泉"生活的清静、淡泊，批评了"利名场事冗"。内容充实，意象丰富；而且寓理于事，寄情于人。有着极强的艺术魅力。

醉太平

急烹翻蒯彻①，险饿死灵辄②。今人全与古人别、渐学些个转折③。撩胡蜂赤紧冤了毒蝎④，钓鲸鳌不上叉了柴鳖⑤，打青鸾无计扑了蝴蝶。老先生手拙⑥。

【注释】

①蒯彻：即蒯通。见前注。②灵辄：晋灵公时的人。家庭甚贫，后得赵宣子（赵朔）赏给他父子饭食，方得维持生计。在赵屠两家的矛盾斗争中，晋灵公曾派他去刺杀赵宣子，他感其恩不忍，倒戈解救了赵宣子。③转折：回头。④撩：取。赤紧：紧要。⑤叉：扎。⑥拙：笨、愚。

【译文】

急匆匆的用油锅煮蒸了蒯通,险乎乎饿死了灵辄寒士。今天的人和古代人是不一样的,慢慢学会转向的本领。抓胡蜂紧要的是冤枉了毒蝎,钓鲸鳌那样的大鱼上不来竟叉住了小柴鳖,捕捉青鸾鸟不料却扑捉了蝴蝶。老先生手也太笨拙了。

【评析】

这支愤世曲,通过一系列历史故事和生活事例,巧妙地表述出贤愚不辨、古今不同的思想。现实感很强。

醉太平

近三叉道北①,傍独木桥西。凿开数亩养鱼池,编一遭槿篱。蜂儿值早衙催酿就残花蜜②,莺儿啼曙光移梦绕芦花被,燕儿飞矮帘低衔入落花泥。老先生未起。

【注释】

①三叉:三条叉路。②早衙:古代早晨的升衙理事。

【译文】

靠近三岔路口的北面,挨着独木桥的西边。开挖他占地几亩面积的养鱼池,用木槿花枝再编一圈篱笆。蜜蜂一大清早就去采花酿出最后一次蜜糖,黄鹂鸟迎着初升太阳的光芒在芦花荡中欢悦歌唱,小燕子们从低矮的帘子下口衔落花的泥末进窝。老先生却还没有起床。

【评析】

多么宁静清闲的村居生活,白描的艺术手法,清新的晨间生活,僻静的乡间环境,使曲子不同凡响,别具风情。三句鼎足对,新鲜活泼,衬字的运用也饶有风味。曲境也随之形成。

醉太平

《南华经》看彻①,东晋帖观绝②。西凉州美酝一壶竭③,蜡红灯照者。木棉雪被春初热④,沉檀云母香慵热⑤,梅花斗帐月儿斜⑥。老先生睡也。

【注释】

①《南华经》:即《庄子》。李唐尊老子李聃是他们的祖先,唐玄宗时诏《庄子》为《南华真经》。②东晋帖:指东晋大书法家王羲之、王献之的书帖。③西凉州:元代的西凉州即甘肃省武威郡。此州的酒泉以酒驰名。④木棉:木本棉花。树高数丈。⑤沉檀:沉香和檀香。⑥斗帐:斗状小帐篷。

【译文】

《庄子》一书从头到尾读完,东晋"二王"书帖全部欣赏遍。在红灯银烛的映照下,一壶西凉州的美酒早已喝干。初春时节,白雪样木棉花被子就够温暖,懒得再去把沉香、檀香、云母香点燃,将沉落的月牙儿斜着照进,像梅花一样的小床帐。老先生我睡觉了。

【评析】

挑灯夜读《庄子》,欣赏"二王"书帖,饮酒。这是多么自由自在的生活。它同前首的乡间清闲生活别具情趣,写得也舒展轻松,超尘脱俗。

醉太平 春雨

阻莺俦燕侣①,渍蝶翅蜂须②。东风帘幕冷珍珠,寒生院宇。响琮琤滴碎瑶阶玉③,细溟濛润透纱窗绿④,湿模糊洗淡画栋朱:这的是梨花暮雨。

【注释】

①俦：伴侣。②渍：沾。③琮琤：原意为玉石相撞击的声音，这里借写击石的雨声。瑶阶：用玉石砌的台阶。④溟濛：细雨。

【译文】

间阻了莺燕成双成对，沾湿了蝴蝶翅膀蜜蜂胡须。寒气袭进庭院房间，帘帐幕帷里的春风也沁泠泠的。大雨就像水石相击似的把美玉砌成的台阶打碎，毛毛细雨把绿色的纱窗浸湿透了，把雕梁画栋也润湿得模糊不清；这的确就是暮春时节梨花开时的雨。

【评析】

写春雨，有声有色，有景有情。句句有雨，句句有情。情景交织，声色并茂。俨然一幅水墨春雨图。

醉太平

看白云万丈，映翠竹千年。赋归来饱饷两三餐①，晃韶光过眼。怕行舟远使追张翰②，倦登楼烂醉思王粲③，紧关门高卧袁安④。老先生意懒。

【注释】

①赋归来：写《归去来兮辞》。详见前注。②张翰：西晋文学家。字季重，吴人。曾出任司马氏大司马曹掾。因感天下将大乱，见秋风起而思念故乡，遂归吴。③王粲：见前注。④袁安：东汉人。一次大雪天，雪积堆丈余。他的家门和路全部被雪封阻。他仍高卧屋中不出，人问他为什么不出去觅食，他回答说，大雪人人皆饿，不应求助他人。后袁安卧常被当做贤德行为的典范。

【译文】

远望那万丈的白云，映照着千年的翠竹。写篇辞呈回到家里，好好吃上两三顿饱饭，而美好的时光也就晃匆匆而去。害怕的是船儿追随着张翰辞官归家远去；厌倦的是喝醉酒后登楼想起王粲的怀才不遇；紧紧地关住家门像袁安那样高卧不起，不求助他人。老汉我思想懒散。

【评析】

赋"意懒"，旁征博引，引史为鉴；不求归隐，也不感叹世时，只求贤德行世足矣。平和中也透露出"不平之鸣"。

醉太平

堂堂大元①，奸佞专权②。开河变钞祸根源③，惹红巾万千④。官法滥刑法重黎民怨⑤，人吃人钞买钞何曾见⑥？贼做官官做贼混愚贤。哀哉可怜。

【注释】

①堂堂：强大的样子。②奸佞（nìng）：奸诈狡猾、谄媚巧言的人。③开河：元顺帝至正十一年（1351）丞相脱脱用工部尚书贾鲁"疏、浚、塞并举，使黄河恢复故道"的策略，征调民工、军士数十万人治理黄河。因官吏尅扣民工粮饷，使河工怨恨之极。从而成为元末农民大起义的导火线。变钞：钞，纸币名。丞相脱脱又于同年提出变更钞法。钞以银或铜钱为现金的后备，大钞小钞。当钞的滥发和物价暴涨时，迅速贬值，这种贬值不能使用时，就另发行新钞。这就叫"变钞"。元代曾多次采取这种办法。④红巾：即红巾军。元末农民大起义军，用红巾裹头，所以称"红巾军"。起于至正十一年（1351）。主要有拥韩林儿为小明王的刘福通，主要活动于黄河流域；活跃于江淮的郭子兴，长江流域的徐寿辉等。⑤黎民：老百姓。⑥钞买钞，指用旧钞兑换新钞时必须加钱。

【译文】

强大的元朝，奸诈狡猾、巧言谄媚的人掌握着大权。疏开黄河变换钞法是祸害的根源，惹出了红巾起义大军千千万万。官府的法多,刑事法律太重,老百姓怨声载道;到处人吃人,遍地旧钞兑换新钞,什么时期见过这种现象;当贼的做了官,做官的成了贼,好与坏都混淆了。令人悲哀难受。

【评析】

元人陶宗仪《南村辍耕录》说:"[醉太平]一阕,不知谁所造。自京师以至江南,人人能道之……今此数语,切中时病,故录之以俟采民风者焉。"可见这首小令在当时是流传极广、影响很大的。开头两句辛辣明快,中间的三句鼎足对,工整深刻,揭示出造成元末农民大起义的根本原因,正是元蒙统治者自己造成的。语言明快辛辣,格调淳朴自然。在整个元曲中,自有其不朽的历史价值和艺术价值。

寄生草

有几句知心话,本待要诉与他①。对神前剪下青丝发②,背爷娘暗约在湖山下。冷清清湿透凌波袜③,恰相逢和我意儿差。不剌④,你不来时还我香罗帕。

【注释】

①本待:本应该。②青丝:头发。③凌波袜:即凌罗袜。④不剌(là):不,语首助词,无意义。剌,即哇。

【译文】

我有几句体己的心里话,本应该给他说的,当着神灵的面剪下我的乌黑的头发,背着父亲母亲和他暗地里相约在湖山下的太湖石畔幽会。清冷清冷的夜晚,竟把我的新穿的凌罗袜子都打湿透了。我俩正好碰见了,与我原先想的差不多。哇!你要不守约来和我幽会,你就把我送给你的定情物:香罗手帕还给我。

【评析】

这是一首写情的曲子。表现出女子对爱情生活的大胆追求。在这里，没有传统的教条，也没有羞羞答答，有的只是对爱情的执著追求。"对神前剪下青丝发，背爷娘暗约在湖山下"，表现的多么赤诚、勇敢。全曲通过一个处于热恋中的女子的口吻写来，行动、心理活动，都泼辣显明，语言也本色当行。"你不来时还我香罗帕"一句，更让人叫绝。曲折、尽意，酣畅淋漓。

游四门① 二首②

落红满地湿胭脂，游赏正宜时。呆木料不雇蔷薇刺③，贪折海棠枝。蛍④，抓破绣裙儿。

海棠花下月明时，有约暗通私⑤。不付能等得红娘至⑥，欲审旧题诗。支⑦，关上角门儿⑧。

【注释】

①游四门：仙吕宫曲牌。定格句式是七五、七五、一五，共六句六韵。②此曲共六首。这里选的是第三首和第四首。③呆木料：呆头呆脑的人，即呆子。④蛍：象声字。这里指绣裙被刺抓破的声音，又作支。⑤通私：私通。指男女间秘密的爱情关系，有时又指不正当的男女关系。⑥不付能：元曲中常用词语。意思是方才，好不容易。红娘：媒人。此处指曲中的美丽年轻的姑娘。⑦支：象声词。此处指关门的声音。⑧角门：偏门、旁门。

【译文】

满地的落花就像润湿了的胭脂一样，这正是人们游玩观赏的大好时光。"呆头呆脑"的姑娘竟顾不得蔷薇花上长满了刺，一心一意地去攀折那海棠花。蛍的一声，刺儿扯破了她的绣花裙子。

明朗的月光照耀下的海棠花跟前，是青年男女私下里秘密谈情说爱的好地方。好不容易等到了那美丽漂亮的姑娘来了,正想把香罗手帕上题写的定情诗送给她。支的一声,院子里的偏门却关上了。

【评析】

这是两首饶富情趣的情诗。第一首描写了一个姑娘在游赏大好春色时的痴娇和沉迷。开头两句写暮春景色,中间两句写姑娘被春色所迷,以至痴呆。"贪折"二字形象地表现出癫狂痴心。末两句进一步通过绣裙儿的被刺破,表现出这种痴迷的深刻。尤其是"蛰"的一声,声形并现,可谓传神之笔。第二首写一个小伙子赴约与姑娘私会的情景。谁知,正当小伙子要把自我表白的情诗送给姑娘时,偏门却关上了。同样是"支"的一声,却道出了姑娘的弃约给小伙子的沉重打击。郑振铎在《中国俗文学史》说:"《游四门》六首,其中'落红满地'和'海棠花下'二首,是如何的美丽宛曲!"

初生月儿[①]

初生月儿一半弯,那一半团圆直恁难[②]。雕鞍去后何日还[③],捱更阑[④],淹泪眼,虚檐外凭损阑干。

【注释】

①初生月儿:大石调曲牌。定格句式是七七、七、三三七,共六句六韵。此曲全用平声韵。②恁:如此,这般。③雕鞍:装饰精致的马鞍子。此处借鞍述马,又借马写人。是指骑马的人。④更阑:更尽、天亮。

【译文】

初生不久的月亮,它的一半是弯曲的,像个钓钩,另外的那一半要和它圆满地结合在一起,竟是那样的艰难。骑马走了的丈夫哪一天能够回来,盼呀盼的一直等到月落天明,眼泪流淌的淹盖住了双眼,平白地凭倚屋檐外边的栏杆,甚至把栏杆都磨损了很多很多。

【评析】

曲子从初生月儿起兴,絮絮地诉说着妻子急切盼望着能与外出的丈夫团聚的心情,构思新颖别致,描写细腻真切,心理刻画细致。"凭损"二字,精当准确,也使全曲生色。